KB201296

폭풍우

조정희 장편소설
폭풍우

초판 1쇄 인쇄일_2015년 4월 06일
초판 1쇄 발행일_2015년 4월 13일

지은이_조정희
펴낸이_최길주

펴낸곳_도서출판 BG북갤러리
등록일자_2003년 11월 5일(제318-2003-00130호)
주소_서울시 영등포구 국회대로 72길 6 아크로폴리스 406호
전화_02)761-7005(代) | 팩스_02)761-7995
홈페이지_http://www.bookgallery.co.kr
E-mail_cgjpower@hanmail.net

ISBN 978-89-6495-080-7 03810

이 도서의 국립중앙도서관 출판시도서목록(CIP)은 e-CIP홈페이지
(http://www.nl.go.kr/ecip)와 국가자료공동목록시스템(http://www.nl.go.kr/kolisnet)에서 이용
하실 수 있습니다.(CIP제어번호 : CIP2015009236)

조정희 장편소설

폭·풍·우

BG 북갤러리

프롤로그

숲 속 공터에 무주나무[1] 두 그루 서 있다.

구름이 몰려가고 비가 그친 한여름 저녁.

막 쓰러진 나무가 서 있던 빈 하늘에 저녁노을이 붉다.

---

1) 무주나무
무주(無住)나무는 상징적으로 만들어낸 나무이다. 만약 수목도감에 같은 이름이 존재한다 해도 그 나무가 아님을 밝혀둔다. 그리고자 하는 나무의 모습은 자작나무와 가깝다. 키가 크고 가지가 풍성하고 잎맥이 가늘어 미풍에도 잎들이 잘 흔들리는 자태의 나무. 하지만 어떤 나무도 그려내고자 하는 모습과 완전히 일치하지 않았다. 모습은 그렇다 해도 이야기에서 가장 중요한 나무의 이름을 찾는 것도 큰 고민이었다. 내가 알고 있는, 세상에 존재하는 나무 이름을 써보았지만 그 나무가 주는 선입견 때문에 소설의 흐름과 잘 어우러지지 않았다. 생각하고, 찾고, 고심한 끝에 마침내 '무주나무'가 태어났다. 무주(無住)라는 한자어의 뜻이 소설의 흐름에 잘 어울릴 것이라는 기대를 한다.

차례

프롤로그 / 5

그날의 숲 / 9   호란 / 180

숲 / 25   승순과 정혜 / 192

봉금 / 35   승순, 호란 / 214

승순 / 47   흐르는 숲 / 229

무희 / 64   성숙 / 249

성조 / 77   빛과 어둠의 뫼비우스 / 265

봉금 / 97   폭풍 / 292

어머니의 딸 / 112

무희 / 122

승순 / 138   에필로그 / 299

호란 / 151   작가의 말 / 301

무희 / 171

그날의 숲

아무도 없다.

나무들만 무성하다.

숲에서 유난히 우뚝 솟은 무주나무 세 그루.

거대한 나무가 하늘을 가리고 짙은 그늘을 만들었다.

겨우 세 그루다.

세 그루만으로도 충분히 숲이다.

그래서 숲 속에서 또 다른 숲을 이루어 놓았다.

고개가 아플 정도로 젖혀야 끝이 보이는 키.

햇살을 가려버린 **빽빽**한 잎.

무얼 먹고 저렇게 자랐을까.

얼마나 살아 있었던 것일까.

사람도 땅에 뿌리를 내리면 저렇게 자랄 수 있을까.

아니 저처럼 오래 살아낼 수 있을까.

나무를 바라보고 서 있는 한 남자.

나무도 바람에 몸을 맡겨 내는 소리로 그를 맞이한다. 하지만 알아들은 것 같진 않다.

꽤 오래 나무를 우러르던 남자의 고개가 조금 숙여진다.

앉고 싶다.

남자는 앉을 자리를 찾는다.

그런데.

사람이 있다.

나무 아래 사람이 있다.

아무도 없었는데?

남자의 눈이 사람을 발견하는 순간 바람 소리가 귀를 파고든다.

바람 소리와 함께 눈에 들어온 노파.

벤치가 있었던가?

짙은 그늘 속 벤치에 앉아 있는 노파.

모시적삼과 치마.

남자는 한눈에 노파가 입은 옷이 모시옷임을 알아본다.

남자의 할머니가 여름이면 입던 옷이다.

할머니와 함께 살던 때가 번개처럼 스쳤다 사라진다. 아니다. 번개처럼 떠오른 건 맞지만 번개처럼 사라진 건 아니다. 남자가 눈을 감아버린 것뿐이다. 할머니가 떠오른 순간 사라지길 바라며 눈을 감았지만 사라지진 않았다. 할머닌 어둠 속의 빛처럼 더 선명해졌다.

떠오른 기억을 없애는 데 실패한 남자는 감았던 눈을 다시 뜬다.

무언가를 체념하는 심정으로.

사람이 있다.

그런데 왜 아까는 보지 못했을까.

그늘이 너무 짙었던 탓일까.

하지만 저 흰 모시적삼을 못 볼 수가 있을까.

노파의 한복은 그늘 아래에서 더욱 희다.

한복 속에 감추어진 작은 체구. 분명 살이라고는 없으리라.

허리에 걸려있는 듯한 골반, 살아있는 사람의 것이 아닌 것 같은 갈비뼈, 젖가슴이 가리지 못한 가슴뼈, 말라버린 오죽나무나 다름없는 팔다리.

남자는 목욕을 시키고 옷을 갈아입혀주며 보았던 할머니의 앙상한 몸을 떠올린다.

할머니!

정말 좋은 데 가셨을까. 좋은 데가 있는 걸까. 있다면 어떤 곳일까.

어떤 곳일까.

궁금해진다.

가고 싶다. 그곳에.

그리고,

그곳은 지금 막 존재하는 세상이 되었다.

남자의 상상과 소망이 방금 그 세계를 만들었다.

남자의 뇌는 상상과 현실을 구분하지 못한다.

그래서 현실이 된 그 세상에 몹시 가고 싶다.

궁금해서 곧 찾아 나설 태세다.

할머니가 계실 좋은 곳이 거기에 있다.

남자의 한 발이 땅에서 떨어진다. 들었던 발이 땅에 다시 닿는 순간 할머니 목소리가 들린다.

〈나 좋은 데 가니 울지 마라.〉

할머니는 버릇처럼 그렇게 말했다.

혼자선 걸어 다닐 수 없게 되고, 혼자선 씻을 수 없게 되고, 혼자선 밥도 먹을 수 없게 되었을 때, 남자의 팔에 매달려 걸음을 떼면서, 남자의 팔에 아기처럼 누워 머리를 감을 때, 남자가 주는 밥을 받아먹으면서 그렇게 말했다.

남자가 울지 않는데도, 사실은 할머니가 울었는데, 눈에 눈물이 글썽해지면서 그렇게 말했다.

〈나 좋은 데 가니 울지 마라.〉

할머니 말처럼 남자는 울지 않았다. 장례식장에서도, 화장을 할 때도, 유골단지를 납골당에 모실 때도, 분명 할머니 때문에 울지는 않았다.

대신 괜히 울었던 적은 있다.

그 여자와 결혼 이야기를 하고 온 날, 혼자 집으로 들어서다 울었다. 기쁜 날 울었다. 결혼식이 끝나고 신혼여행을 가기 위해 양복을 벗고 가벼운 옷으로 갈아입다 울었고, 비행기에서 내려다보이는 반짝이는 바다를 보다 울었다.

하지만 그 여자가 떠날 땐 울지 않았다.

서류에 도장은 찍지 않았으니 아직 이혼은 아니다. 그럼 별거라고 해야 하나?

어찌되었든 정말 뜬금없이 울었던 셈이다. 슬픈 일에 운 것이 아니라 기쁜 날마다 울었던 거니까.

그러니까 할머니 말은 잘 듣고 있는 것이다.

떠나는 사람 때문에 울고 있지는 않으니까.

지금도 울지 않는다. 할머니 생각이 났지만 말이다.

벤치에 노파가 앉아 있다.

서쪽으로 기울어진 해는 나무 뒤로 숨었다.

바람이 분다.

잎들이 흔들린다.

흔들리는 잎들 사이로 오후의 햇살이 별처럼 부서진다.

쏴—

바람 소리.

남자는 눈을 들어 아득한 나무의 끝을 올려다본다.

목이 아프게 뒤로 젖혀진다.

나무의 끝을 넘어서면 바람이 보이지 않는다. 여전히 불고 있겠지만 볼 수 없다.

바람은,

흔들리는 나뭇잎 속에만 존재한다.

나뭇잎은 한참동안 춤을 춘다.

쏴— 소리와 함께.

바람이 멈추고.

잎들도 그저 존재 자체로 멈추어 버리자,

남자는 다시 다리가 아프다는 걸 느낀다.

벤치엔 노파가 앉아 있다.

하나밖에 없는 벤치.

노파 옆에 가서 앉을까.

불편해 하겠지.

노파는 바위처럼 미동도 없이 앉아 있다. 한 손에 지팡이를 잡은 채.

지팡이를 잡은 손엔 힘이 들어가 있다. 곧 그 손에 힘을 주고 일어설 것 같기도 하고 지팡이를 땅에 굳게 박고 영원히 앉아 있을 것 같기도 하다.

눈은,

노파의 눈은 무얼 보고 있는 걸까.

처지고 주름진 눈꺼풀 속에 보이는 동공.

동공이 향한 곳이 어디인지 잘 알 수가 없다. 남자 쪽을 향해 앉아 있지만 남자를 보는 것 같진 않다. 아니 무얼 보고 있는지 알 수 없다. 동공이 희미해서인지, 노파가 정말 아무것도 보고 있지 않은 건지.

하여튼 다리가 아프다.

남자는 할머니 곁에 가서 앉기로 결심한다.

숨을 깊게 들이마신다. 마치 숨 쉬는 걸 잊어버리고 있었던 것처럼.

콧속으로 숲의 공기가 물밀듯 들어온다.

그리고.

남자는 사라진다.

아니 사라진 게 아니라 스며들었다고 해야 맞겠다.

발을 떼려고 무릎을 구부리는데 무릎 주변을 둘러싼 공기가, 아니 공기가 아니라 알갱이들이, 아니 알갱이가 아니라 너무 빨리 흔들려 사실은 형체를 볼 수 없는 어떤 무수한 움직임들이 무릎에서 밀려나는 게 보였다.

움직임.

너무 빨라 모습은 감지가 되지 않는, 움직임 자체가 보인다고 느껴지는 순간, 남자는 남자가 아니라 그냥 알갱이의 집합체였다. 남자뿐만 아니라 그를 둘러싼 모든 것이 어지럽도록 유동하는 알갱이들의 바다였다. 알갱이는 끊임없이 움직이며 높은 밀도로 뭉쳐져 사물의 형태를 유지하고, 비어있는 듯한 공간도 사실은 그저 밀도가 낮은 움직임. 그래서 형태가 있는 것이든 비어있는 것이든 밀도만 다를 뿐 같은 물질. 같은 물질의 자유로운 유동.

무릎에 밀리는 알갱이가 인지되는 순간,

남자는 자신이 사라지는 걸 느낀다.

마치 바닷물에 잉크가 번져나가는 것처럼 자연스럽게, 편안하게.

바람과 햇살.

바람에 흔들리고 햇살에 부서지는 남자. 아니 나무.

햇살이 비처럼 나뭇잎에 쏟아지고 바람이 햇살 사이를 스친다. 햇살과 바람의 바다에서 춤을 추는 나무는 존재 자체로 벅차다.

존재하는 남자.

남자의 눈에 숲의 바다가 보인다. 숲의 지붕 위로 햇살의 거대한 흐름이 보인다. 숲으로 흘러들어가고 흘러나오는 끝없는 움직임을 본다.

보일 리가 없는 숲이 아닌가?

산꼭대기에 서 있는 것이 아니다.

남자는 분명 벤치로 가고 있었다. 그렇다. 그는 벤치에 앉아 있다.

남자는 나무 아래 벤치에 앉아 있는 자신을 발견한다.

벤치에 두 사람이 앉아 있다.

노파와 남자.

자신을 내려다보고 있는 남자.

남자는 웃음을 터뜨린다.

나무가 남자를 내려다보고 있다. 거대한 나무가, 목을 한껏 젖혀야 끝이 보이던 그 나무가 벤치를, 땅을, 숲을 내려다보고 있다. 남자는 자신이 나무가 되었음을 깨닫는다.

어떻게 이런 일이!

하지만 꿈꾸던 일이 아닌가.

한 자리에서 생명을 얻고 그곳에서 생명을 마치는 나무.

욕망하지 않아도 되고, 욕망을 위해 끊임없이 움직이지 않아도 되고, 먹기 위해, 살기 위해 떠돌지 않아도 되는,

그런 고요한 삶을 꿈꾼 적이 있었다.

고요한 삶?

남자는 햇살 속으로, 아니 햇살이 일렁이는 공기 속으로 쉼 없이 들락거리는 잎들의 경계선을 인식한다. 잎이라 불리는, 나무라 불리는 거대한 개체의 경계가 모호하다. 나무의 모습, 가지에 매달린 수많은 잎

들의 모습이 분명 존재하건만, 다시 보면, 그 경계에 집중하면, 경계가 사라진다. 경계는 주변과 개체 사이에서 눈이 핑핑 돌 정도로 빠르게 움직이는 움직임일 뿐이다. 그래서 사실 나무는 따로 존재하는 개체가 아니다.

고요하게 홀로 존재하는 나무가 아니다.

남자는,

나무는, 큰 호흡을 한다. 경계가 몹시 진동한다. 모습이 순간 흐트러진다. 나무의 경계가 사라진다.

경계가 없다.

같은 물질로 일렁이고 있는 세상.

남자는 자신이 결코 나무로 존재하는 것도 아니라는 걸 깨닫는다.

개체가 사라졌다.

나는 무엇인가.

무엇인가.

생각이 끊어진다.

햇살과 바람에 몸을 맡긴다.

강렬한 존재감.

개체가 사라져도 존재감은 사라지지 않는다. 오히려 생생하다.

존재감을 느끼는 순간 다시 웃음이 터진다.

그 남자.

남자도 웃고 있다.

노파까지.

노파의 입가에 스치는 미소.

아무것도 보고 있지 않는 듯하던 동공이 반짝인다.

* * *

물소리가 끊긴다.

화장실이 정적에 싸이고 세면기 위에 붙은 큰 거울엔 잔뜩 김이 서려 있다. 노파는 변기 위에 붙은 붙박이장을 열어 개켜놓은 마른 수건 한 장을 꺼낸다. 귀가 딱 맞게 접혀있던 수건이 노파의 느린 손길에 기도하듯 펴진다. 닿으면 부서질 듯 보송하던 수건은 손에 묻은 물기와 수증기를 재빨리 빨아들이며 숨을 죽인다.

노파는 펼쳐진 수건을 먼저 얼굴로 가져간다. 얼굴을 잠시 닦는가 싶더니 이내 물이 떨어지고 있는 머리 위로 수건을 옮기고는 그 위를 자근자근 누른다. 노파는 한참동안 그 동작을 계속한다. 이윽고 머리에 덮었던 수건을 내려 가슴을 닦고 배를 닦는다.

거울에 서린 김이 사라지고 있다.

닦는 동작을 멈춘다.

거울 속에 수건으로 아랫배를 가린 노파가 서 있다.

물기를 걷어내고 푸슬푸슬 일어서기 시작하는 흰 머리.

이마를 가로지르는 깊은 주름과 주름 골에 남아있는 아직 마르지 않은 물기. 물기는 이제 막 노파의 체온을 떠나려 발돋움을 하며 피부의 경계를 벗어나고 있다. 경계를 벗어난 물기가 목욕탕의 습기 속으로 섞이는 동안 노파의 눈이 깜박인다. 탄력을 잃고 쳐져버린 눈꺼풀은 눈꼬리 부분을 들어 올리지 못한다. 언젠가부터 붙어있는 시간이 많아진 눈꼬리는 젖어있기 일쑤다.

노파는 수건을 들어 올려 눈꼬리 부분을 지그시 찍어 누른다. 그리고 다시 눈을 깜박였다 힘껏 뜬다. 하지만 눈꼬리는 여전히 붙어있다. 결국 손으로 눈꺼풀을 들어 올리고 좀 가려운 그곳을 살펴보려 하지만 온통 부옇게 보일 뿐이다. 들여다보려 할수록 더 흐려진다. 거울의 김은 완전히 사라졌지만 노파 눈엔 모든 것이 김에 서려있는 듯하다.

오래 살았다.

자는 길에 갔으면 좋겠지만 마음대로 되지 않는다.

장봉금.

노파의 이름이다. 그 이름으로 팔십 평생을 살았지만 그 이름으로 불렸던 기억은 아득하다. 봉금이란 이름에 대답하던 시절이 있었지만 그건 시집오기 전의 일이다. 시집을 온 뒤론 이름이 사라졌다. 이름만 사라진 게 아니라 어쩌면 그때부터 자신의 삶도 사라졌는지 모른다.

작은 도시의 3층짜리 다세대 주택 1층.

10평이 안 되는, 요즘말로 원룸이라 불리는 공간에 혼자 사는 노파. 노파의 집까지 7세대가 사는 건물. 그래도 그 건물은 장봉금 할머니 소유였다. 할머니의 경제력이 보태어진 벅찬 재산이었다.

그런 집이었다.

자랑스러웠던 집.

이제 고생 다 끝났다, 하며 한시름 놓았던 좋은 때가 있었다. 편안했던 한때가 있었다. 그런 때가 있었다.

원룸에서 유일하게 분리되어 있는 공간, 화장실.

노파가 목간통이라 부르는 화장실에 지금 그녀가 서 있다.

그 집으로 이사해오기 전엔 자신의 나신을 본 적이 없었다. 아니 거울을 통해 본 적이 없다고 해야 맞는 말인가. 그런 환경에 살아본 적이 없다고 해야 맞는가. 그 말이 맞겠다. 거울 앞에 서서 천천히 알몸을 닦고 자신을 들여다볼 환경이 아니었다.

처녀 땐 동네 개울에서 목욕을 했다. 그것도 해가 떨어져 어두워져야 할 수 있었다. 세월이 흐르고 공중목욕탕이 생겼을 땐 명절날이나 가는 목욕탕은 늘 붐볐다. 조용하다 하더라도 전신이 다 보이는 커다란 거울 앞에 알몸으로 서 있을 생각은 하지 못했다. 모두가 알몸이 되는 목욕탕이라 해도 남들이 보는 곳에서 옷을 벗은 채 버젓이 서 있을 순 없었다. 그렇게 살아보지 못해서, 다른 세월을 살았던 사람이어서 하는 수 없었다. 옷을 벗으면 수건으로 아래를 가리고 재빨리 목욕탕으로 들어갔고 탕에서 나오면 물기를 닦기 바쁘게 누가 볼세라 속옷부터 입었다. 속옷이라도 입어야 거울 앞에 서서 머리도 닦고 빗질을 할 수 있었다.

생각만 해도 얼굴이 붉어지지만,

서방님도 봉금의 알몸은 보지 못했다. 정말 보지 못했는지 그 서방님의 말은 들어보지 못해 알 수는 없겠으나 아무튼 봉금은 그렇게 믿고 있다.

호롱불까지 끈 깜깜한 방 안은 자신의 코도 보이지 않았다. 보름달이 뜨는 밤에는 달빛이 창호에 비쳐들어 어슴푸레 보이긴 했겠지만 그런 때도 눈을 뜨고 있지 않았으니까.

서방님, 만복은 어린 3남매만 남겨두고 오래 전에 저 세상으로 먼저

가버렸다. 그래서 지금은 얼굴도 잘 떠오르지 않는다. 어떻게 생겼는지 생각하려 할수록 형태가 일그러지고 흐려져 버린다. 그런데도 웃음이나 손이 어깨에 닿는 느낌이라든지, 들일을 나갈 때의 뒷모습 같은 것은 아직도 생생하게 떠오르곤 한다. 너무 생생해 어떤 날은 섬뜩하기까지 하다. 지금 겪고 있는 것보다 더 생생해서 현실과 과거 기억이 분간이 되지 않을 만큼.

요즘 봉금은 그런 순간이 늘고 있다. 특히 해가 떨어지고 난 저녁에 혼자 어두운 방에 들어서면, 호롱불을 켜려고 방을 더듬으며 성냥을 찾기도 한다. 매일 켜던 전깃불을 잊어버리고 그런 짓을 하고 있는 것이다. 없는 성냥을 찾으며 한참을 더듬거리고 있노라면 어느새 만복이 웃으며 다가온다. 그 웃음이 너무 생생해 그대로 방에 털썩 앉아 어둠 속에 한참 앉아 있었던 적도 있었다.

거울 앞의 여자.

여든을 넘은 노파가 거울 속 자신의 나신과 마주하고 섰다.

젊은 날을 힘차게 살아온, 먼저 떠난 사람의 몫까지 힘을 내어 살아온 억세었던 여자였다.

버리고 떠날 때다.

그녀의 의식이 그렇게 말한다.

세포의 재생이 곧 중지될 것이라고, 사라지고 다시 재생되지 않는 세포가 늘어나고 있다고, 죽어버린 세포가 쌓여 딱딱해진 피부가 적나라한 증거처럼 거울 속에 서 있지 않냐고.

정기(精氣)가 흩어지기 시작한다.

결집시킬 힘이 사라지고 있다.

이제 그 몸은 더 이상 의지대로 움직이지 않을 것이라 말하고 있다. 눈꺼풀은 눈을 덮으려 하고, 관절은 움직임을 거부하는 소리를 내고, 의식은 종종 몸에서 벗어나 앞을 캄캄하게 만든다.

불시에 육체의 경계를 벗어나는 의식.

봉금은 요즘 집에 누워서 숲을 느낀다. 아니면 숲에서 집에 누워있다는 착각을 하는 건지도 모르지만.

경계가 불분명해지기 시작한 후론 시간 감각도 달라졌다. 시간을 잊었다고 해야 할지, 시간을 다루게 되었다고 해야 할지. 밤낮을 의식하지 않고 돌아다니기도 하고, 어떤 날은 깜깜한 밤에 숲에 앉아 있는 자신을 발견하곤 한다.

지금도 그렇다.

목욕을 하고 거울 앞에 서 있었는데.

거울 앞에 서서 생각에 잠겨있긴 했는데.

목욕탕을 나온 기억도, 옷을 갈아입은 기억도 없는데 벤치에 있었다. 자주 오는 곳이긴 하지만, 오는 동안이, 오면서 무엇을 본 기억도, 사람을 마주친 기억도 없는데 여기였다. 아니 거기였다고 해야 하는지.

어쩌면 벤치에 앉아 목욕했던 기억을 떠올렸는지도 모를 일이다.

무슨 일로 옷을 벗은 채 그렇게 거울 앞에 멍하니 서 있었는지.

봉금의 눈에 한 남자가 들어온다.

〈한없이 가엾다〉

아는 사람이 아니다.

본 적도 없는 사람이다.

그런데 눈에 들어오는 순간 온 몸으로 그가 가엾다.

마음이 몹시 흔들린다.

하지만 시도 때도 없이 흐르던 눈물이 지금은 나지 않는다. 그저 몸이 좀 떨리기만 한다.

그리고.

봉금은 몸을 잊었다.

몸을 느낄 수가 없게 되었다.

자신이 한없이 커져버린 것 같기도 하고 사라져버린 것 같기도 하다. 나무인 것 같기도, 풀인 것 같기도, 심지어 남자 같기도 해서 어안이 벙벙했지만 너무 편안해서 절로 웃음이 난다. 한없이 커져버린 몸이 햇살과 바람의 바다를 떠다니는 느낌이다. 꽃이 예쁘다 싶으면 꽃이었고, 바위를 의식하면 바위가 되어 있다.

그리고 벤치에 앉아 있는 노파와 남자.

그들을 보고 있는 봉금.

있을 수 없는 일이다. 봉금이 봉금을 보고 있다니. 남자를 보고 있다면 몰라도.

그런데 이상하지 않다.

무슨 일인지 궁금하지 않다.

두렵지도 않다.

이제 그녀의 의식은 분별하고 경계 짓는 힘을 잃어가고 있다. 그래서 삶과 죽음의 경계조차 중요하지 않게 되었는지도 모르겠다. 중요하지 않은 것이 두려울 리가 없다. 어떻게 되건, 무엇이 되어버리든, 한 찰나에 방금 일어난 일도 과거가 되어 기억에서 사라진다.

그래서 그녀는 지금,

존재로만 존재한다.

숲

우주로 퍼져나간 태양의 정기.

마침내 햇살로 지구에 닿는다.

열기를 품은 햇살은 나무들 꼭대기로 쏟아지고, 햇살에 밀린 공기는 바람이 된다.

숲에 바람이 분다.

나뭇잎들이 일제히 소리를 내고 잎들에 부딪친 햇살이 사방으로 튄다. 이제 바람은 보이기도 한다. 흔들리는 잎들의 반짝임으로.

빛과 바람과 숲이 하나가 되어 춤을 추지만 움직이지 않는 것이 있다.

벤치에 앉은 노파와 남자.

그들은 밀랍 인형처럼 앉아 있다. 눈은 반쯤 감은 채 깜빡이지도 않고 호흡도 없는 것처럼 보인다.

지팡이를 꽉 쥐고 있는 노파의 팔목을 감싼 소맷자락과 마른 다리를 감추고 있을 치맛자락, 남자의 셔츠 자락이 흔들리긴 한다. 그리고 쪽진 머리에서 빠져나온 노파의 흰 머리카락과 남자의 짧게 뻗어 오른 정수리 머리칼도 흔들린다.

그들의 경계로 다가간다.

경계가 없다!

완전히 열려 있다.

경계를 드나들던 의식조차 사라졌다.

대신 노파의 의식은 사방에 존재한다.

남자의 의식도 도처에 있다.

나무에, 벤치에, 흙바닥에, 무성한 조릿대에, 햇살 속에, 그리고 서로의 의식 속에.

노파와 남자는 이제 서로 낯선 존재가 아니다.

나무로 존재하고, 햇살로 옮겨 다니고, 바위의 침묵이 편안하다. 다른 의식이란 느낌이 없다. 다르다는 의미가 사라졌다. 개체가 사라진 것인가. '홀로'란 게 없어졌다. '홀로'가 없어졌으니 낯선 존재도 사라졌다.

어떻게 이런 일이 일어났는지 모르지만 궁금하지 않다. 앞으로 어떻게 될지 두렵지도 않다. 아니 '앞으로'란 뜻도 모호하다. 미래라든지 과거라든지 하는 것이 무엇인지, 어떤 상태를 말하는 것인지, 무슨 의미가 있는지.

기억이 사라진 것은 아니다. 그러나 기억은 과거로 존재하는 것이 아니라 떠올리는 순간 현실이다. 미래에 대한 상상을 할 수 없는 건 아니다. 그러나 상상하는 미래도 그 순간 현재가 되어 있다.

* * *

봉금의 가슴은 목련꽃 봉오리 같다.

열아홉.

꽃봉오리보다 예쁠 때다.

만복은 배고픈 하이에나가 먹이에 달려들 듯 봉금의 가슴에 얼굴을 묻는다. 입술이 가슴 여기저기를 스치자 봉금의 입술에서 억누른 소리가 새어나온다. 그녀의 두 손이 만복의 머리를 부여잡는다.

대낮인데.

말리는 시늉만 돼버린 그 말이 만복의 가슴에 불을 더 댕긴 것 같다. 그도 그럴 것이 머리를 잡은 봉금의 손은 만복의 머리를 그녀 쪽으로 바투 당기고 있다. 그리고 몹시 콧소리가 섞인 그 음색은 또 어쩐단 말인지.

만복의 입술은 더 다급해지고 손길은 더욱 거칠다.

새참을 내가려고 집으로 왔다.

새벽 서늘할 때부터 일을 한 터라 해가 떠오르자 몹시 허기가 졌다. 콩밭은 그늘 한 점이 없어 등은 뜨겁고 땅에서도 열기가 올라와 잡풀을 뽑고 있던 봉금의 옷은 금방 흠뻑 젖어버렸다.

한여름 햇빛 속에서 미련을 부리다간 오히려 손해 보기 십상이다.

얼굴이 온통 새빨개져서 집으로 돌아온 새색시, 봉금은 오자마자 부엌으로 들어가 물동이에서 물 한 사발을 떠 벌컥벌컥 들이켰다. 급히 마신 물이 턱에서 땀과 함께 떨어진다. 그제야 숨을 좀 쉬겠는지 부뚜막에 털썩 앉는다. 다리에 감기는 치마가 무릎을 당기고 적삼은 등에 붙어 있다.

밥을 챙기려다 도저히 안 되어서 몸에 척척 감기는 적삼을 벗었다. 바가지 물을 떠놓고 손으로 얼굴의 땀을 씻고 팔과 목덜미도 훑었다. 물 닿은 자리가 시원한 것이 살 것 같다. 얼굴과 팔이 시원해지니 등과 허리가 찝찝하고 엉덩이에 붙어있는 속곳은 더 불쾌하다. 봉금은 함지에 물 몇 바가지를 퍼 담고 옷을 모두 벗어버린다.

젊음은 치장이 오히려 거추장스럽다.

어둑한 부엌에 드러난 열아홉 새댁의 몸.

그린 듯하다.

솜씨 좋은 화가의 매끈한 솜씨로 한 번에 그려낸 것 같은.

무너진 곳도, 늘어진 곳도, 주름진 곳도 없이 봉긋하고 매끈하다. 유려한 선과 부피로 만들어진 아름다운 생명. 그녀를 본 사내가 욕망에 눈이 먼다 해도 그녀의 죄가 되어야 할 것 같은.

물로 땀을 씻어내는 봉금의 얼굴에 웃음꽃이 핀다. 비로소 알맞은 온도로 내려가 쾌적한 상태에 놓인 그녀를 이루는 세포들의 기쁨이기도 하다.

벗어놓은 옷을 도저히 다시 입고 싶지 않은 봉금이 부엌문 틈으로 밖을 내다 본다. 지나가는 사람이 없을 때 얼른 방으로 뛰어갈 작정이다. 알몸으로. 누군가 본다면 마을이 발칵 뒤집힐 일이지만 그럴 일은 없을 것 같다. 몇 호 되지도 않는 작은 마을이기도 하거니와 봉금의 집은 그 중에도 다른 집들과 떨어져 산자락 바로 밑에 외따로 있기 때문이다.

봉금은 부엌문을 열고 재빨리 뛰어나가 마당을 지나 마루로 올라섰고 방문을 열었다. 그리고 방으로 빨려 들어간다.

그러다,

엄매야,

기겁을 한다.

안으로 닫히던 방문이 곧 벌컥 다시 열리면서 시큼한 냄새와 함께 그녀를 와락 안는 손.

이슬이 묻어나는 새벽부터 논에 나왔다.

잠시만 손을 놓아도 논은 피밭이다. 며칠 부두에서 품을 파느라 와보지 못했더니 말이 아니었다.

만복은 고개 한 번 들지 않고 벼 포기 사이를 누볐다. 해가 떠오르자 땀이 비 오듯 했고 눈이 따가워 팔뚝으로 땀을 훔치자 눈이 더 쓰렸다. 눈물을 흘리며 논에서 나와 도랑에서 얼굴을 씻고 논두렁에 앉았다. 해가 덩실 떠올랐고 들판은 햇살에 달아오른 기운으로 일렁인다. 순간 앞이 아찔하면서 핑 돈다. 갑자기 허기가 몹시 졌다.

새참을 가지고 올 시간이 얼추 되었겠는데.

봉금이 나타날 길 쪽을 봤지만 사람의 흔적은 없다.

만복은 도랑물에 손을 담가 목과 귀 뒤로 흐르는 땀을 한 번 더 씻어내고 일어난다.

집에 가야겠다. 가서 밥도 먹고 좀 쉬어야겠다. 아침부터 햇살의 기세가 보통이 아니다. 이런 날 미련을 부리다간 더위 먹기 십상이다.

집까지는 만복의 빠른 걸음으로는 금방이다. 봉금이 밥고리 이고 살랑살랑 걸으면 제법 걸리는 거리지만.

만복은 집 쪽으로 난 길을 연신 치어다보며 걸음을 재촉한다. 이왕 집으로 가는데 봉금이 밥을 이고 나오는 수고를 덜어 주고 싶다.

집이 눈앞에 나타난다.

마당이 보이는데 휑하니 비었다. 어라, 부엌문도 닫혀 있고. 봉금이 아직도 밭에서 안 내려온 것인가. 왔다면 부엌에 있을 것이고 그렇다면 염천에 부엌문이 닫혀 있을 리가 없다.

해가 저만치 떴는데?

하늘을 슬쩍 올려다보는 만복의 걸음이 더욱 빨라진다.

순간,

부엌문이 움직인다.

열리는 게 아니라 움직인다고 해야 맞는 것이 한 뼘쯤 열리더니 멈추었기 때문이다.

당신?

소리 내어 아내를 부르려는데 부엌문이 덜컹, 하고 활짝 열리더니 허연 것이 마당을 가로지른다. 만복의 눈이 휘둥그레진다.

알몸이다.

부부로 한 이불을 덮고 살고 있지만 저토록 적나라한 알몸은 처음이다.

대명천지에 알몸으로 뛰어가는 여자.

아내, 봉금이 아니라 알몸의 여자라는 생각만 머리에 가득하다. 어둑한 방에서, 밤에만 만나는 부부 관계. 늘 저고리가 걸쳐져 있거나 이불이 가려져 있었다. 그래서 아내의 맨살은 감각으로만 만복의 기억 속에 있다.

밝은 하늘 아래 드러난 봉금의 알몸은 만복의 시각을 자극하고 동시에 마음을 뒤흔든다.

봉금의 몸이 댓돌을 딛고 마루로 올라서는 순간 만복이 뛰어간다. 뛰어가는 물체의 뒤를 무작정 따라 붙으려는 개의 본능과 다를 것 같지 않다. 보이는 순간 몸이 먼저 움직였다. 아내다, 벗었구나, 안고 싶다, 따라가야지와 같은 인식 과정은 없었다. 그 여자가 마침 아내였다는 게 다행이라면 다행일까.

댓돌로 올라서는데 바로 눈앞에서 봉금의 하얀 엉덩이가 방으로 숨어버리고 문이 안으로 빨려 들어간다. 그러나 문이 제대로 문지방에 닿기도 전에 다시 만복의 손에 벌컥 열린다. 봉금이 놀라 돌아보려는 순간, 억센 남자의 손에 포박당한 채 앞으로 고꾸라진다.

엄매야.

버둥거릴 여가도 없이 방바닥이다.

가슴으로 파고드는 만복의 입술과 손에 가슴을 내 준 봉금의 손이 만복의 머리를 쓸어안는다. 봉금은 그의 머리를 안으며 방문 쪽을 본다. 햇살이 비쳐들어 훤한 것에 놀라 방 안을 둘러보고 이윽고 자신을 본다.

대낮인데.

그 말은 아무 소용이 없다. 그녀에게도 마찬가지다. 그녀의 몸은 그녀가 아니라 만복을 따르고 있는 것 같다. 만복의 손과 입술이 점점 급해진다.

그녀를 파고드는 만복의 머리와 어깨.

적나라하게 보이는 그들의 모습이 낯설다. 마치 꿈을 꾸고 있는 것처럼. 꿈에서 보고 있는 것처럼.

그러다 아득한 느낌과 함께 구경꾼이 돼버린다.

눈을 돌릴 필요도 부끄러워할 필요도 없어진다.

구경거리니까.

훤한데 익숙해진 봉금이, 만복의 움직임을 보며 머리를 잡았던 손을 등으로 가져간다.

잠자리에선 늘 눈을 감고 있었다.

만복의 손이 슬그머니 그녀의 가슴으로 오면, 봉금은 눈을 감고 그의 행동이 이어지기를 기다렸다. 눈을 뜨더라도 어둠 속이겠지만 봉금은 눈을 감고 있었다. 아마도 그래야 되는 줄 알았던 모양이다.

시집을 와서 처음 같은 방에서 자는 날.

봉금은 그저 낯선 남자와 둘이 있다는 게 너무 무서워 그의 손이 닿자 소리를 지르며 울었다. 그녀가 울자 옷을 벗기지도 못한 채 그냥 재워주었다. 하지만 다음날은 울어도 소용없었다. 기어이 저고리를 벗기고 그렇게 윽박질렀다.

그냥 눈 감고 있으면 돼. 그러면 지나가.

어쩔 수 없이 봉금은 눈을 질끈 감고 그가 하는 대로 두었다. 눈을 감고 있으니 덜 무섭기도 했다.

그게 버릇이 되기도 했거니와 원래 그래야 되는 것인 줄 알았다.

봉금의 손이 등을 만지자 만복이 가슴에 묻었던 얼굴을 들었다.

그의 얼굴이 봉금을 마주 본다. 바로 눈앞에서. 신랑의 얼굴이지만 이렇게 가까이 보는 건 처음이다. 훤한 대낮에 코가 닿을 듯 마주하기는 처음이다. 낯설면서도 뭔가 뭉클한 느낌이다. 봉금이 만복의 얼굴로 손을 가져간다. 땀에 젖어 이마에 붙어있는 머리카락을 이마 위로 걷어내고 손바닥을 가만히 뺨에 대어본다. 손바닥이 뺨에 닿는 순간 만복의 입술이 그녀의 입술을 덮는다.

봉금은 그의 입맞춤을 받아들인다. 눈을 감고 그가 하는 대로 흘러가는 것이 아니라 그를 맞이한다.

서로를 보면서 서로를 느끼는 것.

감정에 반응하는 것.

눈빛과 몸으로 맞이하는 것.

그것이 얼마나 큰 기쁨인지 알아챈 날이었다.

그날은 만복과 봉금이 진정으로 부부가 된 날이기도 했다.

* * *

벤치의 노파가 한순간 생기 넘치는 젊은 여자의 모습으로 돌아온 걸 남자는 보았다. 그리고 남자가 그 여자를 돌아보는 걸 나무가 보았다.

하늘을 찌르는 무주나무 세 그루가 살고 있는 숲이 있다.

세 그루가 드리운 그늘 때문에 공터가 생기고 공터 덕분에 한낮의

33

햇살이 쏟아지는 곳이 있다.
　그곳엔 벤치가 있고,
　그 벤치에,
　숲을 품은,
　숲이 된,
　두 사람이 있다.
　지금,
　그곳에는.

봉금

봉금이 무주나무 앞에 서 있다.

머리가 하얗다.

아들을 잃고 일 년 만에 한 외출이다.

계절이 한 바퀴 도는 동안 검은 머리는 하나도 남지 않았다.

나무가 되어, 바람이 되어, 시원하기만 하던 노파, 봉금.

봉금은 과거의 자신을 아무런 저항 없이 보고 있다. 아니다. 보고 있는 것이 아니다. 그날 그 시간에 와 있다고 해야 하겠다. 분명히 10년도 더 지난 일이지만 지난 일이라는 감각이 없다. 10년 전의 일을 지금 겪고 있다. 이 순간은 바로 그날이다. 공간과 시간은 흐르고 변하는 게 아니라 느끼는 그 순간에 존재할 뿐이다. 봉금은 그런 세계에 존재한다.

* * *

〈아이고 성조야!〉

〈이놈아—〉

〈내가 우째 살라고—〉

봉금은 흔들리는 나무를 보며 서 있다. 입술도 떼지 않고 눈물도 흘리지 않는다. 그러나 그녀의 마음이 내는 소리는 그녀를 이루는 몸의 경계를 흐트러뜨리며 사방으로 진동한다. 진동은 나무들 속으로, 땅으로, 바위로, 숲으로, 섞이고 쌓여 나무가 되고 땅이 되고 숲이 된다. 바람 속에 흔들리는 무주나무에서도 봉금의 마음이 꾸역꾸역 밀려온다.

봉금은 큰아들 성조가 죽자 얼굴을 들고 다닐 수가 없었다. 사람들을 보고 싶지 않았다. 자식을 앞세운 어미가 살아서 밥을 먹는다는 게 얼마나 한심하고 부끄러운지. 자식을 지키지 못했다는 죄책감은 밤낮으로 망치가 되어 가슴을 쳤다.

성조는 겨우 쉰에 봉금 곁을 떠났다.

봉금이 자식 살릴 걱정만 하고 있는 동안 아들은 떠날 준비를 하고 있었다. 성조는 집을 지어 파는 일을 했다. 돈을 제법 잘 벌었다. 주로 단독 주택을 짓고 팔았는데, 일곱 가구가 살 수 있는 3층짜리 다세대 건물을 짓고는 팔지 않았다. 집이 완성되고 봉금이 그 건물의 첫 입주자가 되었다. 돈이 모자란다고 하여 가지고 있던 돈을 몽땅 내주었고 얼마 되지는 않지만 고향집도 팔았다. 성조가 하는 일이라 의심도 없이 원하는 대로 해주었다. 그때까지만 해도 그저 아들을 도와줄 수 있다는 어미의 뿌듯함이 있었다.

알고 보니 성조는 봉금의 앞날을 준비하고 있었다. 장사를 그만 두게 하고 싶었던 것이다. 그건 성조 판단이 옳았다. 고향을 떠나지 않았다면 봉금은 아직도 생선장수를 하고 있었음에 틀림없다. 거의 평생을 해온 일이고 그 일로 삼남매 먹이고 공부시키고 살았다. 힘은 들었지만 고생스럽다고 생각한 적은 없었다. 성조가 살아있다면, 아니 성조의 계획이 아니었다면, 봉금은 아직도 생선 좌판을 지키고 앉아 있을 터였다.

늘 하던 일을 접고 낯모르는 도시로 이사와 살게 되자, 편안한 것보다 답답증이 일었고 심심하기도 했다. 그래도 성조가 흐뭇해하는 걸로 위안을 삼았다. 그것이 낯설고 물선 곳에 갑자기 옮겨 앉은 봉금의 유일한 기쁨이기도 했다.

어머니, 이 꼭지를 돌리면 더운 물이 나옵니다.

앉아서 볼일 보고 여길 누르면 되는 거 아시지요?

변기의 물을 내리며 봉금을 보고 웃는 성조의 얼굴이 너무 말라 찬물을 끼얹은 것처럼 섬뜩했다. 위염이 있어 병원에 다닌다고는 했다. 치료만 받으면 낫는 병이라고. 하지만 낫는 병이란 믿음에 금이 갔던 순간이었다. 그리고 그 순간을 애써 잊어버린 척하며 살기 시작한 순간이기도 했다.

성조는 차근차근 떠날 준비를 했다.

그건 봉금에게 집세를 받으며 사는 도시 생활을 준비시키는 과정이기도 했다.

위암 진단을 받고 세상을 떠나는 날까지 몇 해를, 성조는 봉금의 생활 밑천이 될 집을 짓고 이사를 시키고 정착하게 하는 데 보냈고, 봉금은 가끔 아들의 병을 의심하고 위장에 좋다는 음식이 있다면 그걸 해서 갖다 먹게 하고, 아침저녁으로 신령님께 아들의 병을 깨끗이 낫게 해달라고 빌고, 건물을 보고 뿌듯해하고, 종종 바닷가 고향을 그리워하고, 성조를 자주 보는 기쁨으로 보냈다.

그러다 한 달이 넘게 성조는 집에 오지 않았다. 전화를 하면 바쁜 일이 있다고, 일이 끝나는 대로 가겠다고 했다.

그날은, 그러니까 성조의 목소리를 마지막으로 들은 날이다.

〈어머니, 잘 지내세요.〉

그렇게 말하고 끊었다. 수화기를 내려놓는데 수화기가 바위 덩이처럼 무거웠다. 어쩌면 성조의 목소리가 바위덩이였는지 모르겠다. 떨리는 손으로 다시 전화를 했다. 휴대폰 번호는 숫자가 얼마나 많은지 누르는 중에 자꾸 다른 목소리가 나와, 없는 번호니 다시 누르라,고 했다. 몇 번 만에 전화가 제대로 걸렸지만 받지 않았다. 답답해서 집으로 해보았으나 역시 받지 않았다. 집 전화는 원래 받는 사람이 없었다. 세상이 해괴해서 모두 각자의 전화기를 가지고 다니고, 그것으로만 통화를 하는 모양이었다.

그날.

자려고 누웠는데 전화가 왔다. 성조처였다.

애비가 전화를 받을 수 없다 했다. 그 말을 무시하고 성조를 바꾸어

달라고 했다.

ー 어머니, 참 답답하시네요. 눈치가 그렇게 없으세요? 애비 이제 전화 못 받아요.

못 알아들은 척하고 무조건 바꾸라 했다. 한순간 모든 게 명확하게 다가왔지만 아는 척할 수가 없었다. 자식이 앞서 간다는 말을 어미가 되어 인정할 수 없었다. 두고 볼 수가 없었다.

차마 받아들일 수 없었다.

그렇다고 해도 그건 백일하에 드러난 비밀. 이미 다 알려진 비밀을, 비밀로 간직하고 있었다. 직접 누군가 그녀에게 전해주지 않는 한 어디까지나 비밀이어야 했다. 아들이 죽어가고 있다는 사실은, 눈에 훤히 보여도 보고 싶지 않았으니까. 알면서도 알고 싶지 않았으니까. 그래서 물어보지도 않고 알려고 하지도 않았다. 거짓말을, 얼굴에 다 드러나는 거짓말을 애써 못 본 척했다.

가죽처럼 말라가던 성조의 얼굴.

웃으면 온통 구겨진 보자기처럼 주름이 지던 그 얼굴을, 그 얼굴이 알려주는 진실을 보고 싶지 않았을 뿐이다. 빗방울이 얼굴에 차갑게 떨어지건만 비가 아니라고, 하늘이 맑다고 하고 싶었다.

성조처가 하는 말은 독침이 되어 온몸을 찔렀다. 피하고 피했던 진실을 똑똑히 쏟아놓고 있다. 정신을 차릴 수 없을 정도로 밀려드는 엄청난 파도. 계속 듣고 있을 수가 없었다. 듣고 싶지 않았다. 상대의 말을 무시하고 그냥 같은 소리만 했다.

바꿔.

바꾸라고.

애비 바꿔라.

아무 소리도 없는 수화기에 대고 혼자 소리쳤다. 성조처는 진작에 전화를 끊어버렸다. 아마 그러기를 바랐는지도 모르겠다. 무슨 소리를 더 듣고 싶었겠는가. 그런 무서운 소리는 정말 듣고 싶지 않았다. 듣지 않으면 없는 일이 되기라도 할 것처럼 듣는 걸 거부했다.

같은 말만 외치다 멈추었다. 소리가 나오지 않았다. 갑자기 숨이 하나도 내쉬어지지 않았고, 컥, 하는 소리를 끝으로 숨도, 소리도 나오지 않았다. 수화기를 든 팔이 돌덩이가 된 것처럼 방바닥으로 툭 떨어졌다.

성조는, 봉금의 큰아들은 이틀을 더 살아있었다.

이틀 동안 아무도 알아보지 못하고 아무 말도 하지 못했다.

병원에도, 장례식장에도 가지 않았던 봉금은 그 시간을 어떻게 보냈을까.

씻지도 먹지도 않고 죽은 사람보다 더 못한 형상이 되어 있었다고 딸 성숙이 울며 말했다. 오빠가 절대 봉금에겐 알리지 말라 했다고. 병명도, 병원도. 만약 엄마가 병원에 나타나게 하면 자기가 죽기 전에 알린 사람을 먼저 죽여버리겠다고, 성조처와 성숙에게 무섭게 경고했다고. 성숙이 울며 말했다.

성숙은 봉금을 보러 올 때마다 하소연, 넋두리, 협박을 하고 갔다.

엄마가 이러고 계시면 제가 어떻게 살겠어요.

저도 살림하는 여잔데 오래 집 비워둘 수 없어요.

엄마가 계속 이러시면 저 다시는 안 올 거예요.

같이 죽을까요? 네? 그러면 속이 시원하겠어요?

어차피 모두 가는 길이에요. 가는 날까지 사람처럼 살다 가면 안 돼요? 제발 빌게요, 어머니. 저 좀 살려주세요.

딸의 하소연이 효과가 있었는지.

아님 아픔에 면역이 되었는지.

아님 기억조차 희미해졌는지 모르겠다. 그랬는지도 모르겠다.

아들을 데려간 그 여름이 다시 왔다.

봉금은 일어나 화장실 거울 앞에 섰다.

헝클어진 머리가 어깨까지 내려와 있는 바짝 마른 노파가 그녀를 보고 있다. 원래 짧게 잘라 파마했던 머리였다. 놀랐다. 성숙이 말하던 죽은 사람보다 더한 형상이 거기 서 있었다.

봉금은 아무렇게나 내려온 머리를 한데 모아 쥐었다.

홀쭉한 뺨, 푹 꺼진 눈두덩.

낯선 여자다.

누구요? 하고 묻고 싶었다.

거울을 한참 들여다보던 봉금의 눈에 눈물이 맺힌다.

거울 속에 있는 눈빛은, 살이 없는 뺨은, 바로 성조였다. 아들 성조가 슬픈 눈빛으로 봉금을 보고 있었다.

미안하다.

그런 생각이 들었다. 그리고 부끄러웠다.

이런 꼴로 지낸다는 게 더 부끄러운 줄도 모르고, 사람들 눈이 부끄럽다고 생각했다. 온통 부끄러워, 하늘도, 땅도, 사람을 보기도 부끄러워 고개를 들 수 없었다. 그런데 지금 봉금은 자신의 꼴이 몹시 부끄럽다.

몰골이 정말 말이 아니다. 늙을수록 입성이 깔끔해야 한다고 성조가 그러지 않았는가 말이지.

봉금은 목욕을 한다.

비누질을 하고 머리도 감는다.

비누질을 하는 몸이 낯설다. 살이 하나도 없다. 대나무 같은 팔도 낯설고, 가죽처럼 말라붙어 버린 가슴도 낯설고, 갈비뼈 아래로 푹 꺼진 배도 낯설다. 봉금은 낯선 노파를 천천히 씻기고 닦고 긴 머리를 한데 모아 쪽을 졌다.

속옷 바람으로 장롱을 뒤졌다.

깊이 들어있던 모시 한복을 꺼낸다.

몇 번을 입었을까. 새댁 시절에, 성조 아버지가 살아 있을 때나 가끔 입었던 옷. 그 후론 장사를 하느라 늘 시장통에 나앉아 있는 사람이어서 그런 옷은 어울리지 않았다. 자연스럽게 잊고 살았다. 살이 붙고 몸이 굵어져 입을 수도 없었을 터였다.

그렇게 장롱 속에 귀하게 잠들어 있었던 옷은 이제 봉금을 넉넉히 감싸고 남는다.

모시 한복을 입고 쪽을 찐 봉금은 다른 사람이다. 이제 길을 다녀도, 그녀를 알던 이웃도 알아보지 못할 것 같다.

다른 모습이 된 봉금이 벗어놓은 옷을 돌아본다. 지난날의 허물처럼 화장실 앞에 널려 있는 옷. 너무 커서 이젠 입지도 못할 옷이다. 입고 있을 땐 몰랐다. 벗어버리기 전에는 버릴 생각을 못했던 옷이었다.

봉금은 벗어놓은 옷을 보자기에 싼다.

옷 보퉁이를 들고 문을 나서는 봉금.

현관문이, 웬일이냐?며 끼익, 낯선 소리를 낸다. 그 소리에 가슴이 좀 설렌다. 그저 끼익, 하는 소리일 뿐인데 그녀에게 말을 걸어주는 것 같아 반갑다. 누군가 말을 걸어주기를 바랐던가. 그런 생각은 그녀의 의식인지 그저 떠돌던 의식들인지 모르겠다.

한여름이다.

밖엔 바람이 있다.

움직이는 공기 덕분에 시원하게 느껴진다.

아직 해가 뜨려면 멀었다.

한밤중이지만 봉금은 상관하지 않는다. 밤낮을 잊어버리고 살았던 날들이 많았다. 불을 켜지 않은 채 몇날 며칠을 보내기도 하고 불을 켜 놓은 채 세월이 흐르게 두기도 했다.

집 앞으로 나 있는 도로는 그다지 어둡지 않다. 군데군데 밝혀져 있는 가로등 덕분이다.

봉금은 도로로 이어지는 계단을 내려와 길에 섰다.

갈 길을 잃은 걸까. 애초에 갈 곳이 없었던 걸까.

그녀는 한참 동안 계단이 끝난 길에 서 있었다. 밤바람이 그녀의 치맛자락을 조금씩 흔들었고 희뿌연 한복이 희미한 어둠 속에 깜박깜박 녹아들었다.

이윽고 그녀가 걸음을 뗀다.

건물 앞 헌옷 수거함으로 가 옷 보퉁이를 밀어 넣는다. 텅, 하고 철문이 닫히는 소리. 그 소리를 신호삼아 길을 따라 걸어간다. 전봇대를 지난다. 전봇대 아래는 갖가지 쓰레기 봉지들이 수북하게 쌓여있다. 판매하는 쓰레기 봉지를 이용해 정해진 시간에 내놓아야 하지만 규격봉지는 찾기 힘들다.

봉금이 쓰레기 더미 옆을 지나간다.

길을 따라 걷다보면 자연스럽게 천변 길로 들어서게 된다. 공원으로 이어지는 길이다. 본래는 나무와 풀이 우거진 산이었지만 도시가 산 밑으로 자꾸 커지자 산자락이 공원이 되었다. 운동기구와 벤치와 어린이 놀이시설이 구비되면 공원이 된다. 성조가 죽기 전에는 매일 가다시피 했던 곳이다. 집안에선 별로 할 일도 없고 답답하기도 해서, 고향 바람이 생각나면 하루에도 몇 번씩 갔다.

그 기억과 습관이 봉금을 이끌었다.

공원에 닿았다.

밤 고양이와 마주친 것 외엔 움직이는 것은 만나지 않았다.

공원에도 움직이는 것은 없다.

운동기구가 여전히 자리를 지키고 있는 공원. 사람이 쓰지 않는 운동 기구는 할 일 없는 사람처럼 멍청해 보인다. 봉금은 운동기구가 놓인 곳을 지나고 주변에 흩어져 있는 벤치도 그냥 지나간다. 희끗희끗한 빛을 뿌리며 그녀는 구불구불한 길을 계속 걸어간다. 더 이상 인도블록이 깔리지 않은 흙길이다. 처음은 아니다. 자주는 아니지만 걸어보았던 곳이다. 이렇게 한밤중인 것만 빼고는.

조금 더 걸어가면 공터가 나온다는 것도 안다. 넓지는 않지만 한낮의 햇살이 충분히 쏟아지는 곳이다. 키 큰 나무 세 그루가 병풍처럼 서 있는 아래 낡은 벤치도 하나 있다. 운동기구가 놓인 곳에 사람들이 아무리 바글거려도 그곳은 한산했다. 낡은 벤치는 어쩌면 사용하지 않고 손보지 않아서 낡아버린 건지도 모른다. 사람이 만든 물건은 버려둘 때 더 빨리 낡아버린다. 사용하는 동안도 닳기야 하겠지만 버려진 것과는 다르다. 끊임없이 이용되고 보수되는 동안은 집도 가구도 살아 있을 수 있다. 인간과 관계 맺은 것들은 인간의 손길을 타야 하는 법이다.

* * *

도시의 불빛이 닿지 않는 곳.

하늘로 치솟은 나무들 위로 별빛이 가물거린다.

어둠에 싸인 봉금의 희부연 옷이 스멀스멀 어둠 속으로 스며드나 싶더니 날카로운 파동으로 변한다.

아이고 성조야!

성조야—.

봉금의 외침이 공기에 실려 숲을 흔든다.

무주나무가 총을 맞은 듯 움찔한다. 벤치의 노파와 남자도 같이 흔들린다.

햇살 속을 헤엄치던 남자가, 노파가, 별빛 아래 흔들리고 있다. 10년 전의 노파와 같이 흔들리고 있다. 어떻게 된 일인지 황당해야 하지만 그들은 그렇지 않다. 이 세계에선 아무렇지도 않다.

그들의 세계는 어떻게 된 것일까.

10년 전 자신의 모습을 보고 있는 봉금. 그리고 또 다른 목격자,

남자.

　나무가 되어버린, 아니 어떤 물상으로도 존재하게 된, 아니 아무것도
아니게 되어버린 그들.

　10년이 지났다.

　10년 전의 모습이다.

　노파다.

　남자다.

라는 경계가 사라져버린 세계.

　과거와 미래와 나무와 사람과 숲과 바람이 구분되지 않는 세상.

　무엇으로든 존재하고,

　무엇이든 의식할 수 있는 우주의 눈.

　노파와 남자는, 그리고 숲은,

　우주의 눈으로 존재하게 된 것인가.

승순

남자의 이름은 승순이다.

한자어가 품은 뜻이 아무리 좋다 해도 남자는 아직도 이름이 그다지 마음에 들지 않는다. 아니다. 사실 이름 자체에 불만이 있는 건 아니다. 그 이름을 듣고 반응하는 사람들의 태도가 불편할 뿐이다. 이름을 말하면 꼭 한 번 더 되묻는다. 승수?냐고. 누가 언제부터 남자 이름에 '순'이 들어가면 안 된다고 했는지, 반드시 되물어보라고 했는지 모를 일이다. 지금이야 점잔을 빼는 어른들과 상대를 하는 어른이 되었으니 이름을 밝혀야 할 때마다 좀 성가실 뿐이지만, 어릴 땐 노골적으로 놀리며 웃는 아이들 때문에 울었던 적도 많았다.

학창 시절 승순의 별명은 '순이'였다. 남자인 승순이 여자가 되는 순간이었다. 결코 여자가 될 수 없는데도 불릴 때마다 왜 그렇게 성이 났는지. 하지만 학년이 높아지고 오랫동안 듣다 보니 나중엔 '순이!' 하고 불러도 자연스럽게 돌아보게까지 되었다. 무엇이든, 아무리 나쁜 것이라 해도 익숙해지는 때가 있는 모양이었다.

할머니의 죽음도 그렇게 될 것이라 믿었다.

꼭 그렇게 되어야 했다.

그런데 정말 그렇게 될까.

할머니의 치매는 갑자기 찾아왔다.

조금씩 기억을 잃어갈 것이라 했는데 할머닌 아니었다. 사실 '치매'란 진단이 났지만 확실하지도 않다. 의사의 소견도 그랬다. 일반적으로 치매의 판단 기준으로 봤을 땐 할머니는 지극히 정상이라고. 그런데도 할머닌 모든 기억을 빠르게 잃어갔다.

어느 날 아침, 갑자기, 할머니의 세계가 달라져버렸다.

그건 승순의 세계가 무너지는 날이기도 했다.

그날 아침에, 경비실에서 인터폰이 왔다.

할머니가 받겠지, 하며 일어나지 않았다. 인터폰은 한참 울렸다. 이상한 생각이 들어 일어나는데 소리가 끊겼다. 거실로 나갔다. 집안에 아무도 없다는 걸 직감했다. 할머니가 계시지 않았다. 계셨으면 그렇게 울리는 인터폰을 받지 않을 리가 없었다.

할머니 방문은 열려 있었다. 방 앞으로 다가가는데 가슴이 서늘해져왔다. 이부자리가 펼쳐진 채 그대로다. 정상적인 외출은 아니다. 이부자리 정리도 하지 않은 채 할머니가 외출한 적은 없었다.

황당하고 불안한 가운데 시간이 지나갔을 것이다. 얼마의 시간이 흘렀는지 승순은 기억하지 못한다.

다시 귀를 찢는 인터폰 소리에 깜짝 놀란다.

경비실로 급히 내려오란다. 할머닐 모시고 있다고.

할머닐 모시고 있다고? 왜?

이해 못 할 소리를 했지만 물어볼 경황은 없었다. 경비는 용건만 전하곤 끊어버린다. 승순의 할머닌 그냥 할머니가 아니다. 포목점 사장님이며 집안의 가장이다. 이름뿐인 가장이 아니라 경제력을 갖추고 실제로 아직도 승순의 보호자인 집안의 주인이다. 그런 할머니를, 치매 노인도 아닌데 모시고 있다니. 도대체 무슨 소리인지.

불안해지는 마음을 투덜거림 속에 감추고 급히 내려갔다.

경비실 의자에 앉아 있는 할머닌 멀쩡했다.

승순을 보자마자 벌떡 일어나며 경비를 나무랐다.

– 나 원, 멀쩡한 사람을 잡아 두고 남의 집 귀한 손자를 오라 가라 하네.

난처함과 억울함이 뒤섞인 표정으로 경비가 승순에게 눈짓을 했다. 따로 할 말이 있다는 뜻으로 읽혔다.

나중에요.

승순은 할머니 눈길을 피해 경비에게 입 모양으로 뜻을 전했다. 알아들은 경비가 고개를 끄덕이며 할머니에게 인사했다.

– 손자분 오셨으니 올라가세요.

승강기에 오른 할머니는 양말 바람이었다. 어딜 얼마나 돌아다녔는지 흰 면양말은 회색이 되어 있었다. 옷도 황당하긴 마찬가지다. 잠잘 때 입는 속치마저고리에 스웨터만 걸쳤을 뿐이다. 정상적인 모습은 아니다. 그런데 승순이 내려갔을 때 정신은 말짱했다. 눈빛도 말투도 하나도 이상하지 않았다.

그러나 승강기에서 내려 집안으로 들어서는 할머니의 얼굴은 당혹감으로 어두웠다. 아무리 우겨도 자신의 행색이 정상이 아님을 보여주고 있다. 습관적으로 신을 벗으려고 했지만 발은 양말바람이고 내려다본 옷은 속치마다.

할머닌 전혀 기억을 할 수 없다고 했다. 누군가 부르는 소리에 깜짝 놀랐는데 경비가 자기 팔을 잡고 끌더라고 했다. 부지불식간에 경비를 따라 온 곳이 경비실이라고. 그 전엔 어디로 가고 있었는지, 왜 집을 나왔는지 아무것도 기억하지 못했다.

그래도 그날은 그날 이후 할머니의 정신 중에 가장 또렷한 날이었다.

그날,

병원에 갔고 문진상으론 아무런 문제가 없었다. 기억력도 행동도 승순이 알던 할머니였다. 새벽에 일어난 할머니의 행동을 들은 의사도 믿을 수 없다는 표정이었다. 자세한 검사를 위해 피를 뽑고 뇌 촬영 검사도 해놓고 돌아왔다. 의사는 그렇게 말했다. 더 정확한 것은 검사 결과가 나와 봐야 알겠지만 나이가 있으니 의심은 하고 있는 게 좋을 것이고, 그렇다 해도 아직 초기면 당분간은 거의 정상적인 생활이 가능하고 또 약을 먹으면 진행 속도를 늦출 수가 있으니 노환이라 생각하면 그다지 걱정할 건 아니라고.

얼마나 낙관적이었던가. 나이가 들면 누구나 기억력이 나빠지고 또 기억이 사라지기도 하니까. 할머니도 그저 그런 순서를 밟는 거려니 했다.

병원에서 돌아와서는 승순의 미래에 대해서도 이야기를 나누었다. 할머니와 미래에 대한 의논을 한 것도 그날이 마지막이 되었다.

할머닌 시장에서 포목점을 하고 있었다. 그건 할머니가 젊었을 때부터 해오던 일이고 그 집의 수입원이었다. 승순은 가끔 용돈이 궁하거나 방학 때 정말 심심하면 놀러가듯 갔을 뿐 할머니의 장사에 대해선 아무것도 몰랐다. 치매가 닥쳐왔을 때 승순은 그저 세상모르는 사립 대학교 학생이었다.

부모가 계시지 않았지만 물질적으로 부족함이 없었다. 부모가 궁금하긴 했어도 그리워 몸부림칠 만큼 외롭지도 않았다. 할머니는 좋은 양육자였다. 따뜻하고 너그럽고 세심했다.

승순이 앞으로 어떤 일을 하며 먹고 살 건지 웃으며 물었다. 승순의 직업에 대한 진지한 질문. 처음이자 마지막이 돼버린 질문이었다. 승순은 농담 삼아 포목점을 해볼까? 했고 할머닌 눈을 반짝이며 배워보련? 했다.

나중에 무얼 하게 되든, 이제부터라도 포목점에 자주 나와 재미삼아 일을 배워두는 것도 좋을 것 같다고, 병이 아니라도 할머니가 언제까지 살아 있을 순 없지 않느냐고, 할머니도 웃고 승순도 웃으며 했던 이야기가 정말 '이야기'가 되어버렸다. 실현가능성 없는 옛날이야기처럼.

다음날 포목점 문은 열지 못했다.

할머니가 또 양말 바람으로 새벽에 나가 버렸던 것이다.

인터폰 소리에 승순은 거의 기절을 했다.

전날과 달리 벌떡 일어나 바로 뛰어나갔다. 할머니 방문은 열려 있었다. 가슴이 철렁 내려앉았다. 인터폰 수화기를 들었다.

– 내려오셔야겠습니다.

경비의 목소리에 짜증이 묻어 있었다. 같은 일이 벌어졌다는 증거다.

모든 일이 그렇다. 처음은 너그러울 수 있다. 걱정하는 척이라도 할 수 있다. 그러나 그게 계속되어야 하는 수고라면 그렇지 못하다.

승순은 놀란 표정을 감추지도 못한 채 곧장 내려갔다.

할머니 얼굴은 두려움에 뒤덮여 있었다.

정신이 돌아온 것 같지만 어제와는 사뭇 달랐다. 당당함이 사라졌다. 승순을 보는 눈길이 왜 아이처럼 보였을까. 경비와 눈이 마주치자 고개까지 떨구었다. 그건 잘못을 저지른 아이의 태도였다. 꾀죄죄한 손과 회색이 되어버린 양말. 도대체 어디를 헤매고 다녔던 것일까.

승순의 팔을 잡고 집으로 돌아온 할머니는 말이 없었다. 몹시 피곤해 보이는 할머닌 정말 할머니가 되어 있었다. 늘 단정하게 쪽지고 있던 머리는 여기저기 빠져나와 있고 이마 위로 흘러내린 흰머리가 유난히 눈에 띄었다.

승순은 비로소 김무희 여사는 어머니가 아니라 할머니였다는 걸 알게 된 것처럼 놀란다. 할머니라 부르고 살았으면서도 '할머니'는 그저 '어머니'나 '아버지'의 다른 이름이었던 모양이다. '할머니'란 이름 속엔 어머니의 사랑, 아버지의 든든함, 부모의 의무까지 들어 있었지만 정작 '연세'는 빠져 있었다. 할머니의 연세. 승순은 할머니의 모습을 찬찬히 훑어보며 나이를 곱씹어본다.

깜짝 놀란다.

정말 할머니다.

나이를 떠올린 순간 비로소 할머니가 된 것처럼 놀란다.

승순은 벌떡 일어난다.

– 할머니 손 씻으러 가요.

나이를 인식하고 벌떡 일어났지만 어떤 다른 생각이 있었던 건 아니었다. 그 나이면 소일거리나 찾고 있을 나이가 아닌가, 왕성하게 생활의 일선에서 일할 나이는 지났다, 같은 인식을 한 것은 더구나 아니었다. 나이를 입으로 되뇌는 순간 그냥 앉아 있을 수가 없어졌다. 무엇이든 해야 한다는 생각이 들었을 수는 있다. 할머닌 이제 늙었고 할머니 곁엔 승순밖에 없었으니까.

사실은 나이를 인식하는 순간 당혹감이 밀려왔다. 당혹감은 상당히 불편한 감정이었고 그래서 직시하고 싶지 않았다. 그런 당혹감을 감추려면 무엇이든 해야 했는데 마침 할머니의 더러운 손이 눈에 들어왔고 그래서 손을 씻겼을 뿐이다. 할머니가 어린 승순에게 그래주었던 것처럼.

할머니의 손을 잡고 화장실로 이끌자 말 잘 듣는 아이처럼 승순을 따라왔다. 물을 틀고 할머니 손을 잡은 채 흐르는 물 밑에 갖다 대었다. 승순의 손안에 들어오는 작은 손이다. 작고 더러운 할머니 손. 비누칠을 하자 회색 거품이 보글보글 일어난다. 거품에 갇힌 두 쌍의 손이 흐려진다.

승순은 착각에 빠진다.

할머니는 나다. 흙장난을 하고 들어온 승순이다. 그럼 나는 누구일까. 나는 누구일까. 내가 이제 할머니가 되어버리는 건가.

승순의 눈에서 눈물이 뚝, 떨어진다.

신발도 없는 채로 나갔으니 양말은 그렇다 쳐도 손으론 뭘 한 걸까.

거품이 잔뜩 인 손을 수도꼭지 밑으로 갖다 댄다. 더러워진 거품이 순식간에 씻겨나간다.

더러워진 거품이 말끔히 씻겨나간 것처럼 할머니의 기억도 말끔해졌다면 얼마나 좋았을까. 정말 얼마나 좋았을까. 할머니가 살아있었던 내내, 할머니가 돌아가시는 순간까지 승순은 그 일이 있기 전으로 돌아가기를 간절히 바랐다. 돌아갈 수 있기를. 헛된 바람이라는 단어조차 떠올리기 싫을 정도로 그 희망에 매달렸다.

희망이란 말은 그래서 희망이다. 그저 바라고 바라기만 하는 것. 결코 현실이 될 수 없는 것. 참 잔인한 단어가 아니던가. 세상에 그렇게 잔인하고 표리부동한 단어가 있을까. 폭력, 난동, 강탈, 같은 단어는 적어도 표리부동 하지는 않다. 그들은 적어도 희망을 갖게 하진 않는다. 품고 있는 뜻이 분명하기 때문이다. 미련을 둘 필요가 없다. 그냥 못 들은 척 버릴 수도 있다. 그런데 예쁘게 포장된, 자비심이 가득 든 선물 같았던 '희망'은 버려지지도 않고 버릴 수도 없었다.

병원에선 같은 말만 했다.

검사 소견으로는 할머니의 증세를 이해할 수 없다고. 뇌 사진에서도 전혀 문제는 발견되지 않았다. 문제는 할머니의 증세에만 존재했다. 그 때문에 희망은 더구나 버려지지 않았다. 날마다, 밤마다, 오늘이 지나면, 자고 일어나면 달라지지 않을까, 희망을 품었다. 미라처럼 말라 돌아가시는 순간까지도.

바보처럼.

정말 바보 같았다.

밥을 못 씹을 때라도, 음식을 삼키지 않을 때라도, 적어도 할머니가

54

살아 있을 때, 가끔 정신이 돌아와 승순을 알아볼 때, 포목점 정리를 하든, 일을 배우든 했어야 했다. 그래야 했다.

그래야 했지만, 다시 시간을 돌린다 해도 승순은 똑같이 행동했을 것이라는 것도 안다. 그저 답답한 마음에 헛된 공상을 해본 것뿐이다. 공상하는 시간이라도 없다면 너무 잔인한 시간만 남으니까.

할머닌 어린아이처럼 잠을 잤다.

손을 씻고 나오자

— 좀 누울란다.

하고 방으로 들어갔다.

승순은 할머니가 이부자리로 들어가 눕자 양말을 벗기고 이불을 덮어주었다.

〈한숨 자고 나면 나아지겠지.〉

그가 첫 번째 품은 희망이었다.

잔인한 운명처럼 몇 시간도 안 돼 부서져 버렸지만.

할머니는 깊은 숨소리를 내며 곧 잠이 들었다. 어디를 얼마나 돌아다녔는지 몹시 피곤했나 보다, 그런 생각을 하며 방문을 닫고 나왔다.

할머니가 몇 시에 집을 빠져나갔는지 모른다. 어디를 돌아다녔는지도 알 수 없다. 같은 라인 15층에 살고 있는 아주머니의 신고로 경비가 할머닐 찾은 곳은 아파트 화단이었다. 수영장 가느라 아침 일찍 일어나 차가 주차된 곳으로 갔는데, 그 앞 화단 나무 밑에 서 있더라고 했다. 승강기에서 만나면 인사를 나누는, 아는 얼굴이라 가까이 다가갔더니 나무 뒤에 숨더라고. 그러지 않아도 새벽에, 더구나 차림새도 평소와 너무 달라 설마, 하며 놀라는 중인데 전혀 자기를 알아보지 못하는 눈치였다고. 그래서 아무래도 이상해 경비실로 달려갔다고.

얼굴을 알아보는 사람과 마주친 것이 참으로 다행이었다. 낯모르는 사이였다면 고개만 갸우뚱하고 지나가기 쉽지 않았을까.

승순은 아침 준비를 했다.

할머니가 한숨 자고 일어나면 아침을 먹어야 한다고 생각했다. 할머닌 늘 정해진 시간에 아침을 먹었다.

쌀을 씻어 전기밥솥에 하는 정도는 익숙하다. 할머니 귀가가 늦어지면 종종 하던 일이기도 했으니까. 쌀을 씻어 불려놓고 냉장고 문을 열었다. 반찬통들이 나란히 들어있다. 할머닌 늘 갖가지 밑반찬을 떨어지지 않게 만들어 놓았다. 승순이 밥만 있으면 언제라도 먹을 수 있도록. 특히 방학 때는 더 신경을 써서 만들어 두었다. 혼자 점심을 먹어야 하는 승순을 위해서. 승순은 그 중 한두 개를 꺼내 밥을 먹곤 했다. 할머닌 골고루 다 꺼내놓고 먹으라고 했지만 승순은 귀찮기도 하고 같은 것들을 반복해서 먹는 것보다 다른 것을 돌려가며 먹는 게 더 좋았다.

냉장고에 있는 것들을 몽땅 식탁 위에 꺼내보았다. 멸치 볶음, 소고기 장조림, 메추리알과 고추 졸인 것, 시금치나물, 마른미역과 파 무침, 오징어채 조림.

밥만 해도 먹을 것 같긴 했다. 그래도 국물이 있어야 하지 않을까. 할머니가 밥을 차려줄 땐 늘 국물 있는 걸 해주었다. 찌개나 국으로. 승순이 그런 걸 해본 적은 없었다. 라면을 끓이는 거라면 몰라도. 고민을 하다 계란탕을 하기로 한다. 이름은 그럴듯하게 붙였지만 조리법은 주먹구구식이다. 마치 라면에 달걀을 푸는 것처럼 하면 될 것 같았다.

끓는 물에 라면 대신 파와 달걀을 넣고 소금으로 간을 맞추었다. 물이 좀 많은 듯했지만 맛은 그런 대로 괜찮았다. 혀에 음식 맛이 감돌자 흐뭇한 기분이 들기도 했다.

처음으로 차린 아침상.

그리고 앞으로 이어질 그의 일상의 시작이기도 했던.

아침을 차려놓고 할머닐 깨우러 갔다.

방문을 열어도 몰랐다. 잠귀가 밝은 할머다. 더구나 일어날 시간도 지났다. 쉬는 날 더러 낮잠 자는 걸 본 적은 있지만 아주 잠깐이다. 그것도 몸이 몹시 고단하거나 아플 때이고 낮에는 잘 눕지도 않는다. 그런데 전혀 기척이 없다. 해가 뜬지 한참이다. 있을 수 없는 일이었다. 정해진 휴일이 아닌 날에 할머니가 가게 문을 열지 않고 있다는 건. 그런 날은 어제 하루로 족했다.

가까이 다가가 할머닐 나직이 불렀다. 눈을 뜨지 않는다. 어깨에 손을 대고 가만히 흔든다. 할머니 입에서 깊은 숨소리가 한숨처럼 길게 나온다. 그리고 눈을 뜬다.

− 할머니, 아침…….

하는데 눈이 다시 감긴다.

곧 숨소리가 고르게 깊어진다. 한잠에 빠진 것 같아 더 이상 깨우지 못한다.

몹시 고단한가 보다. 조금만 더 주무시게 두자.

승순은 다시 방문을 닫고 나가 식탁에 앉는다. 그리고 혼자 밥을 먹었다.

그날 할머니는 정오가 되어 겨우 일어났다. 일어날 때는 정신이 또렷했다. 시간을 묻더니 승순을 나무라기까지 했다. 장사는 신용이 생명인데 왔다가 그냥 가는 사람이 있으면 낭패라고 하면서. 빨리 먹고 나가야 한다며 서둘러 주방으로 갔다. 식탁에 앉아 밥까지 잘 먹었다. 밥을 다 먹은 할머니는 식탁에 빈 그릇을 그대로 두고 일어서더니 현관으로 향했다. 어디로 가느냐고 불렀더니 자기 집으로 간다고 했다. 승순을 돌아보는 할머니의 눈에 두려움이 가득했다. 그런 할머니를 보는 승순도 두려움에 몸을 떨었다.

ㅡ 여기가 집이에요.

승순이 맨발로 현관으로 내려서는 할머니 팔을 붙들었다.

ㅡ 아니다. 여긴 우리 집이 아니다.

할머니가 울상이 되어 잡힌 팔을 빼려고 했다.

ㅡ 왜 이러세요, 할머니. 승순이야. 나 할머니 손자 승순이라고.

승순이 할머니 팔을 붙든 채 울음을 터뜨렸다.

할머닌 승순이 우는 걸 한참 보고 있더니 그렇게 말했다.

ㅡ 울지 마라. 나 좋은 데 간다니.

할머니는 하루에도 여러 차례 승순의 할머니로 돌아왔지만 그 시간은 아주 짧았다. 길어야 몇 분. 나머지 시간은 딴 세상에 가 있는 듯 조용했다. 그저 앉혀놓으면 앉아 있고 누우면 잠을 잤다. 그러다 가끔 현관문을 열고 탈출했다. 늘 집으로 가야 한다면서.

승순은 휴학을 했다.

휴학한지 1년이 지나자 주변에선 할머닐 병원이나 요양원에 보호하고 학교에 다녀야 한다고 했다. 얼굴 아는 주민들도 마주치면 할머니 안부를 묻고 그렇게 얘기하곤 했다.

그래야겠지요.

승순은 영혼 없는 대답을 하곤 그 문제는 고려하지 않았다. 오직 할머니가 옛날로 돌아오리란 희망만 쥐고 살았으니까. 요양원에 간다는 말에는 돌아온다는 뜻은 없었다. 그 길은 승순과 같이 가는 길이 아니었다. 사람들의 말은 어디까지나 승순이 할머니와 다른 길을 가야 한다는 뜻이었다. 아주 당연한 말을 당연히 하고 있다는 사람들의 표정이 두려웠다. 무시하지 않으면 행동의 방향이 바뀌어야 하는데 그럴 수 없었다. 그건 승순이 가장 피하고 싶은, 당하고 싶지 않은 일이었다. 그가 바라는 유일한 것은 할머니가 다시 돌아오는 것. 돌아와 옛날처럼 포목점엘 나가고 승순은 걱정 없이 학교나 다니는 그런 날이 오는 것.

포목점을 어떻게 처리하나, 주방 세제가 떨어졌구나, 속옷을 사야 하는데, 하는 생각을 하지 않아도 되는 삶. 승순에겐 그 시절이 간절히 필요했다. 그래서 포목점은 할머니가 아픈 내내 문을 닫은 채 남아 있었다. 그곳은 할머니가 돌아올 곳이었으니까. 그 시절로 돌아가려면 그곳이 그대로 있어야 했으니까.

어리석은 희망이었다.

그걸 몰랐을까.

모를 수는 없다. 바보가 아니고선 모를 리가 없다. 날마다 눈으로 확인하고 손으로 느끼는 일이다. 그렇지만 어리석은 줄 알면서도 멈출 줄 모르는 건 바보만 하는 짓이 아니다. 희망에 눈이 어두우면 누구나 저지르는, 아주 흔한 행동이기도 하다. 그래서 그 이름 앞에다 '헛된'이란 말을 붙여서 위로삼기도 하는지 모른다. 바보라서 저지른 짓이 아니라 알고도 어쩔 수 없이 저질렀다는, 헛된 희망.

할머닌 나날이 야위어갔다. 음식을 씹으려 하지 않았고, 씹어도 삼키려 하지 않았다. 끼니때마다 죽 그릇을 들고 씨름을 했다.

어떻게 그렇게 단박에 생의 의지를 버리게 되었을까. 그렇게 열심히, 성실하게, 적극적으로 활동하던 사람이. 어떻게 그다지도 무기력하게, 수동적으로 변할 수 있었을까.

할머닌 소파에 앉혀놓고 다른 자극을 주지 않으면 몇 시간이고 그냥 앉아 있곤 했다. 얼굴을 들여다보고 말을 시키면 마지못해 짧은 대답을 하고, 걷게 하려고 손을 잡아 일으키면 역시 마지못해 일어나 몇 걸음을 걸었다.

대소변을 봐주고, 목욕을 시키고, 몇 시간씩 씨름하며 끼니를 챙겨줄 수 있었던 시간은 그래도 행복했다. 할머니와 같이 살았으니까. 적어도 한집에 사는 식구가 있었으니까.

할머닌 마지막 두 달을 병원에 계시다 떠났다.

음식을 전혀 삼키지 않았다.

병원에선 연결된 호스로 음식물을 넣었다.

할머니 숨이 끊어졌을 때 울지 않았다.

화장을 하고 납골당에 유골단지를 모셔놓고 나오는데 눈이 날렸다. 삼월인데 눈이 날렸다. 하늘 가득 흰 눈이 펄펄 날렸다.

할머니는 이제 펄펄 날리는 눈을 못 보겠구나.

승순은 하늘을 올려다보며 중얼거렸다.

아파트 단지로 들어서는 입구에서 발길을 돌렸다. 혼자라는 현실을 마주하고 싶지 않았다. 집으로 가면 혼자이다.

이제 정말 '혼자'다.

승순은 몸을 떨곤 입구를 지나쳐 도로를 계속 걸어간다.

하얀 눈이 그의 검은 양복 위로 내려앉는다.

해가 저무는 한적한 길.

하얀 눈에 싸인 검은 물체가 걸어가고 있다.

숲으로 향하는 길 속으로 사라지고 있다.

숲 속으로 스며들고 있다.

이윽고 남자를 삼킨 숲이 조용히 흔들린다.

반응을 보이고 있다.

울음소리로.

한 남자가 벤치에 앉아 울고 있다.

눈 녹은 물에 양복 어깨가 젖은 남자가 울고 있다.

삼월의 저녁.

젖은 눈이 날리는 숲.

회색 하늘을 찌르는 나무들이 병풍처럼 서 있는 곳.

잎을 모두 떨구어버린 나뭇가지들이,

내려앉는 눈송이에 소리 없이 젖어 가는데.

숨죽이며 젖어 가는데.

그 아래 벤치에 앉은 남자가 소리 내어 울고 있다.

승순이 울고 있다.

오랫동안.

밤이 깊어지고 눈이 그칠 때까지.

그 눈물이,

울음소리가,

마른 나뭇가지로,

눈이 내려앉는 흙 속으로,

회색빛 하늘로,

섞여들고 있다.

숲이

한 생명을 둘러싸고 있다.

눈이 날리는 회색 하늘,

숨죽이고 있는 앙상한 나무,

차가운 벤치와 하나가 되어,

눈물에 젖어 있는 한 생명을 조용히 응시하고 있다.

* * *

한여름 햇살이 내리쬐는 숲 속 공터.

키 큰 무주나무 세 그루가 무사처럼 서 있는 곳.

바람이 불 때마다 수많은 잎들이 햇살에 반짝이는 곳.

반짝이는 햇살이 미소로 떠다니는 곳.

생명의 본질이 흐르는 곳.

존재 자체로 충만한 곳.

그 아래 벤치에,

남자와 노파가 앉아 있다.

과거의 일이 현재의 바람과 햇살과 향기가 되어 같이 있다.

짚고 있던 노파의 지팡이가 조금 떨린다.

떨림은 남자에게 전해지고 남자의 눈에 한 방울 눈물이 맺힌다. 남자는 과거의 자신이 되어 있다. 아니 바로 과거의 자신이다. 그는 숲이고 바람이며, 눈 녹은 물에 어깨가 젖은 채 울고 있는 그날의 승순이기도 하다.

무희

─ 아가, 나 들어간다.

시어머니가 별채로 며느리를 보러 와서 당신이 온 것을 알린다. 아기에게 젖을 물리고 있던 며느리, 무희는 네, 반가운 대답을 하면서 일어날 기미는 없다. 시어머니는 예사인 듯, 며느리가 코빼기도 안 보이는 것에 탓하는 기색은커녕 웃음 띤 얼굴로 마루로 올라서고 방문을 연다.

비단 치마 스치는 소리와 함께 시어머니, 매화가 방으로 들어선다.

매화의 발걸음은 날렵하고 가뿐하다. 언뜻 보면 며느리를 본 시어른이 아니라 아직 한창 생산을 하고 키우는 새댁의 풍모다. 쉰도 안 된 나이라 그럴 수도 있겠지만 워낙 고생을 모르고 살았고 성정도 맺힌 곳 없이 넉넉한 덕분이기도 할 것이다. 성정이란 말이 나왔으니 말이지만 시어머니 품평은 아무래도 며느리를 통해 듣는 것이 진짜가 아닐까 싶다.

그러면 며느리 생각은 어떨까.

무희에게 매화는 시댁 사람이 아니다. 아니 '시(媤)'를 뛰어넘어 친정 어머니, 친정 언니 같은 존재이다. 믿지 못하겠다는 눈빛으로 보는 건 이해하지만 '진정'이라는 걸 이해시킬 방법이 없다는 것 또한 안타깝다. 시집살이 하는 새색시들이 '친정' 말만 나와도 '맹목적 그리움'의 눈물을 흘린다는데 무희는 그렇지 않다. 잊어버리고 지내는 게 일상이고 생각이 나도 눈물은 없다. 매정하다 할지 모르지만 아무리 생각해도 눈물까지 날 이유가 없다. 친정나들이가 어려운 것도 아니고, 아기를 가져 입덧을 할 때도, 몸을 풀 때도 친정에 가 편히 있으라 했다. 필요하기도 전에 미리 손을 써주어서 그랬는지 몰라도 어떤 땐 친정에 가 있으련? 하는 말이 섭섭하게 들리기도 했을 정도로.

아들 현중을 낳고부터는 조석 문안 인사도 못 오게 했다. 젖먹이 딸린 어미가 거추장스럽게 안채까지 오고갈 필요 없다고. 손자가 보고 싶으면 당신이 달려올 테니 괜한 걸음하며 아침저녁 찬바람 쐬지 말라면서. 그래도 며느리 도리가 그게 아니다 싶어 몸을 풀고 시집으로 돌아온 다음날 아침에 문안 인사를 갔다가 호되게 야단을 맞았다. 시집 와서 처음 들어보는 꾸중이었다.

매화는 정말 화가 나 있었다. 시어머니의 꾸중 속에서, 며느리에 대한 모든 배려가 그냥 인사가 아니라 참말로 아끼는 속 깊은 배려라는 걸 알았다. 당신의 진정을 몰라주어 섭섭한, 시집은 시집일 뿐이라고 생각하는 무희의 얇은 속내에 정말 속이 상하셨다는 걸.

— 편하게 지내란 말이 그렇게도 불편하더냐. 내가 그동안 에미한테

괜한 소리만 하는 시어미였구나.

그 말에 눈물이 왈칵 쏟아졌다. 너무 미안하고 속상했다. 매화의 넓은 아량에 자신의 좁은 소견이 풍덩 빠지는 느낌이었다. 할 말이 없었다. 아무 변명도 못하고 시어머니의 비단 치마 앞에 엎드려 울기만 했다. 매화도 한참 동안 말이 없었다.

— 그래, 현중인 자느냐?

이윽고 매화가 무희의 등을 쓸며 그렇게 말했다. 무희의 울음소리가 더욱 커졌다. 엉엉 아이처럼 울었다. 며느리가 시어머니 앞에서 우는 소리가 그럴 수는 없었다. 그건 엄마 앞에서 부리는 아이의 응석이었다.

— 현중을 일하는 어멈 손에 혼자 맡겨두지 말라는 뜻이다. 부리는 사람은 어디까지나 부리는 사람이지 어미는 아니지 않느냐. 말은 못해도 어린 것은 어미가 곁에 없으면 불안하다. 봐라. 오늘처럼 날이 추우면 애를 안고 올 수도 없고 어미 혼자 오게 되는데 애한테나 새아가한테 좋을 게 있느냐. 찬바람이 산모한테 얼마나 해로운지 아직 철이 없어 몰랐을 테지.

매화의 손이 무희의 등을 토닥거리고 무희의 울음이 잦아졌다.

— 그만 울고 얼른 일어나 애한테 가 봐라.

무희는 말 잘 듣는 아이처럼 일어나 방을 나왔다.

— 내가 좀 있다 가 보마.

방문을 닫는데 매화가 그렇게 말했다.

그때부터였다. 시댁이 정말 친정이 돼버린 것이. 시집살이가 힘들다고 생각해본 적은 없지만 그래도 그동안은 시집이었던 모양이었다. 그러나 그날 매화가 '좀 있다 가 보마.'라고 한 말에 '네.' 대답을 하고 안

채 마당을 가로질러 가는데, 그 마당이, 그 공간이 그리움의 대상이 되어버렸다. 행복해서 가슴이 뛰는데 왜 그리운 감정이 울컥 올라왔는지. 무희의 가슴 한편 어딘가에 있었던 친정집의 마당과 나무와 꽃에 대한 아련한 그리움이, 그날 지나가고 있던 시댁 안채의 마당과 매화나무와 배롱나무에 대한 그리움으로 옮겨가버린 것일까.

그랬던 것인지.

살고 있는 곳도 그리움의 대상이 될 수 있는지.

* * *

입술이 해방되자 가슴이다.

무희는 가느다란 신음 소리를 낸다. 그 소리에 동영의 입술에 더욱 힘이 들어간다. 무희의 입술을 떠난 동영의 입술이 젖무덤에서 다른 젖무덤으로, 어깨로, 목으로, 마치 풀밭에서 바늘을 찾듯이 샅샅이 훑는다. 속저고리 고름이 풀어진 채 드러난 가슴. 동영은 무희의 가슴을 남김없이 탐색한다.

무희의 입에서 나오는 소리가 잦아지고 커지지만 상관없다.

넓디넓은 집안 한 쪽에 외따로 있는 별채다. 안채도 사랑채도 농담삼아 '말 타고 가야 할 정도'로 떨어져 있거니와 밤중에 별채에 얼씬할 사람도 없다. 해가 떨어지고 나면 쓸데없이 정해진 잠자리를 떠나 서성이지 못하는 게 황해도 황주 만석꾼 임충재가 만든 가풍이다. 그래서 특별한 일이 아니면, 집안 대소사에 대한 의논도 저녁을 먹을 때까지여서 시댁 담장 안은 밤이면 아주 사적인 공간으로 바뀐다. 아마 시아버지 임충재도 안채에 들었을 것이다. 시어른의 잠자리도 출타중이 아니면 거의 안채이다. 짝이 있는 사람이면 누구나 짝과 함께 잠자리에 드는 집. 그리고 그 집에서 가장 최근에 맺은 짝인 외아들 동영과 외며느리 무희.

남다른 집안 분위기 때문일까. 아님 동영의 타고난 기질이 그러한 걸까. 동영의 사랑은 거침없고 대담하다. 덕분에 무희는 첫날밤도 그다지 긴장하지 않고 보낼 수 있었다.

얼굴 좀 봅시다.

무희가 다가오는 동영을 보고 고개를 숙이며 옆으로 돌리자 동영이 그렇게 말했다. 말과 동시에 스스럼없는 손길로 무희의 뺨에 손을 대고 자기 쪽으로 향하게 했다. 바로 코앞까지 다가온 동영의 얼굴. 손에 잡혀있는 얼굴 때문에 돌리지도 못하고 대신 눈을 감아버렸다. 그 순간 동영의 입술이 그녀의 입술에 닿았다. 아니 그냥 닿은 게 아니라, 쪽, 소리까지 낸 뽀뽀였다. 놀라 눈을 뜨며 얼굴을 돌리려 했지만 손이 놓아주지 않았다. 입술을 뗀 그가 거리를 좀 두고 무희를 뚫어지게 바라보았다. 무희는 어쩔 수 없이 동영을 그렇게 보고 있을 수밖에 없었다. 다시 눈을 감지는 않았다. 보고 있으니 그렇게 죽을 맛은 아니었다. 동영의 태도가 하도 자연스러워 그것이 바로 결혼한 친정 언니가 일러주던 '신랑이 하는 대로 따르면 된다.'던 바로 '그것'인가 보다 하는 생각이 들기도 했다.

촛불이 흔들렸지만 얼굴은 잘 볼 수 있었다.

처음 보는 신랑의 얼굴이었다.

동영은 무희와 눈빛이 마주치자 빙그레 웃더니 다시 입술을 가져왔다. 이번엔 그녀의 뺨을 잡은 손에 힘이 별로 들어가 있지 않았다. 무희의 몸에도 힘이 들어가 있지 않아서 그가 이끄는 대로 몸이 기울었다. 동영의 입술은 좀 더 오래 그녀의 입술에 머물렀다. 놀랍긴 했지만 무섭진 않았다. 동영이 족두리를 벗길 때 비로소 가슴이 쿵쿵 뛰었다. 그전엔 숨을 쉬고 있지 않았던 것 같았다. 그의 입술이 다시 입술을 덮었을 때 몸에 힘이 빠졌다. 이상하게 자꾸 쓰러질 것처럼 어지러웠다. 몸이 기운다 싶었는데 그의 팔에 온통 맡겨진 몸이 천천히 넘어가고 등에 요가 닿는 게 느껴졌다. 쿵쿵, 심장 뛰는 소리가 다시 들렸다. 그런데 그게 누구의 가슴이었는지, 다음날 생각해보니 도무지 알 수 없었다. 그녀의 가슴을 누르고 있던 그의 심장 소리 같기도 하고 아닌 것 같기도 했다. 궁금하긴 했지만 물어보진 못했다. 첫날밤의 일을 물어볼 수는 없었다. 현중을 낳고 난 뒤에도 물어보지 않았다. 이상하게 그날의 일은 꺼낼 수가 없었다. 많은 밤이 있었고 많은 이야기도 나눴지만 그날 일은 그냥 묻어두었다. 그날 밤의 모든 일은.

동영의 입술이 다시 무희의 입술을 찾는다.
무희는 그의 입술에 반응하면서 속으로는 또 혀를 찬다.
'여자는 아무 느낌도 없는 듯 가만히 있어야 한다는데.'
하지만 그의 손길에 죽었네, 하고 참기도 힘들지만 동영은 잠자리에서 무희의 반응을 좋아한다.
'소리 낸다고 누가 잡아가지 않네. 여기 둘밖에 없는데 들을 사람도 없고.'

그런 말을 종종 했고, 그 말을 듣고 다물었던 입술을 떼는 순간 소리가 새어나오고, 그러면 동영의 입술과 손길은 더 급해지고 힘이 들어갔다. 힘이 너무 세어 아플 때도 있지만 이상하게 싫지가 않았다. 싫기는커녕 무희는 자신의 몸이 더 뜨거워지는 걸 느낀다.

무희의 반응에 동영의 숨결이 거칠어진다.

입술을 떼고 상체를 일으킨 동영의 손이 무희의 허리춤으로 간다. 그 손을 무희가 잡는다. 순간 속곳 끈을 찾던 동영의 손이 멈춘다.

넉넉한 집에, 넉넉한 논만큼 아량 넓은 시부모에, 소박이니 독수공방이란 말의 뜻도 모르게 하는 신랑. 걱정이 하나 있다면 아이가 없다는 것. 더구나 외며느리다. 말하지 않아도 손자를 얼마나 애타게 기다릴지 짐작하고 남겠는데, 무희의 초조한 마음과 상관없이 시집온 지 3년이 되어 가는데 태기가 없다. 어른들 말씀엔 부부사이가 너무 좋아도 아이가 잘 들어서지 않는다는데. 무희는 동영의 품속에서 잠이 들 때면 그 말을 떠올렸다. 그리고 잠자리를 가질 때마다 스쳐가는 불안이기도 하다.

멈춘 손이 묻는다. 왜?

– 부부 사이가 너무 좋아도 애가 없다는데…….

분명 거부의 말인데 달뜬 소리다. 가늘게 떨리는 목소리가 도리어 몸의 뜻을 강력하게 전달하고 있는 꼴이다.

– 그래?

동영이 짐짓 허리춤에서 손을 뗀다. 힘이 풀어진 동영의 손을 잡고 있는 무희의 손에는 힘이 점점 더 들어간다.

– 왜 이렇게 꽉 잡는 것인가? 나 임자 말 듣고 손 놓았더니.

그렇게 말하는 동영의 숨소리도 높아진다. 무희의 손에 힘이 더 들어가며 입술 사이로 소리가 비어져 나왔기 때문이다.

그날 무희를 으스러지게 안은 동영이 귀에다 대고 그렇게 말했다.

– 부부 사이가 너무 좋아서 애가 없는 게 아니라 임자와 나 좋으라고 애가 없는 것이네. 그러니 쓸데없는 생각하지 마시오. 다 때가 있는 법이니.

동영의 말이 맞았다.

내내 부부 사이가 좋았고, 그래도 때가 되니 아이가 들어섰고, 아이가 들어서니 부부 관계가 자연스레 멀어졌다.

– 임자 배는 이제 내 것이 아니고나. 앞으로 가슴도 그럴 테지?

동영은 배가 불러오는 동안 줄곧 투덜거렸다.

– 내 말 하나 틀린 것 있남?

현중을 낳고 젖을 물리고 앉아 있는 무희를 보곤 그렇게 말했다. 그리고 한 마디 한 마디에 힘주어 덧붙였다.

– 나 딱 석 달밖에 못 기다리네.

무희는 그때 처음으로 동영이 든든한 서방님이 아니라 투정하는 아이로 보여 웃었다. 아이를 안고 있으니 그도 아이 같아 보였다. 참 이상한 일이었다. 그렇게 크고 단단한 세상이었던 그가 그녀의 세계 속에 들어온 철모르는 아이로 보일 수 있다니. 그렇게 보일 수도 있다니.

* * *

별채를 찾은 매화는 바람이 일지 않게 조심스럽게 젖을 먹고 있는 현중의 다리 쪽에 앉는다.

　– 날이 제법 찹니다. 어머니.

　매화와 함께 들어온 찬 기운에, 내 놓은 젖가슴이 선득해진 무희가 앉은 채 인사를 한다.

　– 그렇구나.

　매화는 손을 아랫목 보료 밑에 넣고는 열심히 젖을 빨고 있는 현중을 바라본다.

　– 어린 것도 먹고 사는 일이 힘들구나. 땀 좀 보게나.

　아랫목에 묻었던 손을 꺼내 싹싹 비빈 뒤 이슬 같은 땀이 배어나온 현중의 이마를 손으로 닦는다. 현중의 이마를 닦던 매화가 베개를 끌어다 아이를 안고 있는 무희의 팔 아래 받쳐준다.

　백일이 지난 현중은 오래 안고 있으면 제법 버겁게 느껴진다. 잠깐 안을 땐 몰라도 젖을 먹이느라 시간이 걸리면 머리가 놓인 팔이 저리기도 하다. 마침 팔이 저려오던 참인데 매화는 어찌 알고 팔 아래 베개를 고여 준다.

　조용한 시간이 흐른다.

　현중의 젖 빠는 소리만 들린다.

　무희와 매화의 눈길은 현중을 향해 있다.

　한나절을 걸어도 그 집 땅을 못 벗어난다는 임부자집, 별채.

　귀하디귀한 자손 현중을 얻은 외며느리 무희는 잠에 빠져든다.

　배불리 젖을 먹은 현중 옆에서 잠이 든다.

　현중을 재우다 먼저 잠이 든다.

　잠이 든 무희 옆에서 현중은 놀고 있다. 제 발을 잡고 자꾸 입으로 가져가려 한다. 옆에 앉은 매화가 현중과 놀아주고 있다. 소리 없이 까꿍, 하며 눈을 맞춘다. 현중이 소리를 내며 웃지만 무희는 기척이 없다. 매화는 현중의 웃음소리가 높아질 때마다 무희를 본다. 달게 자는 잠을 깨우고 싶지 않다. 그런데 걱정할 필요는 없을 것 같다. 무희의 숨소리가 점점 고르게 깊어진다.

매화도 현중을 사이에 두고 옆으로 눕는다.

현중의 가슴을 토닥이던 매화도 잠이 들고 만다.

현중은 혼자 한참을 논다. 무희 쪽을 돌아보고 또 매화도 돌아보면서.

잠을 자는 동안에도 두 여자의 의식은 현중을 떠나지 않는다. 현중을 에워싸고 가만가만 자장가를 부른다.

현중도 잠이 든다.

초겨울의 해가 하늘 가운데를 향해 기운을 내고 마당의 국화는 한 자락의 햇살도 놓치지 않으려 노란빛으로 빛난다.

그리고 그늘진 곳에서 양지로 달려가는 차가운 바람.

찬바람이 국화 꽃잎을 스치고 마당을 가로질러 별채의 방문을 두드린다.

잠이 깊이 든 삼대(三代)는 그 소리를 듣지 못한다.

아직 한잠에 빠져있다.

무희와 매화가 현중을 사이에 두고 단잠에 빠져있는 동안 한 세계가 사라지고 있었다. 듣도 보도 못한 일로 단단하던 세계가 한순간에 무너져버린다.

그런 무서운 말은 처음이었다. 세상에 그런 죄도 있다니. 땅이 많은 게 죄라니. 인민의 피를 빨아먹었다니. 해마다 많은 쌀을 구휼미로 내어놓았는데, 그건 본래 임부자집 것이 아니었단다. 뭐가 뭔지 모를 일이었다. 무희는 정말 무슨 말을 하는지 알아들을 수가 없었다. 도대체 어떤 일이 목숨보다 더 중하단 말인지. 얼굴도 한 번 보여주지 않고 두 목숨을 거두어 가버린 세상에 살고 있다는 게 믿어지지 않았다. 발을 딛고 선 땅조차 무서워져서 내딛는 걸음마다 울렁거렸다.

집안에서만 살다가 또 다른 집안으로 시집을 와서 그때까지 살았다. 바깥 세상일은 몰랐다. 바깥일은 남자들이 하던 일이었을 뿐이었다. 그것도 죄라고 했다. 일하지 않고 먹고 살았다고 했다. 집안에서 하는 일은 일이 아닌 모양이었다. 매화와 무희도 같은 죄를 저지른 것이라고. 그래서 집안의 땅은 죄 값으로 몽땅 가져간다 했다. 집도, 일하는 사람들까지도.

별채를 내어준 건 큰 은혜라고, 고마워하라고도 했다.

무희는 현중일 데리고 난리가 날 때까지 매화와 별채에서 같이 살았다.

별채에도 방이 세 개나 되지만 하나만 썼다. 땔감을 감당하기 힘들어서,라는 말이 변명만은 아니었다. 하지만 바깥 세상일에 어두운, 무서운 일을 경험한, 그래서 너무나 불안했던 두 여자의 마음에 비하면 그건 변명이었다.

매화와 무희는 불안증이 생겼다. 사람이 얼마나 무서울 수 있는지 뼈아프게 겪었지만 잔인하게도 사람이 그리웠다. 늘 많은 식솔들과 함께였던 지난날에 비하면 턱없이 고적한 삶이었기 때문이다. 사람 소리가 나면 깜짝 놀라면서도 적막은 견디기 힘들었다. 적막이 계속되면 불안감도 높아졌다. 현중이 내는 소리가 아니라면 적막에 짓눌려버렸을지도 모른다. 두 여자는 현중을 핑계로 좀처럼 떨어지지 않았지만 속을 드러내지는 않았다. 드러내지 않으면, 말을 하지 않으면, 현실이 뒤바뀔 것 같아서가 아니라, 현실을 확인하고 싶지 않았기 때문이었다.

현중을 사이에 두고 매화와 한 방에서 잠이 들 때면 착각에 빠지곤 했다.

꿈이다.

〈잠이 깨면 동영이 곁에 있을 것이다.〉

〈매화가, 아가, 나 들어간다, 하고 날렵한 걸음으로 방문을 열 것이다.〉

〈시아버지가 흐뭇한 눈길로 현중을 안고 있는 그녀를 바라보고 손자의 머리를 쓰다듬을 것이다.〉

잠에서 깨어 모든 것이 현실인 걸 깨닫게 되어도 눈을 뜨지 않았다. 눈을 감고 있는 동안 세상이 다시 변할 거라 믿고 싶었다. 눈을 떴을 때 닥친 그날처럼, 현실이 꿈이 되길 바라고 바랐다. 그래서 마치 밥이 뜸 들기를 기다리듯 눈을 감고 꿈이 무르익기를 기다렸다.

현중이 칭얼거린다.

그렇게 순하고 잘 자던 현중은 까다로워졌다. 불안한 분위기를 아이도 느끼는 모양이다.

눈을 뜬다.

동영은 곁에 없다.

그리고.

매화가.

낯설기까지 한 매화가 허깨비처럼 누워있다. 날렵한 옷매무시와 곱던 피부, 반드르르하게 쪽지어진 머리는 어디가고, 보기에도 안쓰러운 노파가 되어 있다. 몇 달이 그녀에겐 수십 년의 세월로 지나간 것 같다.

무희는 두렵다.

마냥 두렵기만 하다.

어린 아들과 갑자기 노파가 되어버린 시어머니의 바람벽이 되어야 하는 현실이 두렵다. 현실이 눈앞에 보이건만 무엇을, 어떻게 해야 할지 도무지 모르겠다. 생각이 많아지고 근심이 깊어질수록 동영과 시아버지에 대한 그리움만 사무쳤다.

그리움과 두려움이란 고물을 묻힌 떡처럼,

세월은 흘러갔다.

무희의 시간은 그렇게 흘렀다.

아직도 세상을 모르는 채로.

성조

잎은 연둣빛으로 팔랑거린다.

모양새는 갖추었지만 겨우 손바닥이 펴진 어린잎이라 크기가 봉숭아 꽃만 하다. 해서 바람에 흔들리는 것이 아니라 수다하게 달랑거린다.

그것도 잎이라고.

올려다보며 감탄하는 남자가 있다.

남자는 햇살에 눈살을 찌푸리며 나무를 향해 서 있다.

봄이 무르익고 있는 숲.

날개를 단 씨앗들이 눈처럼 날리고

생명이 자라는 소리가 들리는 곳.

자라나는 것들이 끌어가는 정기 때문에 오히려 나른해진 대기.

모든 생명 있는 것들이 삶의 정기를 차지하려고 기승을 부리는 계절.

그래서 성장보다 소멸에 더 가까운 생명들은 봄이 힘겹다. 그런 까닭에 지금 숲의 대기처럼 자꾸만 나른해진다.

남자가 그렇다.

병마와 싸우고 있는 남자는 아무래도 기세 좋게 팽창하는 기운을 따라가기엔 힘겨워 보인다. 남자는 지금 비정상적인 세포의 증식에 잠식되고 있다. 욕심 많은 비정상의 세포는 모든 세포를 먹어치우며 세력을 키우다 결국 자원의 고갈을 맞이할 것이다. 그래서 그들은 결국 자신들이 폐허로 만든 황무지에서 함께 소멸될 것이 분명하다.

연둣빛 이파리를 한참 동안 보던 남자가 갑자기 인상을 찌푸린다. 또 세포 싸움이 시작된 모양이다. 배를 움켜진 남자가 그 자리에 주저앉는다.

〈성조야―.〉

남자가 고개를 든다.

분명히 들었다. 누군가 자기 이름을 불렀다.

사방을 둘러보지만 아무도 없다. 햇살과 나무와 바람뿐이다.

숲이 떠들썩하도록 바람이 분다. 작은 잎들이 일제히 소리를 낸다.

바람 소리인가.

성조는 통증이 사라진 걸 깨닫는다.

배를 감싸고 있던 팔을 풀고 일어난다.

다리가 후들거린다. 조금만 움직여도 이마엔 땀이 배어나오고 어깨가 무겁다. 그저 어깨에 달려 흔들거릴 뿐인 팔도 천근만근 무겁다. 철근을 어깨에 메고 뛰어가고 벽돌을 지고 가파른 계단을 오르던 몸이었다. 힘이 들긴 해도 자고 나면 거뜬했다. 일이 없으면 도리어 근질근질

하던 근육이었다. 암이 온몸에 퍼졌단 말은 믿기지 않지만 시시때때로 찾아오는 통증과 직립자세조차 힘겨운 몸 상태를 부정할 순 없었다.

성조는 후들거리는 다리로 벤치를 향해 걷는다.

〈성조야—.〉

그 자리에 멈추어 선다.

어머니?

분명 어머니 목소리다.

성조는 다시 사방을 둘러본다. 아무도 없다. 숲과 햇살과 바람뿐이다. 또 바람이 분다. 나뭇잎들이 소리를 낸다.

나도 헛소릴 듣는 모양이다. 그런 모양이다. 어머니일 리가 없지 않은가. 어머니 봉금은 지금 집에서 멸치를 다듬고 있다. 멸치 박스를 풀어놓고 다듬는 것을 보고 나왔다. 그렇게 대가리와 내장을 발라내어 성조처에게 나눠줄 것이다. 주면서 성조가 좋아하는 멸치볶음을 하라고 당부할지도 모르겠다.

성조는 솨— 소리를 내는 바람 속을 걸어가 나무 아래 벤치에 앉는다. 몸이 벤치에 스며들 듯 가라앉는다.

아, 편하다.

등받이에 기댄 어깨가 그제야 무겁지 않다.

눈이 감긴다. 요즘은 눈을 뜨고 있는 것조차 피곤하다. 잠이 오든 안 오든 상관없이 앉으면 눈을 감는다.

눈을 감고 죽은 듯이 앉아 있는 성조의 메마른 얼굴에 지나치게 찬란한 햇살이 어른거린다.

성조의 아내, 묘숙은 다른 남자랑 있을 것이다.

아내의 남자.

아내는 바람이 났다. 성조가 알고 있다는 것도 안다. 처음 들켰을 때는 놀라기도 했다. 아니 어쩌면 놀라는 시늉을 했을 지도 모른다. 하지만 지금은 아주 뻔뻔하다. 성조가 아는 체하지 않으면 다행이라 생각하는 게 틀림없다.

이런 상황이라면 이판사판 결판을 내어, 이혼이라도 해야 한다고 말할지 모르지만 그럴 이유도 가치도 느끼지 못한다.

성조의 삶은 얼마 남지 않았다. 의사의 경고가 아니더라도 몸이 시시각각 때가 됐음을 알리고 있다. 그는 곧 모두의 곁을 떠난다. 결판을 내고 난 뒤의 삶이 성조에겐 물론 없다. 그러니 이혼이 무슨 의미가 있을까. 성조에게 하나 있는 아들은 어차피 엄마밖에 남지 않을 것이고 묘숙도 엄마이니 그래도 자식은 거둘 것이다.

문제는 어머니 봉금이었다.

묘숙은 애당초 시집에 대한 책임감은 없었던 여자다. 남편까지 없는 시집이 그녀에게 생판 남의 집이 될 것임은 불을 보듯 뻔했다. 더구나 다른 남자에게 눈까지 멀어 있는 마당이다.

자신이 세상을 떠난다는 것을 인정했을 때 마음에 걸리는 사람은 한 사람뿐이었다. 아내도, 아들도 아닌 어머니 봉금이었다. 성조는 어머니의 고단한 삶의 한 자락을 같이 겪었다. 아버지의 죽음은 희미하지만 혼자된 어머니의 억척같은 삶은 너무 생생하다. 그리고 어머니의 노고는 그때까지도 여전히 현실이라는 것을 깨달았기 때문이다.

성조가 기억하는 어머니는 늘 시장통에 생선좌판을 벌여놓고 앉아 있다. 생선을 다듬고 토막 치던 부풀은 붉은 손과 꾸벅꾸벅 졸고 있는 모습으로.

졸고 있는 어머니 등에 업혀있던 막내 성재는 성조가 나타나면 등에서 내리려고 발버둥을 쳤고 어머니 곁에 얌전하게 앉아 있던 성숙도 발딱 일어나 반갑게 달려왔다. 달려오는 성숙을 한 번 안아주고 어머니 곁으로 가 등에서 성재를 빼내어 안아 올리면 어머니가 깜짝 놀라 눈을 떴고 곧 환하게 웃었다.

엄매, 우리 성조 핵교 갔다 왔는갑네.

반기며 환하게 웃던 얼굴은 곧 미안함이 가득한 얼굴로 변했다.

공부해야 하는데, 맨날 동생들 돌보느라고.

포대를 끌러 익숙하게 성재를 등에 업고 성숙의 손을 잡고 다니면 시장통 사람들은 '엄마 대신 고생이 많다.'며 혀를 차기도 하고 웃기도 했다.

봄이나 가을, 날씨가 좋을 때는 어머니 주변을 돌며 시장통에서 놀기도 했지만, 한여름 더위가 시멘트 바닥을 지글지글 달구거나 한겨울 눈바람이 불면 그러지도 못했다. 더위에 지치거나 꽁꽁 얼어버린 동생들을 데리고 얼른 집으로 와야 했다. 어머닐 돌아보고 인사를 하면, 겨울엔 추위에 얼어서, 여름 혹서엔 땀을 닦아내느라 늘 붉었던 눈꺼풀 속에서 핏발 선 두 눈이 성조를 보고 웃었다. 빨리 가라고 손짓을 하면서.

성조가 고등학교에 다니기 위해 마을을 떠날 때에도 어머니는 그곳에서 생선을 팔았고, 성조는 빨리 졸업하고 돈을 벌어 가게를 사주겠다고 결심했다. 아니 호강을 시켜드리겠다고 결심을 했는지도 모른다.

그런 결심을 했던 시절이 있었다.

분명히 있었다.

그런데 그 결심은 언제 사라졌을까.

잊어버린 걸까.

잊어버리진 않았다. 차라리 잊혀졌다면 필요할 때 다시 떠올랐을 지도 모른다.

결심이 너무 단단했던 것이 더 나빴다.

성조는 빨리 돈을 벌고 싶었다. 어머니만 떠오르면 돈을 벌어야 한다는 소리가 가슴을 쳤다.

그러다 고등학교 졸업반 여름방학에 공사장에서 일당 받는 일을 하게 되었다. 같은 반 친구가 한다기에 솔깃했다. 제법 일당이 많았기 때문이다. 그 일이 친구에겐 자기 말대로 아르바이트로 끝이 났지만 성조는 직업이 돼버렸다. 일당도 괜찮았지만 재미도 있었다. 벽돌 나르고 시멘트 개는 일부터 시작해서 나중엔 미장 기술자가 되었다. 여기저기 공사판을 따라 떠돌아다녀야 한다는 것 외엔 일도 재미있었고 벌이도 좋았다.

나중엔 기술자 몇이 어울려 집을 짓고 파는 일을 했다.

그렇게 열심히 일을 하고 다니면서 정작 일하는 목적을 잊었다. 어머니를 잊었다. 아니 어머니를 잊을 수는 없다. 그의 뇌를 지배하는 다른 것이 생겼다고 해야 맞겠다.

지금 다른 남자와 바람이 난 아내.

한때 성조의 모든 걸 지배했던 여자.

정말 그 여자를 사랑했던 걸까.

그 여자는 성조를 사랑했던 적이 있었을까.

알 수가 없게 되어버렸다.

한창 돈이 벌리기 시작하던 시절에 아내, 묘숙을 만났다.

묘숙의 어머니, 그러니까 장모는 공사판에서 밥을 팔았다. 눈치 챘겠지만 묘숙은 어머니를 도와 같이 밥장사를 했다. 나중에 알고 보니 묘숙이가 먼저 시작하고 장모가 밥장사하는 딸을 도운 것이었지만.

묘숙은 생활력이 강한 현실적인 여자였다. 고등학교를 졸업하고 어떻게 밥장사를 시작하게 되었다는데, 나중에 알고 보니 졸업도 못하고 중도에 제적되었다. 등록금을 못 내고 미루다 졸리는 게 싫어 2학년 여름방학이 끝나고 학교엘 나가지 않았던 것이다. 그 길로 학교는 끝이 났다.

실업학교를 졸업이나 했으면 경리 자리라도 얻을 수 있었겠지만 허사였고 어떤 일을 얼마나 했는지는 성조도 모른다. 밥장사를 하기 전에 했던 일은 항상 '이것저것'으로 표현했으니까. 어쨌든 묘숙도 성조처럼 돈에 원수가 졌는지도 모른다.

묘숙은 예뻤다.

공사판 인부들이 모두 침을 흘렸다. 아내가 있는 사람이든 없는 사람이든 가릴 것 없이. 성조도 그 중 한 사람이었다. 묘숙은 그걸 즐기고 이용할 줄 아는 여자였다. 남자들은 그녀의 밥이 아니라 웃음과 교태로 배를 불렸을 지도 모른다. 좋은 재료로 맛있는 밥을 하는 데 드는 노력보다 교태 섞인 웃음이 훨씬 쉽고 많이 남는 장사였을 것이니까. 그녀의 계산법은 그녀의 삶의 목표에 맞는 타산적이고 현실적인 방법이었다.

그걸 몰랐을까. 하지만 그녀가 어떤 계산을 하고 있든 그건 중요하지 않았다. 그 시절 피 끓는 청년이었던 성조에겐. 어쨌든 그녀의 현실적인 계산에 성조가 가장 높은 점수를 받았음에 틀림없다. 묘숙은 성조의 욕망에 망설임 없이 몸을 주었으니까. 성조는 묘숙의 몸을 차지하면서 마음도 차지한 거라 믿었던 걸까.

그때의 마음을 성조는 나중에 곰곰 생각해 보았다.

아내가 다른 남자와 있는 걸 본 후에야.

하지만 알 수 없었다. 그때의 마음을 잊어버렸는지, 처음부터 마음을 차지한 적이 없었는지, 아님 마음은 몸을 따라오는 것이라 믿었는지, 그것도 아니면 그저 육체에 눈이 멀었는지.

어머니 봉금은 결혼하기 전에 묘숙을 딱 한 번 보았다.

상견례랍시고 어머니가 성조 사는 곳까지 올라온 자리였다. 중국집 방 하나를 빌려 장모와 묘숙, 네 명이 한 자리에 앉았다. 별 말도 없이 차례로 나오는 요리를 먹었는데 봉금은 중국집도 자장면도 처음이었다. 시커먼 것이 잔뜩 올라간 국수를 어떻게 먹어야 할지 몰라 눈치만 보다가 결국 먹지 못했다. 사실은 젓가락질이 서툴러 더구나 그랬다. 클 때부터 젓가락 쓸 일이 없어 배우지 못했다. 김치든 나물이든 밥그릇에 얹어놓고 숟가락 하나로 먹었고 필요하면 손가락이 대신했다. 집에서 해먹던 폭 퍼진 칼국수도 숟가락으로 충분했으니까.

다른 사람들도 충분히 배가 부른지 맨 나중에 나온 자장면은 별로 먹지 않았다. 듣도 보도 못한 음식들이 앞서 몇 가지나 나왔고 그것도 다 먹지 못했으니까. 그래도 그들은 능숙한 젓가락질로 검은 국수를 몇 가닥씩 입으로 가져갔고 봉금은 젓가락을 들지도 않고 물을 마셨다.

상견례가 끝난 뒤 성조는 어머니를 모시고 신혼집으로 꾸며놓은 작은 아파트로 왔다. 급하게 얻은 집이지만 이미 묘숙의 흔적과 살림이 자리를 잡고 있는 곳이었다. 화장실과 방을 살펴보는 어머니에게 좀 민망했지만 미안하다든가, 또는 그 옛날의 결심 – 어머니를 호강시켜드리겠다든지, 가게를 사 주겠다든지 하는 – 은 떠오르지 않았다. 안방에 놓인 큰 침대를 보는 순간 묘숙의 알몸이 떠올라 가슴이 후끈해져서 어머니의 얼굴을 잠깐 외면했던 기억은 있다.

'우리 성조가 성공했구마.'

봉금이 샤워기가 달려있고 새하얀 욕조가 있는 화장실을 한참 들여다보며 혼잣말처럼 중얼거렸을 때도 옛날의 결심은 떠오르지 않았다. 여름이면 구더기가 줄을 이어 변소 바닥을 기어 나왔던 동네의 공동변소도 떠오르지 않았으니, 어머니가 어떤 마음으로 화장실을 그렇게 오래 보고 있었는지 그 마음을 알 턱이 없었다. 아니 몰랐던 게 아니라 아까도 말했지만 그 시절 성조의 뇌는 묘숙에게 지배당해 있었다. 그러니 그런 기억이 떠올랐다 해도 인식으로까지 이어지지 못했다고 해야 맞겠다.

어찌하였든 묘숙과의 사이는 좋았다. 공사판을 따라 다녀야 하는 일이라 자주 집을 비워야 한다는 것이 그저 안타까울 뿐. 사실은 그렇게 거리와 시간을 띄웠기 때문에 가능했던 사이인지도 모른다. 며칠 만에, 혹은 몇 달 만에 만나는 부부는 서로에게 불만이 생길 기회가 별로 없었다. 성조는 젊었고 묘숙은 피가 뜨거운 여자라 떨어져있던 시간을 보충하느라 늘 바빴으니까.

힘들게 노동일을 하고 주머니가 두둑해서 집으로 돌아오는 날. 아파트 건물이 눈앞에 보이면, 천국이구나, 하는 마음이 절로 들었다. 어떤 번민도 생각도 끼어들 여지가 없었던 그 시간.

현관문이 열리면 그 자리에서 묘숙을 부둥켜안고 거실 바닥에 뒹굴었다. 묘숙도 기다렸다는 듯이 입술을 찾고 서로 급하게 옷을 벗기고 벗으며 침대로 올라가 익숙한 스프링의 반동을 느낄 때의 그 쾌감.

그 침대에 묘숙은 다른 남자 밑에 누워 있었다.

그날이 처음이라고, 딱 한 번이었다고 싹싹 빌었다. 이제는 믿지 않지만 그때는 묘숙의 말을 믿고 싶었다. 묘숙을 탐하는 만큼 그녀의 말을 믿고 싶은 마음이 컸다. 결혼을 한 지 겨우 2년이 지났을 때였으니까. 집을 떠나있는 시간이 많았던 덕에 도무지 묘숙에 대한 갈증이 해소되지 않았던 시절이었으니까.

강원도 공사판에서 돌아온 날이었다.

거의 세 달만인 것으로 기억한다. 공사가 끝나서가 아니라 폭설로 공사가 중단이 되어 폭설을 뚫고 겨우겨우 왔다. 버스도 택시도 발이 묶여 걸어서 기차역까지 나와 입석 기차를 탔다.

예정에 없던 귀가.

묘숙에겐 날벼락이었을.

놀래키려고 벨도 누르지 않고 직접 열고 들어갔던 게 실례였다. 성조는 벨을 누르지 않았던 자신을 원망했다. 차라리 못 보았다면 얼마나 좋았을까. 몰랐다면 얼마나 좋았을까. 벨을 눌러 피할 시간을, 수습할 시간을 주었어야 했다. 묘숙을 안을 때마다 넓은 남자의 등짝과 그 밑에 깔려 눈이 화등잔만 해지던 얼굴이 떠올라 괴로웠다. 그럴 때마다 성조의 잠자리는 몹시 거칠었고 묘숙은 신경질을 부렸다.

용서를 한다고, 딱 한 번이라는 묘숙의 말을 믿는 척했지만 잊은 척은 되지 않았다. 불가능한 약속을 한 것이란 걸 나중엔 알았다. 거짓말에 속을 수는 있지만 본 것을 못 보았다고 할 수는 없었다.

성조는 지금 아내를 믿지 않는다. 불륜을 얘기하는 게 아니다. 이제 아내의 바람기는 어머니도 알고 있는 그냥 그런 일이다. 성조가 걱정하는 것은 아내의 남자가 아니라 어머니다. 묘숙의 행동 방향에 대한 염려다. 그가 세상을 떠나는 순간 묘숙에게 봉금은 안중에도 없을 것이다. 지금까지도 아내가 봉금의 며느리였던 적은 없다. 성조의 아내였던 적은 있었을까. 서류상으론 부부임에 틀림없으니 남편과 아내가 맞을지도 모르겠다.

실제론 성조도 묘숙의 남자들 중 하나였을 뿐이었지만.

지금은 그걸 인정한다. 사실을 사실대로 인정하는 데 20년이란 세월이 걸렸다. 그리고 그건 현재 중요하지 않다. 아내의 부덕을 요구할 마음도 없지만 그러기엔 너무 늦었다. 성조에겐 남은 시간이 없고 그 시간을 묘숙과 쪼개 쓰고 싶은 마음은 더구나 없다. 오롯이 어머니만 생각하기에도 턱없이 모자란다. 나이 든 봉금의 여생. 그 여생에 보탬이 될 묘숙의 역할을 전혀 기대할 수 없다.

성조 탓도 있었다. 인정한다. 결혼 초기에 그는 묘숙이란 여자에 미쳐 있었으니까. 그의 행동과 생각에 어머니는 없었으니까. 같이 고향에 내려가고, 어머니를 뵙고, 안부를 챙기는 일을 못했으니까. 시간만 나면 둘이 침대에서 뒹굴기 바빴으니까. 그가 하지 않는 일을 그녀가 굳이

할 리가 없었다. 계산 빠른 묘숙이 일부러 득도 되지 않는 일에 솔선수
범할 리는 없었다. 어머니를 배제한 생활은 알게 모르게 그들 가정의
일상이 되고 법이 되어갔다.

그리고 알게 된 묘숙의 바람기.

아내를 의심하고, 욕망하고, 질투하고, 용서하고, 체념하는 세월이
이어졌다.

그런 관계를 왜 여태 끌어왔냐고 물을지 모르겠다.

글쎄.

성조 자신도 의문이다.

문득, '계속 살아야 하나?' 하는 생각이 들기 시작했을 땐, 그의 나
이가 마흔을 훌쩍 넘어 있었다. 20년이었다. 묘숙은 20년을 의심받으며
성조의 아내로 살았고, 성조는 20년 동안이나 묘숙의 행위에 분노하고
체념하고 다시 집착하며 살았다. 그렇게 살면서 왜 갈라선다는 생각을
하지 않았을까. 그 생각을 해보지도 않았을까. 첫사랑에 대한 집착?
그게 가장 적합한 이유인지도 모르겠다. 성조에게 묘숙은 첫사랑이고
첫 여자였다. 그리고 지금도 그에게 다른 여자는 없다. 여자는 곧 묘숙
이었으니까.

아, 아들이 있다. 그렇지만 아들이 이혼을 막는 직접적인 걸림돌은
분명 아니었다. 아들, 경태는 성조의 자식이 아니다. 침대에서 다른 남
자 밑에 깔려있는 묘숙을 본 이후에 태어난 아들은 다른 남자의 자식
이다. 생부가 침대 위 그놈인지 또 다른 놈인지는 알 수 없다. 아내의
남자를 다 모르기 때문에.

핏줄은 그냥 통한다는 걸 믿었던 건 아니다. 그렇다고 아들이 왠지

미웠던 것도 아니다. 그냥 알았다. 이미 예상되는 무엇이 있었던 것일까. 진실을 알게 되고도 그다지 화가 나진 않았다. 보이지도 않는 묘숙의 남자에겐 미칠 듯이 화가 끓어오르면서 눈앞에 있는 경태에겐 이상하게 그렇지 않았다. 그렇지 않은 정도가 아니라 아무 생각 없이 아버지 노릇이 가능했다.

혈액형에서 분명히 친자가 아니란 걸 알게 된 날에도 웃음이 픽, 나왔을 뿐이다. 묘숙은 다행인지 불행인지 혈액형과 유전의 관계를 몰랐다. 그래서 상당히 오랫동안 웃기게도 생모의 비밀을 의부가 지켜주고 있었던 셈이었다.

경태가 중학교에 들어가더니 어느 날 엄마, 아빠의 혈액형을 물었다. 묘숙은 그때야 사태 파악을 확실히 하게 되었다. 하지만 이미 두꺼워질 대로 두꺼워진 그녀의 얼굴은 태평했다. 알고도 모르는 척, 안색도 변하지 않았다. 성조도 새삼 문제 삼고 싶지 않았지만 십 수 년간 아들로 키워온 놈이라 정말 아들이기도 했다. 하지만 그 아들이 정말 봉금의 손자가 되어줄 지는 모르겠다. 그런 요행에 기대는 어리석은 희망에 어머니의 앞날을 맡길 순 없었다.

죽는 날을 받아놓고 보니 어머니가 그의 마음 한가운데로 뛰어 들어왔다.

그때까지도 봉금은 고향에서 생선 장사를 했다. 자식들에게 손을 벌리지 않았다. 그런 적이 없었다. 하지만 언제까지 그럴 수 있을까. 호강은커녕 길바닥 장사도 면하지 못하고 있다. 정신이 번쩍 들었다.

묘숙은 생활력이 강한 여자다. 살고 있는 아파트는 제법 값이 나가고 현금도 꽤 지니고 있을 것이었다. 그가 한창 돈을 잘 벌 때, 묘숙은 수완 좋게 돈을 긁어 갔다. 그리고 마음만 먹는다면 얼마든지 생활 전선에 뛰어들어 밥벌이를 할 수 있다는 것도 안다. 경태야 자기 자식이니 더구나 성조가 걱정할 필요는 없다.

골백번을 생각해도 걱정은 역시 봉금이었다.

결심이 서자, 다세대 주택을 짓는 데 골몰했다.

그때까지도 묘숙에겐 병 이야길 하지 않았었다. 별로 하고 싶지 않았다. 수술 받을 때 결국 알게 되고 말았지만. 어쨌든 그녀는 성조의 아내이고 수술 동의서에 서명을 해야 했으니까.

수술 결과는 불투명했다. 수술 전에 이미 경고를 받았지만 심한 절망감과 두려움이 며칠 동안 계속되었다. 그것도 놀라웠다. 충분히 받아들이고, 절망할 만큼 절망했고, 마음을 비웠다고 생각했기 때문이었다.

너무 늦게 병원을 찾았고, 그리고도 수술을 미뤘다. 수술 결정이 쉽지 않았다. 어머니 때문이었다. 결과에 대한 희망에만 매달리기엔 그 줄이 너무 형편없었다. 희망적인 설명 속에는 사실 절망적 요소만 가득했다. 그리고 또 수술 자체에 대한 위험. 열 번 양보해 죽음을 받아들인다 해도 당장은 정말 아니었다. 수술을 받다 잘못되면 어머니에게 아무것도 해줄 수가 없게 된다. 그럴 수는 없었다.

'죽을 때 죽더라도 공사를 시작하자.'

'아니다. 치료가 먼저다. 해보지도 않고 있다가 정말 기회를 놓칠 지도 모른다.'

두 마음이 하루에도 수백 번 엎치락뒤치락 했다. 그러다 공사를 시작했고, 겨우 터를 다지다가 수술을 결심했다. 그날은 왜 그런 희망이 갑자기 생겼는지 모르겠지만 수술만 하면 분명 다시 살아날 것 같았다. 어머니와 통화를 한 날이었다. '밥은 잘 먹고 댕기재.'란 말에 울컥해졌다. 어머니를 배신할 수는 없었다. 부모를 앞서 가는 건 자식이 저지를 수 있는 가장 큰 불효다. 그런 생각이 불현듯 들었다. 살고 싶었던 게 아니라 살아야 한다는 통증이 가슴을 움직였을 지도 모른다.

수술을 받고 나니 오히려 홀가분했다.

며칠 동안 심한 절망감에 힘들었지만 곧 나아졌다. 갈등도 사라지고 담담해졌다. 할 수 있는 일은 다했다는 기분이 마음의 짐을 덜어준 건지도 모르겠다.

퇴원해서 통원 치료를 받으면서도 집 짓는 일은 멈출 수 없었다. 치료보다 더 급한 일이 집 짓는 일이었다. 그가 머리 아프게 생각해 낸 어머니의 노후준비였으니까. 집이 완성되어 어머니를 불러올리기 위해 거짓으로 아쉬운 소리도 했다. 집 지을 돈이 모자란다고, 고향집을 팔아야 할 것 같다고. 그렇게 하지 않으면 어머닌 고향도 떠나지 않을 것이고 생선 장사도 놓지 않을 걸 알기 때문이었다.

봉금은 성조의 부탁에 두 말 없이 〈그래.〉 했다.

사실 낡은 시골집을 처분한 값은 잘 사는 집 한 달 생활비에도 못 미칠 돈이었다. 봉금의 전 재산을 받아 통장에 정리를 하는데 눈물이 났다. 며느리 노릇한 적도 없던 묘숙의 생일에, 그녀의 아들에게, 그리고 성조의 생일에 돈을 보낸 흔적. 그런데 그가 돈을 부친 흔적은 어디에도 없었다. 직접 드린 적이 있다고 위로받을 자격은 없다. 기억할 정도로 드문 일이었으니까. 일 년에 한 번뿐인 구세군 냄비도 어머니 보단 나았다.

봉금이 이사를 오고 여러 달이 지났다.

이름뿐이지만 며느리와 손자가 살고 있는 곳이고 큰아들 성조가 있는 곳이다. 행복했을까. 확신할 순 없다. 하지만 그런대로 적응해가고 있는 것 같아 마음은 좀 놓인다. 그동안 성조는 거의 매일 어머니를 찾았다. 그래보았자 혼자 두었던 세월에 비하면 한심할 정도로 짧은 날일 테지만.

그는 오늘 봉금의 집에 오는 게 두려웠다. 통증이 너무 잦았던 것이다. 병원에선 벌써부터 입원을 권했지만 듣지 않았다. 어차피 죽을 날만 기다리고 있을 병원에 미리 가서 드러누워 있고 싶지 않았다.

그리고.

봉금이 하루라도 편히 살게 해주고 싶었다. 아들을 보내고 사는 날을 줄여주고 싶었다. 병원에 들어가면 매일 봉금을 찾을 수가 없다. 그렇게 되면 어떻게든 지켜온 비밀이 더 이상 비밀일 수가 없게 된다.

하지만 더 이상은 어렵다.

아침에 집을 나서려다 현관에 그대로 주저앉았다. 약을 먹어도 듣지 않았다. 다시 방으로 들어가 한 시간은 족히 땀을 흘리며 쪼그리고 누워 있었다. 다시 일어나 나오다 묘숙을 떠올렸다. 경태는 학교에 갔을 테지만 묘숙은 아침부터 어딜 갔을까. 집에 인기척이 없어 묘숙을 불렀더니 대답이 없다. 그녀의 방문을 열었다. 휑하니 빈 방이다.

수술을 받은 이후로 각 방을 쓰고 있다. 성조가 자주 잠을 깨고 침대는 그럴 때 서로에게 아주 불편하다. 묘숙이 그를 걱정하며 옷방으로 쓰고 있는 방으로 침구를 옮겼다. 그가 걱정됐던 것이 사실이라면 큰 선심을 쓴 것이다. 침대를 포기했으니까. 하지만 그 다음날 침대가 들어왔다. 안방 것보단 작은 침대가 옷방 한쪽을 차지했다. 그때부터 한집에 살면서도 희한하게 얼굴을 보지 않고 지나가는 날도 있었다. 일부러 피한 건지 묘하게 상황이 그렇게 된 건지 모르겠지만.

오늘 아침에도 죽을 끓여놓았다는 소릴 듣고 나와 보니 식탁에 죽 그릇만 있었다. 아까 집을 나서려고 할 땐 있었을까. 있다는 착각을 했을 지도 모른다.

봉금은 멸치를 다듬고 있었다.

성조를 보자마자 아침은 먹었냐고 물었다. 그렇다고 대답하고 어머니 옆에 앉았다. 마주 앉아 얼굴을 대할 자신이 없었다. 봉금은 멸치 손질을 계속했다. 마디 굵은 손이 재빨리 대가리와 내장을 발라냈다.

오래 있지 못하고 일어나야 했다. 통증이 시작될까 겁이 났다. 바쁜 척하고 서둘러 일어났다. 나오는데 봉금이 물었다.

– 요즘엔 성숙이 전화가 없다. 너하곤 자주 연락하냐?

– 연락이 없어요? 꾸지람 좀 해야겠는데요.

애매한 대답을 한다.

봉금이 고개를 들고 성조를 보았다. 그러면서도 멸치 까는 손은 쉬지 않는다. 눈이 마주쳤다. 봉금이 무슨 말을 하려다 그만 두는 게 보였다.

– 갑니다, 어머니.

성조는 인사를 하고 집을 나왔다.

성숙이는 성조의 병을 알고 있다. 성조가 떠나고 나면 봉금에게 남을 자식은 성숙이뿐이다. 여동생에겐 사실대로 말해놓아야 했다. 자신의 병을 알린 이후 성숙이완 자주 통화를 한다.

성숙이 결혼을 한 뒤로는 얼굴도 보기 힘들었다. 사실 통화도 거의 하지 않고 지냈다. 어릴 땐 어떤 남매보다 가깝게 지냈건만 각자의 삶이 언제 둘을 그렇게 먼 사람으로 만들어버렸는지. 병이 나고 난 뒤 새삼 그런 현실이 아팠다.

지난 20년의 통화를 합해도 최근 몇 달간 통화 횟수보다 적을 것이다. 성숙이 통화를 할 때마다 울어서 오히려 매번 성조가 달래야 했다. 그래도 어린 시절로 돌아간 듯해서 마음은 따뜻해졌다.

짐을 꾸려 병원에 가야겠다.
그런 생각을 하며 다세대 주택 계단을 내려섰다.
봄 햇살이 좋았다.
햇살을 따라 걸었다.
플라타너스 흰 줄기가 햇살 아래 빛나고 은행나무 잎은 힘차게 새싹을 내밀었다.
참 좋구나. 나무도 좋고.
집으로 가는 길이 아니라 나무들이 줄지어 있는 천변을 따라 갔다. 봄은 온갖 종류의 연두와 초록으로 다가 오고 있었다. 초록이 그렇게 다양한 줄 처음 알았다. 가늘게 눈을 뜬 성조의 눈동자에도 초록이 어른거린다.

기분 좋은 산책은 운동기구가 설치되어 있는 공원까지 이어지고, 공원을 지나 숲으로 들어가는 오솔길로, 그리고 키 큰 무주나무 세 그루가 병풍을 이루고 있는 공터까지 계속되었다. 꽤 긴 산책이었지만 걷는 동안 통증은 없었다. 팔이 무겁고 다리가 후들거리긴 하지만.

우람한 나무가 장관이었다.

20년 넘게 그곳에 터를 잡고 살아왔지만 와 보지 않았다. 하긴 등산이나 운동을 일부러 해본 적이 없었다. 짐을 지고 가파른 계단을 오르거나 팔이 아프도록 흙손을 들고 놀린 적은 있어도.

이런 곳이 있었구나.

어머닌 여길 와 보았을까.

'천변 끝에 공원도 있고 운동하는 기구도 있답니다.'

일이 없어 심심하다는 봉금에게 공원 이야긴 했어도 와 보진 않았다. 진작 와 보았더라면, 여길 와 보았다면 이렇게 좋은 곳이 있다고, 같이 한 번 왔더라면 좋았을 텐데.

바람이 불고,

나무들의 잔가지 사이로 바람 지나는 소리가 들린다.

그리고 달랑거리는 수많은 잎.

수많은 잎에 반사되어 흩어지는 햇살.

갑자기 햇살이 어두워진다.

잎맥보다 더 많은 주름이 잡히는 성조의 얼굴.

통증이 시작되었다.

〈성조야—.〉

어머니가 부른다.

* * *

벤치에 앉아 있는 성조의 얼굴에 나무가 그늘을 드리우고 있다.
한여름 따가운 햇살을 가려주는 엄마의 손처럼.

* * *

한여름의 숲.
무주나무 세 그루가 사이좋게 사는 곳.
그 아래 벤치에 노파와 남자가 앉아 있다.
노파의 무릎에 또 한 남자가 앉아 있다.
노파의 품안에 아기처럼 편안한 얼굴로 안겨 있는 남자가 있다.

봉금

성조처, 묘숙에게 통장과 도장을 내주었다.

성조가 만들어주며 관리 잘 하라던, 월세가 들어오는 통장이다.

통장을 받아가고 두 달은 약속한 생활비를 약속한 날짜에 봉금에게 주었다. 그러다 세 달째는 열흘이 지나서야 주더니 그 다음엔 정해진 날이 없어져 버렸다. 전화를 수도 없이 하고 겨우 받아내는 생활비. 그것도 약속한 만큼이 아니라 동냥하듯 기분 내키는 대로 주는 돈.

성조가 옳았다.

'묘숙이 무슨 말을 하든 절대로 통장은 넘겨주지 마세요. 어머니가 직접 관리하셔야 합니다. 이것이 어머니 밥줄인 게.'

수십 번도 더 다짐을 주었다.

아들은 올 때마다 통장 단속을 시켰다. 왜 그렇게 단속을 하는지,

전혀 몰랐다면 거짓말이다. 하지만 제대로 알고 싶지 않았다. 그래서 묻기가 두려웠다. 아들의 상태를 전혀 몰랐다면 의심 없이 물었을 것이다. 이유를 물어보는 게 정상이다. 그런데도 봉금은 자신의 마음을 속이고 의심을 묻어두었다. 의심을 묻어둔 대꾸는 엉뚱했지만 성조의 대답에는 진실의 냄새가 솔솔 풍겨 나왔다. 봉금은 그 냄새마저도 외면했다.

— 애비가 있는데 무슨 걱정이고. 못 미더우면 애비가 가지고 있으면 되겠다만.

— 제가 갖고 있어도 되지만 사람 일은 알 수 없으니까요. 그라고 어머니 돈을 왜 남의 손에 맡깁니까. 돈 앞에선 아들도 남이라니까요.

수박 겉핥는 대화만 주고받았다.

아니 그것도 괜찮았다. 그때로 다시 돌아간다 해도 봉금은 그렇게 대꾸했을 지도 모른다. 그러나 그 말은 들었어야 했다. 성조가 골백번도 더 했던 그 다짐은 새기고 있어야 했다.

'묘숙이 무슨 말을 하든 절대로 통장은 넘겨주지 마세요.'

하지만 지고 말았다. 아니 속고 말았다.

건물이 낡아가니 수리할 곳도 생기고, 월세가 제 날짜에 제대로 들어오는지 관리도 해야 하는데, 통장이 없으니 일일이 세입자에게 물어보고 확인하는 게 번거롭다. 세입자들 중에는 주인이 할머니라고 얕보고 무시하는 사람도 있다. 그래서 멋대로 날짜를 어기는 것이다. 그러니 자기가 관리하고 생활비 드리면 어머니도 편하고 남 보기에도 좋지 않겠느냐며 매일 찾아와 싹싹하게 굴었다.

묘숙의 말에 틀린 건 없었다. 월세가 제 날짜에 들어오지 않는 일이 잦아지고 여기저기 수리를 해달라는 요구도 많아졌다. 그럴 때마다 묘숙 외엔 전화할 데가 없고 부르면 금방 달려와 일을 처리해 주었다. 세입자들은 정말 할머니라고 무시하는지 그렇게 여러 차례 전화를 해도 차일피일 미루다가 묘숙이 다녀가면 바로 월세를 내는 경우가 허다하고, 변기나 보일러 수리도 묘숙이 사람을 데리고 와 척척 해결해 주니 편했다.

다 늙어 이사 온 도시에서의 봉금은 모든 게 서툴렀다. 오래 살던 고향과 달라서 소소한 걸 고치려 해도 아는 사람도 없고 알아볼 데도 없었다. 성조가 있으면 다 알아서 했을 일이지만 부질없었다.

성조가 세상을 떠난 지도 여러 해가 지났고 어쨌거나 묘숙은 꾸준히 봉금을 찾아왔다. 아들이 살아있을 땐 얼굴 보기도 힘들었던 며느리였다. 그런 며느리와 새로 얼굴을 익히듯 가까운 사이가 되어갔다. 아들이 떠난 뒤에야.

그래도 남보다 낫구나. 며느리가 아니면 누가 들여다봐 주었을꼬. 고마운 생각이 들었다. 고마운 갚음을 하느라 묘숙이 올 때마다 김치도 담가주고 밑반찬도 해서 들려 보냈다.

성조 살아생전에, 며느리 바람기로 속을 많이 끓였다는 걸 알고는 있었다. 하지만 저도 이제 나이가 들어 철이 나는가 보다, 그랬다. 그렇게 묘숙인 정말 며느리가 되어갔다. 믿음과 정도 생겼다.

하지만 통장을 받아간 날부터 발걸음이 뚝 끊어졌다.

아차, 가슴이 철렁하긴 했지만 약속한 날짜에 생활비를 들고 나타난 묘숙을 보자 도리어 미안한 생각이 들었다. 무단히 의심을 했구나 하는. 발걸음을 끊은 정도는 저절로 용서가 되었다. 생활비를 들고 나타나는 날까지 의심하고 불안해하며 속을 끓였던 시간들이, 봉금을 그렇게 길들였던 것이다.

생계의 막막함을 다시 일깨워주었던 시간 앞에, 전 재산을 쥐고 있던 그녀가 드디어 생활비를 들고 나타났다. 그 앞에 친절이니 사람의 도리니 하는 것들을 앞세울 자존심은 이미 사라졌다. 그저 생활비가 해결됐다는 안도는 다른 것들의 무게를 없애버리고도 남았으니까.

생활비가 떨어지고 폐지를 주우러 다닌 적도 있었다. 사람들이 나다니지 않는 인적 드문 새벽에나 다녔다. 사람을 만나기 싫었으니까. 아들 앞세우고, 아들이 만들어 준 통장도 지키지 못하고, 그 통장을 며느리가 가져갔다는 말은 더구나 남우세스러워 말할 데도 없었다. 나 못난 걸 나발 불고 다닐 수가 없었다. 무슨 말을 해도 누워서 침 뱉기일 터였다. 에미가 되어 아들, 며느리 낯 세워주진 못할망정 욕보일 수는 없는 법이니까.

지금은,

용서니 뭐니 하는 마음도 떠난 지 오래다.

살고 싶은 마음이 없는 마당에 누굴 마음에 담아 두겠는가. 악착같이 살려고 하는 마음이 있을 때 용서도 있고 원망도 있는 법이다.

햇빛을 못 본 지 몇 달이다.

밖에 나가기 싫은 지 오래되었다.

봉금에게 성조가 떠나버린 그 해가 다시 돌아온 듯하다. 두문불출하며 삶의 의욕을 접어버렸던 그때가. 그러다 기적처럼 다시 일어나 문밖출입을 했다. 그때의 기적 같은 삶의 의욕이 다시 살아날 수 있을까.

그럴 수 있을까.

* * *

2층에 혼자 들어와 사는 손자를 두고 동네에서 말이 많았다.

경태가 봉금이 사는 다세대건물에 이사 온 지 일 년이 되어가지만 그동안 얼굴을 두어 번 보았을 뿐이다.

경태는 어릴 때부터 자주 보지 않아서 그랬겠지만 원래 봉금에게 살뜰한 정은 없었다. 그건 하나도 섭섭하지 않았다. 내리 사랑이라고, 어디까지나 그건 어른이 할 나름이라 여겼다. 자주 못 보고 살았던 것이 경태 잘못도 아니고 이제부터라도 자주 보면 정이 쌓이겠지 했다.

욕심이었는지.

아님 정이 쌓이기엔 너무 짧은 시간이었던가.

그래도 성조가 살아있으면 그러진 못했을 것이다. 아니 성조 처가 통장을 가져가기 전에는 가끔 며느리 따라 인사도 오고 같이 밥도 먹고 갔다. 어쨌거나 성조의 하나밖에 없는 자식이었다. 성조가 자식으로 키운.

이사를 온 경태는 바로 아래층에 사는 할머닐 보러 오지 않았다. 아예 문밖 출입하는 걸 볼 수 없었다. 처음엔 하도 소식이 감감해 할미된 자로 그냥 두고 볼 수 없어 몇 번 올라간 적이 있었다. 하지만 벨을 눌러도 나와 보지 않았다. 분명 인기척이 있었지만 대꾸도 없었다. 늙어도 그만한 눈치는 있다. 일부러 피하는 걸 봉금은 알아먹었다.

경태는 해가 지고 나야 외출을 하는 모양이었다. 동네 사람들 말이 그랬다. 그 애는 밤에만 사람들 눈에 띄었다. 세탁소 아주머니도, 슈퍼마켓 주인도 종종 보는 경태를 봉금은 보지 못했다. 경태가 일부러 찾아와주지 않는 한 볼 수가 없었다. 피해 다니는 젊은이와 나이든 노파가 마주칠 일이 없는 게 당연할 지도 모른다. 더구나 해가 지고 난 뒤의 일이라면. 밝은 날에도 어두울 노파의 눈이 어스름 속에서 피해 다니는 누군가를 어떻게 알아볼까.

그런데 도대체 경태는 하루 종일 집에서 무얼 하는 것일까.

밤에는 어딜 나다니는 것일까.

성조처가 봉금의 집을 드나들 때 들은 이야기로는, 무슨 장사를 한다고도 했고 결혼할 여자가 있다는 말도 했다. 하지만 며느리 얼굴도 보기 힘들어지고 난 뒤에는 어떻게 돌아가는지 그저 짐작만 하고 있을 수밖에 없게 되었다.

그런데 지난해 위층에 혼자 살던 할아버지가 치매가 있어 요양원으로 옮겼는데 그 집에 경태가 들어왔다. 묘숙이 미리 사정을 알려준 건 아니다. 물론 경태가 말한 것도 아니다. 지금도 마찬가지지만 그때도 묘숙의 얼굴은커녕 소식조차 듣기 힘들었으니까. 통장과 함께 다세대 건물은 사실상 며느리 손에 넘어간 거나 다름없었다. 세입자가 들어오고 나가는 일은 봉금의 손을 떠나버렸으니까. 묘숙은 무엇인가 필요할 때만 나타났다. 어떤 날은 주민등록증을 필요로 했고, 어떤 날은 봉금의 동행이 필요하기도 했다. 봉금은 묘숙이 원하는 것을 내주기도 하고 따라나서기도 했다. 의심은 날마다 늘어나는 체념과 함께 버려졌다. 의심조차 의미 없어진 봉금의 가슴에서 삶의 의욕도 떠나가고 있었는지 모른다.

집 앞이 부산해서 나갔더니 이삿짐이 올라가고 있었다. 몇 달 만에 묘숙과 마주쳤다. 그보다 더 오랜만에 보는 경태는 봉금과 마주치자 '안녕하세요.'를 던지곤 바쁘게 이층으로 올라가는 계단으로 사라졌다. 배달 온 집배원과 마주쳐도 그렇게 지나가진 않을 것 같은 짧은 인사였다. 섭섭함보다 손자의 행색이 마음을 불안하게 했다. 얼굴도 차림새도 어딘지 모르게 추레해 보였다. 경태가 사라져간 계단을 쳐다보던 묘숙이, 묻지도 않는 데 친절하게 설명을 했다. 집 관리를 위해서 경태가 들어와 사는 거라고.

집은 상관이 없어진지 오래다.

그리고 묘숙의 말을 귀에 담지 않게 된 지는 더욱 오래 되었다.

그렇다 하더라도 손자가 가까이 오니 신경이 갔다.

장가를 간다더니 말이 없고 장사를 한다는 놈이 낮엔 두문불출.

보이지 않고 소식을 모를 땐 무소식이 희소식이려니 할 수도 있었지만 보이기도 하고 들리는 소리도 있으니 생판 남의 일이 될 수는 없었다. 밤에만 종종 가게에 나타나 먹을 걸 사가지고 가는 경태에 대해 물어보는 입이 많았다. 무얼 하는지, 왜 이사를 온 건지. 장가는 안 가느냐는 등. 대답을 할 수 없는 그들의 질문은 사실 봉금의 의문이기도 했다. 그리고 의문이긴 하지만 답도 나와 있는 의문이었다. 그들이 대놓고 봉금에게 직접적으로 묻지 못한 만큼 봉금도 그대로 믿고 싶지 않은 내용이었을 뿐이다. 너무 엄청나서. 기가 막혀서.

경태는 장사를 말아먹었다. 혼자 한 건 아닐 것이다. 묘숙도 관여된 일임에 분명하다. 돈이 걸린 문제에 묘숙이 빠질 리가 없고 장가도 안

간 아들에게 몽땅 맡길 위인도 아니다. 도대체 무슨 짓을 한 건지. 그래도 돈은 잘 지킬 줄 알았는데. 돈이라면 워낙 악착같은 인물이었으니까. 그런데 돈을 날렸다. 그것도 크게 저지른 모양이다. 살고 있던 아파트까지 내놓은 것을 보면.

묘숙은 남자랑 방을 얻어 나갔다. 경태를 데리고 갈 형편도 안 되었다는 말이다. 방이 두 개만 되었어도 그러진 않았을 테니까. 아들은 떼어놓을 수 있어도 남자 없인 안 되는 모양이었다. 그것도 상관없다. 성조가 살아 있을 때도 해먹던 버릇이었다.

그래도 이건 아니다. 어떻게 봉금이 살고 있는 집까지.

성조가 그렇게 애쓰며 마련했던 집인데.

몰랐던 일이 아니다. 아니 분명 알고 있었다. 그런 날이 올 줄 알고 있었다. 하지만 막상 직접 들었을 땐 몹시 분했다. 마지막으로 본 성조의 얼굴이 떠올랐다. 가슴이 뜨겁게 울렁거렸다. 눈물도 나지 않는 눈이 한참동안 아팠고 가슴에서 불이 났다. 그러나 그것으로 끝이었다. 다시는 가슴이 뜨겁지도 울렁거리지도 않았다. 그것이 봉금의 마지막 생의 불꽃이었는지도 모르겠다.

묘숙은 기어이 해치우고 말 것이란 것을 알고 있다. 건물이 팔려버리면 어쩔 수 없이 나가야 한다는 것도. 그렇게 입에 발린 소리를 하지 않아도 등신이 아니고선 모를 수가 없다. 한 마디로 집을 내놓으란 것이란 것을. 깨끗한 단독으로 이사를 가 있으면 다시 리모델링인가 뭔가를 해서 들어오게 한단다. 그렇게 하면 월세도 더 올려 받을 수 있다며.

그 월세 구경 못한지 언젠데 그런 헛소리를.

봉금은 속으로 웃었다.

〈나는 이 집 못 떠난다. 죽고 나면 끌어내고 팔든지.〉

그 소리에 묘숙의 안색이 순식간에 변했다. 그렇게 변하지 않아도 그 말을 믿지 않았지만 정말 못 믿을 위인이란 생각에 가슴이 서늘했다. 그리고 어깨에서부터 힘이 빠져 나가는 소리가 들리는 듯했다. 묘숙의 변한 안색을 마주 하고 앉았는데 얼마나 팔이 무겁던지.

* * *

〈나는 이 집 못 떠난다. 죽고 나면 끌어내고 팔든지.〉

그저 늙은이의 마지막 발악, 허망한 소리일 뿐이었다.

무슨 영광을 보려고 집을 끌어안고 살겠는가.

지금 눈을 감아도 아까울 것 하나 없다.

봉금은 누워서 하염없이 잠을 청한다.

밥 먹고 살지 못할까봐 그러고 있는 것은 아니다. 그까짓 돈, 벌려면 지금도 벌 수 있다. 일은 하나도 무섭지 않다. 일이 없을까 무서웠지 일 하는 게 무서웠던 적은 없다. 남편 죽고도 살았고 자식 앞세우고도 살 았다.

그런데,

이제는,

살아낼 용기가 없다.

봉금의 억척같은 용기가 어디로 어떻게 새어나갔을까. 용기는 근육과 함께 빠져나갔는지 뼈만 남은 그녀의 몸은 점점 작아지고 있다.

해가 진 지 오래인데 봉금은 불을 켜지 않고 누워있다.

모로 누운 그녀의 몸은 어린 소녀만큼의 부피다.

어둠 속에서 반짝이는 건 눈물. 그 눈물은 먼저 간 성조를 위한 게 아니다. 학교도 못 다녀보고 죽은 성재를 위한 것도 아니다. 그녀가 떠나고 나면 혼자 남을, 아직 살아갈 날이 한참 남은 딸, 성숙 때문이다.

이승의 날이 얼마 남지 않았음을 직감하자, 마음에 걸리는 것 하나.

성숙.

성숙의 얼굴에서 봉금의 생각이 멎는다.

시간이 흐른다.

미동도 없는 봉금의 작은 몸 위로 시간이 지나간다.

희미하게 어둠이 밀려가는 방 안.

봉금이 몸을 일으킨다.

시간의 무게에 짓눌린 공기가 비로소 움직인다.

일어나 앉는데도 한참의 시간이 필요하다. 그녀가 움직일 때마다 뼈마디가 소리를 낸다.

무거운 공기를 밀어내며 봉금이 드디어 일어섰다.

물이라도 마시려는 것일까.

아닌 모양이다.

그녀가 향한 곳은 화장실.

거울 앞에서 천천히 옷을 벗는다. 옷을 벗는 동안에도 뼈마디에서 쉴 새 없이 소리가 난다. 속옷까지 벗어버리자 앙상한 늙은이가 거울 속에서 봉금을 바라본다.

희망도 절망도 모르는 늙은이다.

어떤 감정도 담겨 있지 않다.

분명 아는 얼굴인데 아주 낯설다.

더 낯설어지기 전에 가야 할 텐데.

이젠 만복의 얼굴도 가물가물하고 성재의 얼굴은 떠오르지도 않는다. 날마다 등짝에만 붙어있다 떠나버려서 그런가. 태어나자마자 엄마 등에, 성조 등에 업혀 지내다시피 했다. 봉금은 성재가 혼자 걸어 다니는 것을 보지 못했다. 돌이 지날 때까지 장사하는 봉금의 등에 업혀 지내다 걸음을 배워야 할 때 땅을 디뎌보지도 못하고 떠나버렸다.

시장통에서 젖을 먹이고 시장통에서 기저귀를 갈았다. 추운 겨울엔 젖먹이기가 참 힘들었다. 마음 좋은 주인의 가게방에 잠시 들어가 먹일 때도 있었지만 염치가 없어서 매번 그러지도 못했다. 그래서 그랬는지 성재는 기침을 자주 했다. 그러다 좋아지곤 했는데 그날의 기침은 달랐다. 밤새 열이 펄펄 끓고 숨이 넘어갈 듯했다.

다음날 장사를 접고 날이 밝자 병원을 찾았다. 그런데 너무 늦었다. 그렇게 되도록 뭘 했느냐고 젊은 의사가 한심하다는 눈길로 봉금을 보았다. 정말 한심하고 미안해서 울지도 못했다. 못난 어미였다. 성재일은, 성재한텐 너무 미안해서 입에 올리지도 못하고 평생 살았다.

봉금의 등에 물이 쏟아진다.

성재가 업혔던 살집 좋았던 등은 이제 더 이상 무언가를 얹을 수 있는 곳이 아니게 되어버렸다. 봉금은 오래도록 등에 물을 맞는다. 물을 아낀다고, 절대로 샤워기로 목욕을 하지 않았다. 물통에 받아놓고 바가지로 퍼내어 씻었다. 그리고 목욕한 물로 걸레를 빨고 걸레 빤 물로 목욕탕 바닥을 씻었다. 봉금의 집으로 들어온 물은 적어도 서너 번은 옮겨 다녀야 하수구로 나갈 수 있었다. 그런데. 샤워기에서 흘러나온 물이 봉금의 등으로 떨어지고 바로 하수구로 내려가고 있다. 그녀의 표정 없는 얼굴에, 가슴뼈가 드러난 가슴에 닿았던 물은 그대로 다리를 지나 하수구로 내려간다.

자유를 얻은 물의 빠른 흐름.

그 집에서 그토록 오래 물이 떨어지는 소리가 난 건 처음이다. 그리고 앞으로 또 그런 일이 있을지는 모르겠다.

그녀는 바닥으로 떨어져 하수구로 빨려 들어가는 물을 보지 않고 있다. 보고 있다면 결코 있을 수 없는 일이다. 봉금의 눈에는 떨어지는 물이 보이지 않는 것이 분명하다. 아니 자신이 무엇을 하고 있는지도 잊어버린 것 같다.

그래도 드디어 영원히 계속될 것 같던 물 떨어지는 소리가 멈추고, 무얼 하는지 잊어버린 줄 알았던 봉금의 손에 마른 수건이 들려있다. 생각을 완전히 놓아버리진 않은 모양이다. 수건은 머리, 얼굴, 팔, 가슴, 배, 엉덩이, 다리를 고루 다니며 물기를 흡수하고 푹 젖은 채 다시 수건걸이에 걸린다.

다음은 마치 계획된 일인 것처럼, 수행자가 의식을 집전하듯이, 느리지만 멈춤 없이 진행된다. 속옷을 찾아 입고, 머리를 매만지고, 모시한복을 꺼내 입고, 하얀 버선을 찾아 신고, 신발장 앞에 세워 둔 지팡이를 쥐더니 문을 열고 나선다. 여명만 있고 햇살이 퍼지기 전이다.

길에는 인적도 없다.

봉금은 걷는다.

지팡이 짚는 소리만 똑똑 그녀의 발걸음을 충실히 따라간다.

한여름 물소리가 제법 낭랑한 천변을 지나고, 잎이 무성한 플라타너스 길도 지나고, 한때 성조를 잊기 위해, 아니 성조가 바라던 편하고 행복한 여생을 찾기 위해, 아니 여생을 즐기고 있다고 믿기 위해 미친 듯이 찾았던, 운동 시설도 지나고, 이윽고 사람의 발자국에만 의존해 생긴 숲길로 들어선다.

발길을 끊었던 그곳.

언젠가, 오래 전에, 성조를 따라가고만 싶어서, 도저히 살 수 없을 것 같아서, 실성한 것처럼 살고 있다가 찾았던 곳. 아름드리나무가 하늘을 찌르고, 바람 소리가 유난하던 곳.

그때는 그 바람 소리가 막혔던 가슴을 뚫어주는 것 같았다. 하늘을 찌르는 나무가 그녀의 눈을 가슴에서 하늘로 옮겨주는 듯도 했다. 숨을 쉴 수 있게 해주기도 했다. 비로소 울음이 터져서 큰 소리로 오래 울고 내려오는데 그 일이 꿈같았다. 울었던 일도, 성조 일도 꿈같았다.

그렇게 울고 내려온 후로 그곳을 한동안 찾지 않았다. 그 쪽에 눈길도 주지 않았다. 혼자 최면을 걸었다. 그곳을 찾지 않으면 살 수 있다. 꿈을 떠올리지 않을 수 있다. 성조는, 내 아들 성조가 죽은 건 꿈이다. 꿈을 꾸고 있는 것이다.

그러다 다시 그곳을 찾게 되었는데.

파지를 주우러 다니기 시작한 뒤였다.

파지를 하나도 발견하지 못한 어느 날, 걷다가, 걷다가 다시 숲으로 들어서게 된 날이 있었다. 그날은 최면이 풀린 날임이 틀림없다. 그곳을 찾으면 꿈에서 깨어난다는 그녀만의 최면. 성조가 죽은 것이 꿈이라고 믿고 싶어서, 그 꿈을 묻어둔 곳이었다.

문득 정신을 차리고 보니 그곳이었다.

아무도 없었다.

편안했다.

다시 찾아든 숲은 참으로 편안했다.

성조의 꿈속으로 들어온 것처럼.

그 꿈은 더 이상 시끄럽지 않았다.

괴롭지도 않았다.

그 후론 자주 찾았다.

한없이 앉아 있는 시간이 자꾸 길어졌다.

* * *

하얀 모시옷의 봉금이 햇살이 퍼지기 시작하는 숲 속 공터로 들어선다.

바람이 일면서 무성한 잎들이 소리를 내고 나무 꼭대기에 닿은 햇살이 반짝이며 부서진다.

그녀가 나무 앞에 멈춰 선다.

꿈만 같다.

나무를 바라보는 눈빛이 빛나는가 싶더니 빛은 눈물로 변한다. 눈물 한 방울이 땅으로 떨어지며 주변에 작은 파문을 만든다. 공기의 파문이 봉금의 발에 닿았는지도 모르겠다. 아니면 치맛자락을 건드렸는지도.

다시 발을 떼는 그녀의 발걸음이 한결 가볍다. 그리고 누가 불러 대답을 하듯 확고하다. 확고한 발걸음은 나무 아래 벤치로 향했고 정해 놓은 자리에 앉듯 벤치에 앉았다.

그리고,

바람이 멎었다.

잎새 하나도 흔들리지 않았다.

그래도 시간은 흐른 모양이다.

해가 무주나무 꼭대기를 지나 뒤로 넘어가긴 했으니까.

봉금은 시간과 상관없는 사람이 된 것 같다.

목석처럼 벤치와 하나가 되었다.

바람이 멈춘 그 순간 그녀의 시간도 멎어버린 것처럼.

그런데.

그녀의 눈동자가 움직인다.

목석이 되어버리진 않은 모양이다.

봉금의 눈에 들어온 한 남자.

시간도 멎어버린 그곳으로 한 남자가 들어온다.

남자의 출현으로 생겨난 또 다른 파문.

파문의 일렁임에 닿기라도 했는지.

노파의 가슴이 흔들린다.

동공이 빛을 발한다.

그 빛이 쏘아지는 곳.

한 방향으로 날아가는 빛이 남자를 뚫을 듯하다.

어머니의 딸

성숙이 밥도 먹지 않고 하루 종일 울었다.

어째 수월하게 보낸다 싶었다. 하긴 이미 젖을 물려 보았는데, 가슴에 붙이고 얼굴을 내려다보며 젖 먹던 걸 봐버렸는데. 그래서 떼어 보내려면 젖 물리기 전에 보내라고 했다.

물론 애당초 성숙인 어림도 없었다. 사돈과 봉금이 밀어붙인 일이다. 사돈의 생각을 처음 성숙에게 말했을 땐 일이 되지 않을 것 같았다. 엄마가 있는데 왜 할머니 손에서 자라게 하냐고, 자기한테 남은 건 이제 아기뿐인데, 신랑도 없이 아기뿐인데 무슨 소리하느냐고 바늘도 들어가지 않았다. 그러다 그 다음날엔, 남편도 없이 혼자 어떻게 키우겠냐며, 아기 볼 때마다 신랑 생각이 더 나겠지? 해서 틈이 보이기도 했다.

몸을 풀 때까지도 성숙의 말은 오락가락 했다. 절대로 그럴 일은 없을 거라고 하다가도 신세타령을 하며 울 때는 결심이 선 것 같기도 했다.

그때 성숙은 겨우 스물다섯이었다.

스물다섯에 유복자만 안게 되었다.

성숙의 마음을 다 읽는다고 할 수는 없지만 앞으로 살아가면서 겪을 성숙의 고충은 봉금이 더 잘 알 수도 있었다. 그 점에선 사돈과 생각이 같았다. 두 사람은 젊은 나이에 혼자되어 혼자 자식을 키우며 살았다. 그래서 차마 입 밖으로 내서 말하진 못해도 서로 읽어지는 같은 아픔이 있었다. 사돈 입에서 조심스럽게 그 말이 나왔을 땐 반갑기까지 했으니까.

'아직 젊디젊은데 팔자를 고쳐야지 않겠습니까. 그러자면 아무래도 애가 걸릴 텐데.'

거기까지만 들어도 사돈의 심정이 봉금의 가슴 깊숙이 꽂히며 눈물이 절로 났다. 그 눈물은 봉금의 젊은 날의 눈물이기도 하고 드러난 사돈의 마음에 공명하는 눈물이기도 했다.

'요즘 시상에 새로 시집가고 장가가는 것이 흔해졌다고는 해도 애 딸린 여자는 아무래도 걸리는 문제가 많을 것이고만요. 에미도 자식도 모도 편치 않을 수도 있디요. 다행히 제가 안즉 애 하나 키울 힘도 되고 공부도 시킬 수 있으니 맡겨주시면 허는디요. 그 보답도……'

사돈은 그 말을 하고 난 뒤에 한참 뜸을 들였다.

'이런 말하기가 참 그렇지만요……'

'사돈도 잘 아실지 모르겠지만……'

그녀는 결국 말을 맺지 못했다. 봉금도 묻지 않았다. 사돈 말대로 잘 알고 있었다. 그녀가 무슨 말을 하고 싶어 했고 왜 말을 못했는지 너무나 잘 알고 있었기 때문이었다.

봉금도 그랬다.

평생을 누구에게도 말해보지 못했지만 생생한 현실이었다.

만복이 아니라도 좋다,는 심정이 될 때가 있었다.

살아있을 땐, 같은 이불을 덮고 살 때는 생각도 해보지 않았다. 요즘은 흔해빠진 '사랑하는' 줄도 몰랐고 '사랑'이 뭔지도 몰랐다. 하루 종일 일하고 녹초가 되어 누웠는데 손길이 다가오면 귀찮을 때가 많았다. 하지만 귀찮은 것도, 귀찮아할 수 있는 것도, 행복의 다른 얼굴이라는 걸 나중에 알았다. 갖추고 사는 사람만이 가질 수 있는.

뼈가 부서져라 일을 하고 손가락 하나 들 힘도 없이 쓰러진 날에 만복의 땀 냄새가 코끝을 스쳤다면 미쳤다고 할까. 올망졸망한 아이들 사이에 끼어 깊이 잠들었다 눈을 뜬 새벽, 말할 수 없는 허망함에 소름이 돋아 몸까지 떨며 울었다면 에미 자격이 없다는 소리를 들을까. 울면서도 이불을 끌어당겨 얼굴을 묻고, 울면서도 이불에서 만복의 냄새를 떠올렸다면 더러운 년이라 욕을 할까.

세월이 가면, 나이가 들면 아무렇지도 않은 날이 오리라. 몸이 늙고 늙어 만복에 대한 기억도, 그리움도, 느낌도 무디어 사라져버리는 날이 오리라. 그런 날이 빨리 오길 기다리기도 했다. 세월이 흘러 빨리 나이가 들어 버리길 염원한 시간들이 있었다.

하지만 알았다.

마음은, 느낌은 절대로 낡아버리지 않는다는 걸. 늙고 변하는 건 몸이지 마음은 아니었다. 어쩌면 시간은 느낌을 더 생생하게 만들어버리는 것 같았다. 기억하고 또 기억하는 동안, 생각만 하는 동안, 그건 비단에 수를 놓고 또 놓아, 꽃잎이, 학의 깃털이, 더 도톰해지듯이, 더 두드러지고 선명해지는 지도 몰랐다.

성숙은 아직 그걸 모른다.

모르고 저지를 잘못을, 후회할 일을, 딸에게 겪게 하고 싶지는 않았다.

그 당시, 봉금은 그렇게 판단했다.

젖 물리기 전에 떼 내어야 했지만 그러지 못한 게 문제였다.

'초유는 먹여야 한대요. 그래야 항체도 생기고 평생 건강하다는데요.'

학교 문 앞에도 가보지 못한 봉금은 그래도 고등학교까지 나온 성숙이 쓰는 문자에 내심 감탄하며 한 발 물러섰다. 그랬던 것이 하루만 더, 더, 하다가 백일이 가까워졌다.

더 이상 두면 정말 어려울 것 같다,고 초조해 하는데 사돈이 왔다. 단단히 결심을 한 듯 아기를 쌀 포대기까지 들고.

아침을 먹고 설거지를 하던 중이었다.

젖을 실컷 먹은 아기는 깊은 잠에 빠져있었다.

사돈이 산모와 아기가 있는 방으로 들어서자 인사를 한 성숙이 마당으로 나갔다. 저도 결심이 섰구나, 고마운 마음이 앞섰다. 다행이었다. 어미가 매달리면 그건 차마 못할 짓이었다. 사돈도 봉금도 억지로 그렇게는 못했을 것이다. 그런데 성숙이 아무런 저항 없이 마당으로 나가더니 보이지 않았다. 사돈이 아기 짐을 챙겨 아기와 함께 사라질 때까지.

사돈이 가고 한참 후에 젖이 퉁퉁 불은 성숙이 울면서 뛰어 들어왔다. 안 되겠다고, 도저히 안 되겠다고, 도로 찾아와야겠다며 젖이 배어 나온 셔츠 위에 겉옷을 걸치더니 다시 나갔다. 봉금도 성숙의 뒤를 쫓아갔다. 말리러가 아니라 그냥 따라갔다. 말릴 수 없다고 생각했다. 미친 듯이 뛰어가는 성숙을 보면서 봉금은 후회했다.

'억지로 안 되는 법인데.'

'새끼와 어미를 떼어 놓다니.'

'내가 죽일 년이다.'

그러면서 따라갔는데.

정말 죽일 년이 돼버렸다.

사돈집은 비어 있었다.

천천히 걸어도 밥 한솥 할 시간이면 닿을 수 있는, 성숙이 결혼하면서 살던 집이기도 한, 그림 같은 이층 양옥집에 살게 됐다고 봉금이 그렇게 흐뭇해하던 집은, 이사나간 쓰레기만 을씨년스러운 빈 집이었다.

사돈은 알았던 모양이다. 짐작했던 모양이었다. 이런 사태가 반드시 있을 줄. 그래서 이사준비까지 끝내고 아기를 데리러 왔던 것이다.

성숙은 쓰레기가 날리는 마당에 퍼질러 앉아 통곡을 했다.

동네 사람들이 몰려와 빙 둘러서서 보는데도 아랑곳하지 않았다. 그렇게 얌전하고 체면치레가 똑 떨어졌던 성숙이, 사람들 앞에서, 눈물을 감추지도, 울음소리를 낮추지도 않았다.

봉금은 그냥 사람들 틈에 서 있었다. 곁으로 가서 등이라도 두드려 주어야 했지만 그러지 못했다. 마음과는 달리 이상하게 발이 떨어지지 않았다. 그러는 동안 한 아주머니가 사람들을 밀치고 안으로 들어갔다. 성숙과 가깝게 지내던 사람이었던 모양이다. 성숙을 알아보는 듯, 사정을 아는 듯, 조용히 다가가 성숙을 안아 일으켜 마당 평상에 앉혔다. 그리고 몰려든 사람들을 가만히 밀어내고 대문을 닫아걸었다. 봉금도 밀려나는 사람들 틈에 끼어 대문 밖으로 물러났다. 밀려난 사람들은 사건의 주인공이 보이지 않자 삼삼오오 이야기를 나누며 떠나고 문 앞에는 봉금만 남았다.

울음소리가 잦아들고 시간이 흘렀다.

이윽고 아주머니가 대문을 열고 나왔다.

봉금을 보더니 무슨 말을 하려다 만다. 눈이 마주치자 대번에 아주머니의 눈빛이 붉어졌다. 아마 봉금의 눈빛이 그랬을 것이다. 둘은 같은 눈빛이 되어 서로의 사정을 알리고 알아먹은 것이다. 아주머니의 눈에서 기어이 눈물방울이 떨어지고, 눈물을 감추듯 휙 돌아서서 잰 걸음으로 그곳을 떠났다. 그래도 봉금은 그 눈물에서 위안을 얻는다. 말없는 눈물이 주는 위로.

아주머니가 대신 눈물을 흘려 준 덕분에 봉금은 울지 않고 대문 안으로 들어설 수 있었다.

성숙은 평상에 앉아 있었다.

옷매무새가 얌전하고 흩어졌던 머리도 귀 뒤로 단정히 넘어가 있다. 아마도 친절한 아주머니의 손길이 닿았을 것이다. 봉금은 성숙 옆에 앉았다. 아무 말도 하지 않았다. 할 말이 없었다. 그냥 하염없이 앉아 있었다.

바람이 불고 마당에 흩어져있던 가벼운 쓰레기가 이리저리 굴렀다.

성숙에게 바람은 아직 해롭다.

퍼뜩 정신이 든 봉금이 일어나 성숙을 일으켜 세우고 손을 끌었다. 성숙은 봉금의 손에 이끌려 왔다. 말도 없이 울지도 않고 집으로 왔다.

울지 않고 방으로 들어갔다.

아기가 누워있던 이부자리 곁에 앉을 때도 울지 않았다.

그냥 앉아 있었다.

젖이 흘러 가슴이 젖은 채로 앉아 있었다.

늦은 점심상을 봐서 들고 들어갈 때까지.

밥 먹어야지.

그 소리에 밥상에 앉아 숟가락을 들고 미역국을 한 숟갈 떠 넣었다. 그 모습을 본 봉금이 가슴을 쓸어내리는 동시에 성숙의 숟가락이 방바닥에 떨어지고 울음이 터졌다. 그렇게 시작된 울음이 하루 종일 이어졌다. 점심도 저녁도 굶은 채.

성숙은 그 다음날 저녁에야 겨우 미역국을 삼켰다.

봉금이 같이 죽겠다고, 늘어져 누운 성숙 옆에 같이 누워버린 일이 기적을 만든 모양이었다.

저녁상을 들고 들어가 애걸복걸 권했지만 일어나지 않았다. 일어날 힘도 없어보였다. 정말 이러다 딸을 죽이겠다 싶었다. 봉금도 먹은 게 없기는 마찬가지였지만 어미는 어미였든지 배고픈 줄도 모르고 딸 곁을 맴돌며 먹지도 않는 국을 데워오고 상을 차리곤 했다. 다시 차린 저녁상 앞에서 성숙을 부르던 봉금도 그만 그 옆에 누워버렸다. 딸 죽이고 살아 무엇하겠느냐며 같이 죽자고 했다. 성숙 곁에 눕자 그녀도 맥이 풀려 버렸다. 일어나고 싶은 마음이 없어졌다. 눈을 감았다. 눈을 감자 몹시 잠이 왔다. 잠이 든 건지 어쨌는지 모르겠지만 숟가락이 그릇에 부딪는 소리에 눈을 떴다. 성숙이 일어나 국을 뜨고 있었다. 국물이 입에 들어가고 있었다.

누워있는 봉금의 눈에서 눈물이 쏟아졌다. 엉엉 울었다.

성숙이 봉금을 돌아보며,

'미안해요. 엄마.'

그렇게 말했다.

성숙은 사돈 말대로 팔자를 고쳤다.

잘 고친 건지는 모르겠지만, 적어도 사돈처럼 봉금처럼 살지는 않았다. 과부 소리는 듣지 않고 사니까. 그렇지만 무엇을 가지면 가진 만큼 손이 가는 법이라 도무지 짬을 내지 못했다. 시집을 멀리 가기도 했지만 남편 바라지, 애들 바라지에 얼마나 골몰하는지 친정 나들이는 가뭄에 콩 나듯했다.

성숙은 게으르지도 무심하지도 않은 아이다. 그런 아이가 발걸음이 어려운 데는 그만한 사정이 있고도 남을 것이라는 걸 봉금은 짐작만 하고 살았다. 시집을 간 뒤로 그 집엘 가본 적도 없고 그 집 소식은 가끔 성숙의 입을 통해 듣는 게 전부다. 듣기 좋은 이야기뿐이었다. 그런데도 왠지 마음이 푹 놓이진 않았다. 어떤 집인지, 옛날 사돈집만큼은 바라지도 않지만 그래도 인심은 있는 집안인지, 마음고생은 없는지. 궁금한 마음이 넘치면 걱정이 되고 걱정이 쌓이면 후회가 가슴을 치기도 하는 세월. 그 세월 속에서 봉금이 해줄 수 있는 일은 아무것도 없었다. 그저 시간이 흘러가게 두는 것 외엔.

결혼식은 올리지 않았다.

음식점 방을 빌려 만나는 자리에서 딱 한 번 본 것이 예식이었고 상견례였다. 성숙이보다 열두 살이나 많은 신랑은 키도 크고 점잖게 생긴 남자였다. 직업이 교수라 하고 나이도 많아서 봉금은 어려워 말도 놓지 못하고 쩔쩔 매었다. 당시 7살, 10살이라던, 죽은 전처가 낳은 형제는 아직까지도 본 적이 없다.

그 집에선 다른 아이를 원하지 않았다.

그래서 성숙은, 제 자식은 버리고 남의 자식만 키웠다.

* * *

행복했을까.

봉금보다, 사돈보다 나은 삶이 되었을까.

옳은 판단을 한 걸까.

마음이 아프다.

하지만 아픈 마음은 잠시 다른 일에 혼을 뺏긴다.

봉금의 눈에 한 남자가 들어온다.

또 다른 아픔.

보는 순간 가슴이 아프다.

다른 아픔이 그녀의 가슴을 채운다.

젊은 남자다.

슬픔과 절망과 그리움의 옷을 입은 젊은 남자다. 다리는 쉬고 싶은 욕망으로 후들거리고 마음은 의지할 곳을 찾아 흔들린다. 숲에 이는 바람보다 더 울렁거리게 하는 남자의 마음.

봉금의 마음도 몹시 울렁거린다.

＊ ＊ ＊

무주나무 무성한 잎이 햇살을 휘젓는 여름날 오후.

햇살보다 강렬하게 뭉쳐지는 빛이 있다.

벤치에 앉아 있는 노파.

노파 앞에 모이는 빛줄기.

노파로부터 나온 광선은 공기를 가르고 바람을 뚫어 남자의 심장에 까지 닿는다.

빛으로 연결된 두 사람.

분별이 사라진다.

독립된 개체로 느끼지 못한다.

독립의 외로움이 사라진다.

자신이 사라진다.

그대로 빛이 된다.

이제 그들은 자신을 죽인다는 게 불가능해졌음을 느낀다.

빛은 흩어질 뿐 없앨 수는 없다.

그래서 존재가 몹시 가벼워졌다.

가벼워진 존재가 아무 곳에나, 어느 곳에나, 흩어진다.

웃음으로 흩어진다.

공기가 웃는다.

숲이 술렁인다.

무희

저고리 고름이 풀리자 속저고리가 드러났다.

창호로 새어 들어온 달빛에 흰 속저고리가 눈부시다.

무희는 고개를 숙여 옆으로 돌린다. 차마 속저고리가 헤쳐지는 걸 보고 있을 순 없었다.

나지막한 동영의 웃음소리.

귀에다 속삭인다.

'아직도 부끄러운 게요.'

그의 소리가 귀를 간질이자 고개를 더 외로 꼰다.

목덜미에 닿은 입김이 뜨겁다.

속저고리가 바닥에 떨어진다.

동영의 손이 벗은 몸을 안는다.

무희도 동영을 마주 안는다.

여보!

무희는 제 목소리에 깜짝 놀란다. 여보라 부르는 소리가 귀에 들리는데 무엇이 이상하다.

꿈이다!

꿈이란 걸 깨닫는 순간 망치로 머리를 맞은 것 같은 충격에 휩싸인다. 눈을 떴지만 아무것도 보이지 않는다. 그리고 숨소리. 얼굴을 온통 누르고 덮은 숨소리.

동영이 아니다!

무희의 몸이 놀라 벌떡 일어난다.

그러나 일어나지 못한다. 몸은 누군가에게 단단히 결박되어 있다. 무슨 일이 벌어졌는지 뚜렷하게 인식한 그녀의 뇌가 또 다시 혼란에 빠진다.

여보! 어머니!

애타게 부르려 입을 열지만 두꺼운 손이 우악스럽게 덮어버린다.

– 안 뒤질려면 조용히 해. 애새끼 깨우고 싶어?

나오려던 말이 목구멍에서 덜컥 걸린다.

현중이!

눈만 겨우 돌려 옆에 누운 현중일 확인한다. 새근거리는 숨소리. 손을 뻗어 안고 싶지만 그럴 수가 없다.

무희의 가슴이 절망과 두려움과 서러움으로 왈칵 무너진다.

여기는 고향이 아니다. 동영도 시부모도 계시지 않는다. 하인들도 식솔도 없는 곳이다. 현중만 업고 피란 온 곳. 한 지붕 아래 다섯 가구가 살고 있는 골목길 집이다.

그녀의 몸에서 힘이 빠져 나간다.

옆방의 방귀 소리까지 들리는 곳이다. 이 무서운 일이, 이런 일이 알려진다면 어떻게 될까. 자신은 어떻게 되는 걸까.

여자의 몸에서 반항이 없어진 걸 느낀 남자가 입을 막았던 손을 떼고 몸을 일으켜 무희의 배 위에 걸터앉더니 느긋한 손길로 속옷에 손을 댄다.

무희는 눈을 감는다. 귀는 오직 현중 쪽으로 열어 놓은 채.

그녀가 지금 바랄 수 있는 건, 현중이 깨지 않는 것이다. 이 상황을 보지도 듣지도 못하는 것이다. 아무리 어려도, 무얼 모른다 해도, 아들이 보게 하고 싶지는 않다.

남자는 받아 놓은 잔칫상을 오래오래 음미하듯 놀다 갔다. 아니 일이 끝나고도 무희의 옆에 누워 한참을 뭉그적거렸다. 좋은 냄새가 난다는 둥, 소문에 굉장한 집 며느리라던데 가진 게 얼마나 되느냐는 둥, 옮기기도 흉하지만 좋았느냐고도 물었다.

그리고,

무희의 가슴을 무너지게 한 그 말.

'인제부텀 서방님 노릇할 테니께 외로버 말고.'

지금도 그 일이 떠오르면 가슴을 친다.

다음날 바로 현중일 들쳐 업고 그 집을 나왔어야 했다. 아니 새벽에 사람들이 일어나기 전에, 그 남자를 다시 보기 전에 떠났어야 했다. 한뎃잠을 자더라도 그랬어야 했다. 그런데 그렇게 하지 못했다. 무희는 그때 젊다 못해 어렸고, 세상을 몰랐고, 그리고 두려웠다.

시어머니가 주는 패물 주머니만 들고 떠나온 피란길.

믿을 건 그것밖에 없었다. 그걸 다 써버리면 안 된다는 생각뿐이었다. 아껴 쓰며 고향으로 돌아갈 때까지 현중과 살아야 했다. 그때는 패물이 그렇게 값이 나간다는 것도 몰랐다. 그저 쌀과 바꿀 수 있고 방을 얻을 수 있는 중요한 것이었다. 금가락지 하나가 그렇게 많은 쌀과 바꾼다는 게 놀라웠다. 그것도 시세에 턱도 없이 못 미치게 받은 줄도 몰랐으니까. 나중에 알고 나서 세상이 모두 무희를 속이고 있는 것 같은 두려움과 서러움에 하루 종일 울었던 적도 있었다.

세상모르던 여자가 아이 하나 업고 도착한 곳은 피란민으로 북새통이었다. 돈이 있어도 방을 구하기가 쉽지 않았다. 더구나 도무지 고생을 모르고 넓은 집에서만 살았던 무희의 눈에 대개의 방은 방 같지가 않았다. 그래도 그 방은 부엌까지 딸린 넓은 방이었다. 주인집 안방이었으니까. 주인아주머니는 무희가 내미는 노리개를 보자 눈빛이 바뀌었다. 넓은 방을 원하자 안방을 내주겠다고 했다. 무희는 난처했다. 그래도 되나? 하는 난처함을 주인아주머니는 달리 이해했다. 그나마 그게 다행이라면 다행이었을까. 물정 모르는 무희는 다달이 방세를 내야 한다는 말을 노리개 하나에 한 달로 알아들었으니까. 그래도 급하니 얻어야 한다고 생각했으니까. 피란 생활이 길어야 몇 달이겠거니, 그러니까 가지고 있는 패물로 어떻게 되려니 하는 계산을 하고 있을 때였으니까. 한밑천을 노리는 누군가 그 마음을 들여다보았다면 노다지 옆에 서 있는 셈이었을 것이다.

그런데 주인아주머니는 무희의 표정을 잘못 읽었다. 열두 달로 쳐주겠다고, 보통은 열 달인데 색시가 곤란한 것 같으니 그렇게 하라고 선심을 썼다. 무희가 무슨 소리인지 몰라 눈을 동그랗게 뜨자 그럼 도대체 어느 정도를 원하느냐고 원하는 가격을 말해보라 했다.

물정은 몰라도 눈치는 있었다.

무희가 패물의 위력을, 가치를 알아가는 한 고비를 지나가고 있었다.

그래서 눈을 내리깔고 그렇게 말했다.

'한 달만 더 주시지요.'

아주머니는 한숨을 쉬며 그러라고 했다.

안도의 한숨을 무희는 자기가 너무 인심이 박해서 쉬는 한숨으로 읽었다. 그래서 잠깐 망설이기까지 했다. 아주머니 말대로 해야 하나. 다행히 그 말이 나오진 않았다. 등에 업힌 현중이 칭얼거리는 바람에 기저귀를 봐주러 내려야 했기 때문이었다. 그렇게 무희는 아직 주인집의 장롱이 한쪽에 놓여있는 안방으로 들어가게 되었고 그 방에 살게 된 지 한 달이 조금 지났을 뿐이었다.

나가게 되면 남은 방세를 받아야 하나. 얼마를 받아야 하는 건지. 비로소 노리개의 값을 구체적으로 생각해보았다. 도대체 돈으로 바꾸면 얼마나 될까. 돈을 받게 되더라도 어디로 가야 하나. 또 나가서 방을 얻어야 한다는 것도 엄두가 나지 않았다. 그렇게 날이 밝았다.

그리고 한밤의 침입자 정체를 알아버렸다.

꾸민 이야기라 하더라도 놀라 자빠질 상황 앞에 무희의 의식은 현실 감각을 잃어갔다.

아침에 부엌문을 열고 나오는데 주인집 남자가 건넌방 쪽마루에 앉아 있었다. 무희에게 안방을 내주고 주인 내외가 옮겨간 방이었다. 건넌방엔 장롱이 들어가지 않아 주인집의 큰 장롱은 안방에 그대로 있었다. 이불 바꿀 때만 양해해 달라고 해서 거절하지 못했다.

　남자는 무희가 나오자 빙글빙글 웃으며 말을 걸었다. 평소엔 얼굴이 마주칠세라 서로 외면하고 자기 볼일을 보느라 바빴다. 물론 바쁘지 않아도 그래야 하는 관계이기도 해서 사실 얼굴도 자세히 본 적이 없었다. 참 이상하다 생각하며 고개를 들어 다시 보았다.

　– 밤새 아무 일 없었지예? 이불도 갈아야 하고 그 방에 한 번 들어가야 할낀데.

　무희는 그 자리에 주저앉을 뻔했다.

　세상에! 주인집 남자라니!

　– 아무 일 없어야지 있으면 쓰겠십니꺼. 주인이 떠억하니 지키고 있는데 말입니더.

　그날이라도 알았으면 나갔어야 했다. 그 놈이 한 집에 살고 있다는 걸 알았으면 무조건 나갔어야 했다. 그런데도 그날을, 그 귀중한 시간을 아무것도 못하고 보내버렸다.

　나간다는 말을 해야겠다. 아니다. 그 남자 얼굴을 어떻게 보나. 안주인을 만나자. 그래도 안주인이 남자와 상의하지 않을 리가 없다. 그가 그 자리에 나타날 것임이 분명하다. 저렇게 대놓고 말을 걸어오는 걸 봐서는. 나간다면 돈을 내어줄까. 당장 내놓을까. 계약이 끝나기 전에 나가면 어기는 사람이 손해를 본다고 했는데. 그럼 그냥 나가야 할까. 어디로 가야 할까.

　그러다 해가 지고 밤이 되었다.

　잠을 잘 수 없었다.

마당으로 난 방문에 고리를 채우고 부엌 쪽문에도 숟가락을 꽂았다.

무희는 남자가 들어오는 걸 보지 못했다. 아마 부엌 쪽문으로 들어왔을 것이다. 그는 나갈 때 그 문으로 나갔다. 쪽문엔 원래 고리밖에 없었다. 고리는 문을 약간만 흔들어도 풀렸다. 문의 이음새가 헐겁기 때문이다. 방문도 헐겁긴 했지만 그래도 맴돌이 걸쇠가 있어 밤에는 걸고 잤다. 그러니 쪽문을 이용했음에 틀림없다. 그가 쓰던 방이니 방에 대해선 무희보다 더 잘 알고 있을 터였다.

고리밖에 없는 쪽문에 숟가락을 꽂았다. 그렇게 하면 적어도 흔든다고 고리가 풀리진 않을 것이다.

그런데.

무희는 그 숟가락을 스스로 뽑았다.

한 밤.

쪽문에서 남자의 낮은 목소리가 짐승처럼 으르렁거렸다.

— 열어. 시끄러우면 그쪽만 손해야.

숨소리조차 크게 들리는 조용한 밤에, 그 소리는 천둥소리 같이 느껴졌다.

무희는 숟가락을 뽑으며 자는 현중을 돌아보았다. 현중이가 자고 있는 방이다. 바위 같은 눈물이 가슴 속으로만 흘렀다.

남자는 마치 제 방에 들어오듯 여유 있게 들어와 아랫목에 앉았고 서 있는 무희에게 손짓을 했다. 앉으라는 손짓을.

맞다. 원래 남자의 방이었다. 그래서 제방 드나들 듯한단 말인가. 천하에 불한당 같은 놈. 그가 앉아 있는 아랫목을 보는 무희의 가슴에 두려움 대신 화가 치밀어 올랐다. 달려들어 목이라도 조르고 싶은 심정이다. 하지만 몸은 그 자리에 못 박혀있고 그가 다시 손짓을 한다. 그리고 조금 더 높은 소리로 으르렁거린다.

– 앉으라꼬.

무희는 앉았다.

그리고 그의 손길에 몸을 맡겼다.

비참하긴 했어도 무섭진 않았다.

더 비참했던 건.

몸이.

무희의 몸이 반응을 했다는 것이다.

무희는 입술을 깨물었다.

죽고 싶었다.

그녀의 몸을 죽여서 아무 반응도 못하게 만들고 싶었다.

그러나 열려진 귀로 그가 하는 소리까지 너무나 잘 들렸다. 아무것도 보지 않고 아무것도 듣고 싶지 않았지만 눈처럼 감을 수 없는 귀로 온 갖 세세한 소리까지 흘러들어왔다.

– 오늘 밤에도 보게 될 줄 몰랐네.

– 내사 좋지만.

무슨 뜻인지 몰랐던 건 아니다. 세상의 또 다른 어두운 면을 알아버린 순간이기도 했다.

– 소문 나봐야 그 쪽만 손해지.

남자가 바지를 꿰입고 나가면서 한 소리였다. 무희는 자신이 처한 현실을 똑똑히 알아차렸다. 그 남자의 속셈이 뱀처럼 자기의 몸을 감아 조이는 것 같았다.

그런데 왜 떠나지 않았을까. 그날 새벽에라도 그 집을 나왔다면 얼마나 좋았을까. 남자의 또 다른 속셈을 알아차렸다면 떠났을까. 진짜 속셈이었을 그것까지 알았다면. 그랬다면, 그렇게만 했어도 두고두고 악몽에 시달리진 않았을 것이다.

사흘이 지났다.

남자는 사흘 동안 오지 않았다.

무희는 사흘 밤을 설쳤다. 바람 소리만 나도 가슴이 철렁했다. 그러나 그 느낌뿐이다. 지금 생각해도 그때의 심정을 잘 알 수가 없다. 그 시간들이 명확하게 떠오르지 않는다. 그래서 자신에게도 설명을 할 수가 없다.

무얼 기다리고 있었던 건지.

마냥 떨기만 하고 있었던 건지.

집을 알아보러 다니기는 했던 건지.

시간은 어떻게 흘러갔을까.

무얼 하며 무슨 생각으로 보냈을까.

나흘 째 되는 날 그가 왔다. 한밤이 아니라 새벽이 오기 직전이었다.

— 열어!

한 마디에 숟가락을 뽑았다. 그리고 스스로 고리도 풀었다. 밖에서 문을 흔들면 고리가 벗겨지지만 그러면 소리가 난다. 무희의 바짝 긴장한 귀는 바스락 소리에도 깜짝 놀란다. 그래서 문이 덜컹거리는 소리를 기다리지 못하고 벗기고 말았다. 그래도 아귀가 잘 맞지 않는 문은 그가 당기자 덜컹, 소리를 내며 열린다. 남자는 전혀 조심하지 않는 것 같다. 첫날밤에 감쪽같이, 낌새도 느끼지 못하게 들어온 게 믿어지지 않는다. 왜 그날 밤엔 그렇게 몰랐을까. 잠깐 서 있는 동안 수많은 생각이 무희의 가슴을 지나간다.

남자는 문을 열어둔 채 무희에게 다가온다.

무희의 눈은 열려진 쪽문에 가 있다.

남자는 무희의 시선을 무시한다. 무시하고 속저고리 고름에 손을 댄다.

열려진 문으로 찬바람이 밀려들어온다. 포대기에 덮인 현중 위로 바람이 몰려가는 걸 두고 볼 수가 없다. 무희는 남자의 손을 밀치고 쪽문으로 가려고 몸을 뺀다. 그러나 가지 못한다. 무희의 어깨를 잡아끌더니 그 자리에 주저앉힌다. 우악스런 힘에 고꾸라지듯 앉는다.

앉은 자세를 고칠 새도 없이, 일어날 틈도 주지 않고 남자가 그녀의 저고리를 거칠게 벗긴다. 흰 저고리가 어슴푸레한 어둠 속에서 펄럭이며 바닥에 내려앉는 것을 본다. 그걸 본 것이 먼저였는지, 쪽문에 나타난 사람을 본 것이 먼저였는지 잘 모르겠다. 그 다음부턴 살아서 겪은 일 같지가 않다. 무희는 그 일을 꿈이 아닐까 착각하고 살았다. 수많은 밤을 그 꿈으로 채우고 그 꿈 때문에 잠을 깨곤 했다.

– 어매, 시상에 이기 무슨 일이고.

주인아주머니가 방 안으로 뛰어 들어왔다. 뛰어 들어오면서 곧바로 무희에게 달려들었다. 아니 머리채에 달려들었다. 머리채를 잡힌 무희는 제정신이 아니었다. 제정신인 건 오히려 서방의 불륜을 목격한 안주인 쪽이다. 머리를 잡혀 뒤흔들리고 있었던 무희는 남자가 일어나 쪽문으로 나가는 걸 보지 못한다. 아주 점잖게, 당황한 기색도 없이, 힐끗, 두 여자를 돌아보기까지 하고 나가는 걸 보지 못한다. 그리고 안주인의 관심은 오로지 무희에게만 집중되어 있다는 것도. 바람난 남편은 안중에 없었다는 것도.

새벽을 가르는 안주인의 악다구니가 귀를 때리고 뒤이어 자지러지는 현중의 울음소리.

무희는 끝내 제정신을 차릴 수가 없었다.

사람들이 웅성거리는 소리. 방문이 와락 열리는 소리. 안주인이 보란 듯이 열어젖힌 마당을 향한 방문. 어둠이 밀려가는 하늘. 열려진 문 앞으로 몰려든 사람들.

안주인은 소리를 질렀다. 마당을 향해.

– 시상에 무신 할 끼 없어 서방질이고. 참 밀을 년 없구마. 한집 사는 사람끼리 무신 짓인고 말이다.

산발한 머리에 저고리도 입지 않은 여자와 흐트러진 이부자리 속에서 숨이 넘어갈 듯 우는 아이가 있는 방 안. 웬만하면 문을 닫아주어야 할 풍경이다. 벗은 여자도 여자거니와 이불도 벗겨진 채 버둥대는 아이에게 차가운 새벽바람이 고스란히 몰아친다. 그러나 주인 여자는 미닫이문을 끝까지 열어젖히고 씩씩거리며 방에서 나온다. 안주인이 나온 방문 앞으로 사람들이 몰려든다.

마치 연극판을 벌여놓은 극장주가 관객들에게 자리를 내준 꼴이다.

무희는 아무것도 못하고 그냥 앉아 있다.

주인 여자가 흔들다 간 그 모습 그대로 앉아 있다.

현중이 울음소리가 들리지만 인식하지 못한다.

방문이 닫히고 현중의 울음소리가 그쳤다.

─ 정신 차리시소.

무희의 산발한 머리를 매만지는 손길이 있다. 구원의 손길이 있다.

하늘 아래 아무도 없었다. 무희를 도와줄 사람. 편이 되어 줄 사람. 그런 사람이 없었다. 무희는 저고리도 입지 않은 채, 산발한 머리로 사람들 앞에 구경거리가 되어 있었다. 얼이 빠져 몸을 가릴 생각도, 숨을 생각도, 아무것도 못하고 그렇게 광대가 되어 있었다.

그런데.

한 여자가 구경꾼들을 밀치고 나섰다.

─ 구경났십니꺼. 고만들 돌아가시소.

여자는 방으로 들어와 문을 닫는다.

구경꾼들. 정말 구경만 하러 온 모양인지, 문이 닫히자 흩어진다. 하품을 하며 덜 잔 잠을 자러 가는 사람들도 있겠고, 일어난 김에 아침을 준비하려는 사람들도 있겠고, 지극히 개인적인 긴한 볼일을 보러 가는 사람들도 있겠다. 하여튼 남의 일이라 순식간에 의식 밖으로 몰아내고 자신들의 일상 속으로 빠르게 돌아간다.

남들에겐 그렇게 쉽게 잊힐 일이었다.

무희의 평생을 따라다니며 괴롭힐 일이, 누구에겐 그렇게 쉬운 일이었다. 구경꾼으로 지나갈 만큼.

그러나 구경꾼이 아니었던 한 여자.

방 안으로 들어선 여자는 먼저 숨이 넘어가는 아이부터 안는다. 이미 너무 울어 지쳤는지 아이는 여자의 품에 안기자 곧 울음을 그치고 딸꾹질을 하더니 조용해진다. 조용해진 아이를 자리에 눕힌 여자는 바닥에 구겨져 있던 저고리를 거두어 입히고 그리고 수세미같이 뜯어놓은 머리를 매만진다.

– 시상에 나쁜 놈.

여자는 무희의 등을 쓰다듬고 손을 만지며 앉아 있다. 무희의 눈에 다시 다른 사물이 들어올 때까지.

무희는 그날 한낮에 그 집을 나왔다.

모두 일 나가고 조용한 시간이었다.

아무도 마주치지 않고 나가고 싶었다.

집주인 부부는 마치 떠날 시간을 내주듯 눈에 띄지 않았다.

여자가 그렇게 말했다.

'새댁이 손해보고 마시오. 무서븐 사람들인께. 내가 이런 말한 줄 알면 이 집 주인 나한테 해꼬지나 안할랑가 모르겠는데 전에도 이런 비슷한 일이 있었구마. 다른 사람은 몰라도 나는 새댁 맴 아잉께. 아는 사람이 한 사람은 있응게. 똥 밟았다 생각하고 이자뿌소. 젤로 좋은 건 그냥 조용히 이 집을 나가는 거구만예. 참말로 몹쓸 사람이재. 다 같이 에러분 이 전쟁통에 어쩨 이런 숭한 일을 벌여 돈을 벌라꼬 카는지 모르겠네. 이왕지사 일은 벌어진 기고, 새댁이 맴 덜 상할라 카마 기냥 나가뿌리는 게 젤 좋을 깁니더.'

무희는 여자의 말을 알아들었다.

여자는 부엌으로 가서 밥을 해 차려주며 또 그렇게 말했다.

'밥은 먹고 나가야지예. 어린 것도 있고. 엄마가 든든해야 알라를 지키제. 세상이 이래 무서븐 거 같아도 또 좋은 사람도 많응게 너무 겁

묵지 말고 정신만 똑바로 차리믄 다 살 수 있습니데이.'

주인집의 숭한 짓은 알 만한 사람은 다 알고 있었다. 무희는 겨우 한 달을 살고 쫓겨나왔지만 짧을수록 그들의 돈벌이는 쏠쏠해졌다. 들어올 사람은 얼마든지 있었던 전쟁통이었으니까. 그들이 그렇게 해서 얼마나 돈을 벌고 잘 살았는지는 모른다. 떠난 후 다시는 돌아보지도 생각해보지도 않았다. 기억에서 지워버렸다. 인생에서 없던 시간으로 해버렸다. 그리고 다른 인생을 살았다. 무희는 폭탄보다 총보다 더 무서운 전쟁을 피란지에서 겪었다. 그리고 똘똘해졌다. 어떤 고마운 여자의 말대로 정신을 똑바로 차렸다. 인심 좋고 덕망 높은 부잣집의 물정 모르던 외며느리가 아니라 씩씩한 여자로, 어머니로 변해갔다. 그렇게 변했다.

세상에 속고 쫓겨나듯 도망 나왔던 무희는 사라졌다.

두 눈 똑똑히 뜨고 현실을 보고, 시어머니의 패물주머니를 종자돈으로 생활의 기반을 다졌다. 부지런과 신용으로 장사를 하고 돈을 벌어 현중을 키웠다.

바쁘게 살았다. 과거를 떠올릴 시간도, 돌아볼 시간도 없었다. 그렇게 바쁘게 살았는데, 모든 것을 잊을 정도로 바쁘게 살았는데, 분명히 그렇게 살았는데,

그날은 악몽이 되어 몰래 밤에 찾아오곤 했다.

잊을 만하면 경고하듯 나타났다.

평생을 두고.

평생을 괴롭히며 무희의 밤을 지배했다.

* * *

매화의 손에는 빨간 비단 주머니가 들려있었다.

- 이거 갖고 가거라. 요긴하게 쓰일 게다.

비단 주머니에는 매화의 금붙이가 몽땅 들어있다. 금가락지, 금비녀, 노리개 그리고 시아버지 마고자에서 떼어낸 게 틀림없는 금단추, 돈이 될 만한 것이면 무엇이든 떼어내 모은 것이었다. 그날 매화의 머리엔 은 비녀도 아닌 나무 비녀가 꽂혀 있었으니까.

시어머니가 열어 보이는 주머니에서 나오는 광채를 보는 순간 얼굴에 소름이 돋았다. 그 곱고 예쁘던 것들이 하나도 예쁘지 않았다. 패물 상자에 보란 듯이 나란히 누워있던 노리개가 수술이 엉긴 채 옹색하게 구부러져 있고, 쪽진 머리에 때깔 있게 꽂혀있던 금비녀, 옥비녀는 짝 잃은 수저처럼 뒹굴었고, 마고자에서 찬란하게 빛나던 금단추는 제자리를 벗어난 팔다리만큼 섬뜩했다.

눈물이 쏟아졌다. 그리고 너무 두려웠다. 혼자 마실을 나가본 적도 없었다. 그런데 어딘지도 모르는 곳을, 더구나 어린 현중을 데리고.

같이 가지 않으면 못 간다고 울어도 보고 매달려 봐도 소용없었다. 시아버지와 동영이 떠나고 난 뒤로 처음 보이는 단호한 모습이었다.

말도 웃음도 잃어버린 채였다. 그 일을 겪은 매화의 얼굴에선 표정이 사라졌다. 울지도 않았지만 웃지도 않았고 현중을 보면서도 좀체 말을 하지 않았다. 아무런 의지가 없는 것 같았다. 저러다 시어머니까지 떠나면 어쩌나, 생각만 해도 가슴이 철렁하곤 했다. 그런데 혼자 두고 떠나라니, 더구나 이 난리통에.

– 난리통이니 피해 있으란 거다. 어린 것까지 잃을 순 없다. 현중인 우리집 장손이다. 꼭 지켜야 한다. 내가 가면 도움도 안 되고 공연히 걸리적거리기만 할 것이다. 살면 얼마나 더 살간? 죽어도 하나 아까울 것도 없고.

그 말을 하는 매화의 얼굴은 다시 삶을 떠난 얼굴이 되었다. 무희를 다그치며 피란 준비를 시키던 단호함은 보이지 않았다.

– 또, 내가 없으면 이 집은 어떻게 되간? 네가 돌아올 집은 있어야디.

그럴 줄 알았다.

난리가 끝나고 돌아올 줄 알고 떠난 길이었다.

그것이 매화와, 고향과 영영 이별이 될 줄 알았다면,

정말,

떠나지 않았다.

동영의 숨결이 곳곳에 남아 있는,

그곳을 떠나지 않았다.

매화를 홀로 두고 떠나지 않았다.

그리워하는 일로 평생을 살아낼 일을 저지르지 않았다.

하루를 살아도 그리운 사람 곁에 있는 걸 택했을 것이다.

동영 곁이 아니라면 매화 곁에라도 있어야 했다.

그래야 했다.

승순

- 뽀뽀해도 돼?

승순은 숨을 멈추었다.

호란의 얼굴은 너무 가까이 있어 오히려 잘 보이지 않았다. 대신 그
녀 가까이 있는 그의 피부 솜털이 소소소 소리를 내며 일어서는 느낌이
몹시 짜릿하다.

호란의 얼굴이 더 가까이 온다. 숨을 내쉴 수가 없어 들이쉰 숨을
또 들이쉬려고 했지만 공기는 더 이상 들어오지 않는다. 그만 목이 컥
막히며 입이 벌어진다. 순간 호란의 입술이 승순의 입술에 닿는가 싶더
니 그대로 입술을 비집고 들어온다. 승순은 다시 숨을 들이쉬며 그녀
의 입술을 받아들인다. 정신이 아득해지는 중에도 그녀의 머리와 어깨
에 팔을 두르고 매달린 채다.

피가 한 곳으로 몰리며 절벽에서 뛰어내려도 괜찮을 것 같은 황홀감

에 싸여있는데 갑자기 호란이 입술을 떼며 승순을 밀어낸다. 영혼과 세포가 아직도 호란에게 향해있는 승순이 팔에 힘을 주며 그녀를 당겼지만 그 힘은 밀어내는 호란을 이기지 못한다.

맛있는 밥상을 받아 겨우 한 숟갈 입에 넣는 순간 숟가락을 뺏긴 것 같은 승순. 그리고 아직도 그의 눈앞엔 밥상이 그대로 있다. 마치 놀리듯이. 어디 먹을 수 있으면 먹어보란 듯이.

호란은 늘 그렇게 승순을 갈증나게 했다. 어쩌면 샘물처럼 솟는 승순의 욕구가 문제였는지도 모를 일이다. 스무 살의 남자에게 여자 친구가 생겼으니까. 그 나이의 남자에게 여자란 어떤 존재일까. 더구나 마음만 먹으면 날마다 만날 수 있는 여자 친구라면. 사람이 백 명이면 사랑도 백 가지라 칼같이 정의내릴 수도 없지만 상세한 설명이 필요할 것 같지도 않다. 이 세상을 무리 없이 살아가는 사람들의 상식 정도면 이해가 가능하지 않을까 싶다. 예외가 있다면 그건 특별한 것을 연구하는 특별한 사람들에게 맡겨두기로 하고 다시 우리의 청춘 남녀 이야기로 돌아가자.

두 남녀의 관계가 어떻게 발전이 되었건, 호란 쪽에서 본다면 키스 한 번으로 승순을 완전히 잡았다고 해야 할까.

키스 사건은 승순이 대학을 들어간 그 해, 3월에 일어난 일이다. 아직 추위도 제법 맹위를 떨치고 있었던 캠퍼스 벤치에서 호란은 과감하게 승순의 입술을 훔쳤다. 훔쳤다는 말이 거슬린다면 호란이 먼저 요구했고, 시도했으며, 승순이 거부하지 않았고, 동조했다,는 긴 설명으로 대신하겠다. 사람이 물건도 아니고 '훔쳤다.'가 웬 말이냐고 불쾌할 수도 있겠고, 짧은 표현을 성의 없음으로 보는 사람도 있을 수 있으니까.

하여튼.

그들은 사건 당시 벤치에 앉아 있었다.

제법 긴 시간 벤치에 닿아있던 엉덩이가 시렸고 아직 태양의 여명은 남아 있었다. 사실은 추위 덕분에 어두워지지도 않은 캠퍼스에서 키스를 할 수 있었다고 해야 하겠다. 낮 동안 정성을 다해 따사로움을 선사하던 해가 기울기 시작하자 찬바람이 불며 기온이 뚝 떨어졌다. 그래서, 교정은 갑자기 조용해졌다. 동아리 신입생 모집으로 건물마다 게시 글이 나붙고, 홍보하는 선배들로 하루 종일 묘하게 들떠있던 교정이었다. 하지만 해가 떨어지자 풍경이 돌변했다. 햇살이 없는 교정은 더 이상 낭만을 부리며 느긋하게 거닐 꽃밭이 아니었던 것이다. 이제 막 청춘이란 땔감에 사랑의 불꽃을 피우려는 두 청춘 외엔.

호란은 영어회화 동아리방에 갔다가 만난 신입생이다.

정확히 말하면 동아리방 앞에서 만났다.

– 동아리 들려고?

문 앞에 붙여놓은 게시 글을 읽고 있는데 뒤에서 소리가 들렸다. 목소리가 정말 예뻤다. 아기 같으면서도 또렷한, 고음의 새소리 같기도 했다. 휙 돌아보는 승순의 얼굴이 대번에 붉어졌다. 목소리보다 더 예쁜 생글거리는 눈이 바로 앞에 있었다. 그녀는 너무 가까이 있어 돌아서는 승순과 거의 닿을 듯했는데 꼼짝도 않고 고대로 서서 승순을 바라보았다.

승순이 한 발 뒤로 물러섰다. 당황한 기색이 역력한 얼굴로. 그리고 감추지 못한 저절로 터지는 웃음. 예쁜 여자 앞에서 자동 발생적으로 나타난다는 남자의 표정이기도 하다는.

정말 예쁘다.

저것이 사람의 머리인가 싶을 정도로 윤이 나는 까만 머리가 뾰족한 턱 선에서 찰랑거리고 분가루인 듯 보송한 하얀 이마와 뺨이 눈부시다. 그리고 그를 바라보고 있는 생글거리는 반달 눈.

– 신입생?

– 예.

– 말 터도 되겠네?

– 예.

– 깔깔깔.

그녀의 큰 웃음소리에 복도를 지나가던 학생들이 힐끗 돌아본다. 거침없는 표현은 호란의 가장 큰 특성이다. 갑작스런 웃음에 승순은 괜히 주변을 둘러본다. 웃지도 못하고.

– 말 놓자며? 그래놓고 무슨 '예.'야? 바보 같애.

그제야 웃음의 의미를 알아채고 승순도 웃는다. 소리는 없이.

동아리방 앞에서 만난 그들은 동아리방엔 들어가지도 않고 그곳을 떠났다. 다정히 팔짱을 낀 채.

뒤에서 보면 그들은 분명 사귀는 사이다. 실은 호란이 일방적으로 승순의 팔짱을 끼고 끌고 가고 있었지만.

– 들어갈 거니?

– 우리 햇살 좋은데 테이크아웃 커피나 마시지 않을래?

– 겨울엔 햇볕을 쬐어줘야 하거든.

혼자서 계속 말하더니 승순의 팔짱을 끼고 걸어갔던 것이다.

승순은 그렇게 만난 지 1분도 안 된 여자와 사귀는 사이가 되어 따라간다. 그리고 약 3시간 후에 키스를 하게 된 것이다.

– 내 이름은 장호란이야. 넌?

복도가 끝나고 인도로 내려가는 계단이 시작되는 곳에서 호란이 물었다. 호란의 옆구리가 승순의 팔에 지그시 눌린다.

– 승순.

– 성순?

– 아니, 승리할 때 승, 승순.

– 음.

이름을 묻고 난 뒤에 호란은 한참동안 말이 없었다. 대개 승순의 이름을 듣고 나면 한 마디씩 하지만 호란인 그러지도 않았다. 속으로 생각하는지 아예 생각이 없는 건지는 승순이 결국 알지 못한다. 먼 훗날에도. 호란은 묻기는 하지만 대답은 잘 하지 않았다. 하기 싫은 답이라서 그랬는지 그냥 버릇인 건지도 결국 알지 못한다. 먼 훗날에도. 하지만 웃기는 건, 당시엔 그게 하나도 이상하지 않았다는 것이다. 나중에, 호란일 떠올리다 우연히 깨닫게 되었다.

하여튼 그랬다. 모든 걸 호란이 시작하고 호란이 끝냈다. 아니, 호란이 하는 대로 따랐다고 해야 맞는 건지도 모르겠다. 대화를 하는 것도, 모텔에 가는 것도 제안은 호란이 하고 승순은 항상 따랐다. 어쩌면 승순의 질문에 호란은 대답을 회피하는 것으로 승순을 길들여갔는지도 모르겠다.

학생회관 건물에서 커피와 포테이토칩을 사들고 나와 잔디에 앉아

먹었다. 호란은 커피는 거의 마시지 않고 포테이토칩만 먹었다. 립스틱으로 촉촉한 호란의 입술에 묻은 포테이토칩 가루가 햇살 아래 선명했다.

시간은 빨리 갔다.

그저 커피와 과자를 먹고 있는 시간이 지루하지 않다니 신기했다. 과자를 먹으면서도 게임을 하든가 TV를 보든가 해야 하는데. 집에선 늘 그랬는데 말이다.

호란은 새처럼 떠들다가 갑자기 조용해지곤 했는데 그럴 땐 몽롱한 눈으로 한 곳을 응시했다. 입술을 빨면서. 물론 한 곳이라 해서 특별히 무얼 보는 것 같진 않았다. 그냥 시선의 방향만 고정되어 있는 것 같았다.

햇살이 스러지자 슬슬 추워졌고.

– 아, 춥다.

호란이 예고도 없이 일어났다.

– 좀 걸을까?

이번에도 승순의 대답은 듣지 않고 팔짱을 끼더니 걷기 시작한다. 호란은 춥다며 승순에게 몸을 바짝 기대고 매달리다시피 했다. 지나가는 학생들이 있지만 예사였다. 물론 교정에 팔짱을 끼고 다니는 사람들이 그들뿐인 건 아니지만 만난 지 두 시간짜리 팔짱 커플은 없을 것 같았다.

팔짱을 끼고 제법 걸었다. 낭만 로드도 걷고, 연인 로드도 걷고, 사색 로드도 걸었다. 해가 지고 학생들이 뜸해졌을 땐 명상의 정원이란 이름이 붙은 잔디 광장에 이르렀다. 잔디 광장 경계를 따라 벤치가 둥글게 놓여있고 잔디밭 여기저기에 큰 바위가 흩어져있는 곳이다. 그곳엔 아무도 없었다. 해가 넘어가고 찬바람이 일기 시작하는데 그런 곳에 앉으려고 올 사람은 없을 것이었다.

– 잠깐만 앉았다 갈까?

호란은 승순의 팔짱을 낀 채 벤치에 앉았다. 팔이 딸려 가는지라 승순도 따라 앉을 수밖에 없었다. 물론 부러 팔을 뺄 마음은 조금도 없었지만.

바람도 차고 기온도 꽤 낮아서 호란이 바짝 붙어 앉은 옆구리가 더 따뜻하게 느껴졌다.

호란은 또 말을 끊었다. 그렇게 얼마나 앉아 있었을까. 1분? 아니 30분? 호란과 같이 있으면 시간이 어떻게 가는지 잘 모르겠다. 아무튼 말 없는 시간이 흘렀다. 그렇게 앉아 있는데 갑자기,

– 뽀뽀해도 돼?

느닷없이 화살을 날렸다.

놀랐다고 해야 할지. 웬 떡이냐,는 심정이었다 해야 할지.

'놀랐지만 땡큐'라는 표현이 그나마 얼추 맞다고 해야겠다. 비록 그때까지 현실의 여자랑 뽀뽀를 해본 적은 없었지만 영화나 비디오에서 수백 번도 더 보았고, 상상은 그 이상을 했고, 꿈속에서는 실제처럼 하기도 했다. 정말 해보고 싶은 마음이 왜 없었겠는가. 아니, 없었겠는가, 라는 말은 가증스럽다. 갈망하고 있었다는 게 솔직하다. 호란의 질문에 승순의 온몸은 아마 이렇게 대답하고 있었을 것이다.

얼마든지!

호란의 입술이 닿았을 때에는 정말 죽을 것 같았다. 죽을 것 같이 좋아서 아무 생각도 나지 않았다. 아마 그때 호란이 '너 죽을래?' 했

어도 '그래.'라고 했을지 모른다.

그렇게 갑자기 승순에게 다가온 호란은 떠날 때도 갑자기 떠났다.

그걸 떠났다고 해야 되는 건지 모르겠다. 떠난 게 아니라 사라졌다고 해야 맞을 것 같다. 떠난다는 말을 한 적도, 떠날 기미조차 느낄 시간도 없었다. 깊은 관계였지만 사귄 시간이 거기에 비례하진 않았으니까. 정신없이 좋아하기도 바쁠 때 호란은 갑자기 사라졌다.

군대를 가기 위해 휴학을 했을 때다.

학생 신분에서 해방되었으니 그저 호란과 같이 지낼 생각에만 부풀어 있었다. 승순은 적어도 학점을 따서 제때에 졸업은 해야 한다는 주의였지만 호란은 달랐다. 그녀는, 학생 맞아? 할 정도로 수업 빼먹는 걸 두려워하지 않았다. 수업은 안중에도 없는 호란과 사귀는 건, 학점과 연애 사업 간의 끝없는 갈등 속에서 사는 것이었다. 어느 것도 놓칠 수 없는 승순은 거부하기 힘든 유혹과 출석에 대한 고민을 안고 늘 전전긍긍했다. 입대 날짜에 맞춰 휴학을 하지 않고 한 학기를 비운 건 순전히 호란 때문이었는데 그 시간이 완전히 공중에 떠버린 것이다.

휴학을 하고 겨우 보름이 지났을 뿐인데 그녀는 사라졌다. 갈등 없는 연애 사업의 행복이 무르익기도 전이었다. 바로 전날까지 승순의 '여친'으로, 변함없는 모습으로 존재했던 사람이 감쪽같이 없는 사람이 돼버렸다.

믿을 수가 없었다.

도대체 무슨 일이 있었던 걸까. 승순이 모르는 어떤 이유가 그녀에게 있었단 말인가. 백 번 양보해 이유가 있었다면, 이유가 있는 여자가, 떠날 여자가, 〈우리 언제 볼까?〉라는 질문은 왜 했을까. 아니 그 질문은 의미가 없을 수도 있다. 호란의 질문은 대답을 기다리지 않으니까. 그 날도 질문을 던지고는 늘 그랬듯이 승순이 대답하기도 전에 〈전화 할 게.〉란 말을 남기곤 뛰어갔다. 그녀와 항상 헤어지던 편의점 앞에서. 도무지 달라진 게 전혀 없던 어제를 보냈다. 그 어제가 가면 같은 오늘이 당연히 와야 했다. 그때까지 그랬듯이.

두 시간이 넘게 모텔 침대에서 뒹굴며 지냈던 것도, 침대에 앉은 채로 인스턴트 봉지 커피를 타 마신 것도, 커피를 마신 후 또 한 시간을 더 침대에서 뒹굴다 잠깐 잤던 것도 그 전과 별다름 없었다. 모텔에 가면 대개 그렇게 지냈다.

그녀도 승순도 절대로 밤을 지내고 들어가지는 않았다.

외박을 하면 할머니에게 설명을 해야 하는데 거짓말을 지어내야 하는 게 성가시고 그렇다고 곧이곧대로 말할 배짱은 아니었다. 할머니가 눈치를 채고 있는지 모르겠지만 제 입으로 말하긴 그랬으니까. 엄마라면 또 몰라도. 엄마가 있는 사람들은 그런 얘길 엄마한테는 할까? 그런 생각을 잠깐 한 적도 있었는데 결론은 내지 못했다. 엄마라는 존재가 상상이 잘 되지 않았기 때문이다. 하여튼 남의 눈 의식하지 않고 제 멋대로인 것 같은 호란도 자고 들어가잔 말은 하지 않았다. 다행이었다. 호란이 요구한다면 얼마나 거절하기 힘든 유혹이 되었을까. 특히 겨울밤엔 승순도 꽤나 흔들리곤 했다. 밖은 영하의 바람이 불고, 버스를 타는 곳까지는 어쨌든 걸어가야 하고, 호란일 데려다주기 위해 같이 버스를 타야 하고, 버스에서 내려선 편의점까지 걸어야 한다. 그래도 거기까진 호란과 함께여서 참을 수 있다. 하지만 편의점에서 다시 버스

정류장까지 뛰어와 버스를 타고 집 앞 정류장에서 내려 아파트까지 가는 길은 엄청 서글프다. 떨어져 나갈 듯한 귀를 싸쥐고 혼자 긴 아파트 담벼락을 따라 걸을 생각을 하면 저절로 몸서리쳐졌다. 그럴 때 호란이 '자고 갈래?' 한 마디만 했어도 '외박은 없다.'는 결심은 깨끗이 무너졌을 지도 모른다.

하지만 그런 제안은 하지 않았다.

그날도 그랬다. 평소와 같았다.

그렇게 헤어지면 특별히 약속을 하지 않아도 만나게 되어 있었다. 휴학을 하기 전엔 학교에 가면 만났고 휴학을 한 그 즈음엔 대개 전화가 왔다.

그랬는데,

전혀,

연락이 닿지 않았다.

그녀와 연결된 어떤 끈도 없었다. 그녀와 친한 여자 친구도 없고, 그녀가 사는 집은 한 번도 가보지 않았고, 유일한 연결고리였던 휴대폰 번호는 바뀌어 버렸다. 승순은 그제야 깨달았다. 호란의 휴대폰 번호 외에 그녀에 대해 알고 있는 게 전혀 없었다는 것. 그녀의 모든 걸 사랑한다고 생각했고 그래서 당연히 그녀의 모든 걸 알고 있다고 믿었던 모양이었다. 하지만 승순이 알고 있었던 건, 그녀의 얼굴과 몸짓과 말투와 피부와 안을 때의 느낌뿐이었다. 그녀의 친구를 만난 적도, 집에 가본 적도, 그녀의 식구를 본 적도 없었다. 그녀가 일부러 의도한 것이 있는지 아님 승순이 묻지 않았거나 무심했기 때문이었는지는 모르겠다. 하지만 시간이 갈수록 의문점이 생겼다.

사실 뜻밖의 사실이 많이 드러났다. 알고 보니 그녀는 이미 제적 상태였다. 등록도 되어 있지 않았다. 그런 말은 왜 하지 않았을까. 말을 하지 않았다는 건 거짓말을 한 거나 마찬가지다. 더구나 구체적으로 질문을 했을 때도 실토를 하지 않았으니까.

승순이 휴학을 하고 나서 하루 종일 호란과 함께 지내는 날이 많았는데 신경이 쓰인 날이 있었다. 적어도 호란은 학생이었으니까. 도무지 수업과 상관없는 그녀였지만 휴학생으로 재학생을 보고 있으니 너무 한 것 같아서였다. 그래서 물었던 적이 있다. 물론 그런 그녀가 휴학생인 승순의 입장에선 신나는 일이었지만 일말의 양심이 발동한 날이었다고 해야 할까.

물었더니 그냥 픽, 웃었다.

모텔에서 나와 버스 정류장에 서 있을 때였다.

가로등 빛에 그녀의 하얀 얼굴이 좀 피곤해 보였다. 더 예뻐 보이기도 해서 다시 욕망이 솟았다. 솟아오르는 욕망을 누르는데 괜히 미안한 생각이 들며 양심이 발동했던 것이다.

- 수업 이렇게 빼먹어도 돼?

무심한 표정은 그대로 둔 채 입만 픽, 하고 웃었는데, 그 표정 속에 제적 상태가 숨어 있는 줄은 몰랐다. 제적 상태면 승순의 수업 걱정을 바로잡아 주어야 했다. 그렇게 하지 않은 건 거짓말을 한 거나 마찬가지 아닌가 말이지. 왜 거짓말을 했을까. 왜 밝히지 않았을까. 아니 왜 등록을 하지 않았을까. 등록도 하지 않고 왜 학교엔 나왔던 것일까.

생각할수록 이해가 되지 않았다. 하지만 이해할 수 없다고 그녀의 마음을 의심하기는 싫었다. 그녀의 표정과 몸짓을 다 거짓이라고 믿고 싶지는 않았다. 그게 거짓이면 승순에 대한 사랑이 거짓이 되는데, 그럴 수는 없었다.

매일 술을 마시며 할머니의 근심을 사고, 그녀와 같이 갔던 찻집, 술집, 교정에서 몇 시간이고 죽치고 앉아 있기도 했다. 그러면서 조금씩 포기되었음이 틀림없다. 인정하고 싶지 않았던 것뿐이었을 것이다. 그녀는 이미 학생이 아니었다. 그의 휴학보다 먼저 제적된 상태였다. 등록을 하지 않았다. 그러면서 매일 학교에 와서 그를 만나고 교정을 누비고 대학생으로 살았다. 속인 것이 그것뿐이었을까. 그것만 빼곤 모든 것이 진실이었다고, 호란이 나타나 직접 말한 대도 그대로 믿긴 어려운 경지가 마침내 왔던 모양이다. 그녀에 대한 의심이 사랑이란 벽에 틈을 만들기 시작했을까. 미칠 것 같은 순간들이 줄어들고 그리움의 통증도 무디어졌다. 시간은 훌륭한 해결사였다. 그토록 간절하던 그녀의 체취와 목소리가 희미해질 수 있다니.

승순은 그녀의 흔적을 찾아 헤매고, 그리워하고, 의심하고, 체념하는, 몇 달을 보내고 입대했다. 어쩌면 호란이 그 시점에 떠나준 걸 고마워해야 할지도 모르겠다. 입대하기 직전이었거나 입대 후였다면, 그 미칠 듯한 순간을 군인은 어떻게 해결해야 했을까. 엄격한 규칙과 힘든 훈련이 사사로운 감정을 다스리는 데 도움이 되었을까. 그랬다면 다행이겠지만 인간의 격정은 종종 어떤 무서운 억압도 넘어서는 힘을 발휘하는 법이니 승순이 무슨 일을 저질렀을지 모를 일이다.

제대 후 복학을 해서 호란의 흔적을 좀 찾긴 했지만 기대는 하지 않았다. 보지 않으면 마음도 떠난다더니 그렇게 된 모양이었다. 그리고 승순에겐 그녀 문제가 멀리 밀려날 정도로 큰일이 닥쳤다.

할머니의 치매.

승순의 일상을 완전히 뒤흔들어 놓은.

한가한 대학생 신분에서 한 집안의 가장, 주부, 간호사로 내몰린 엄청난 변화 앞에서,

승순은 호란을,

그리고 자신을 중심으로 했던 일상을

완전히 잊어갔다.

호란

어차피 학교는 물 건너갔다.

등록도 하지 않았고 더 다닐 마음도 형편도 되지 않았다.

승순? 승순은 학교보다 더 미련이 남지 않는 애송이일 뿐이다. 재미 삼아 찔러 보았는데 너무 달려들어 좀 놀아준 것이다. 순진한 맛과 인색하지 않은 씀씀이가 좋았고 인물도 데리고 다니기에 부끄럽지 않았다. 남자 친구로 나쁘지 않았지만 어차피 오래 끌고 갈 형편은 아니었다. 그런데 심각하게 집착해서 미안해질 판에 할머니란 사람이 끼어들어 주어 차라리 홀가분해졌고, 고마워해야 할 판이었다. 물론 할머니 앞에선 전혀 그런 티를 내지 않았다. 어디까지나 호란은 사랑의 상처를 안고 떠나야 하는 피해자가 되었으니, 그야말로 꿩 먹고 알 먹고였다.

승순 할머니라며 전화가 왔을 때 동거남, 기철과 침대 속에 있었다.

기철은 마냥 침대에서 뭉그적거릴 수 있는 일요일을 한껏 즐기는 중이었다. 호란의 휴대전화는 거실에 둔 가방에서 울렸다. 전화를 받으러 이불 밖으로 나가려하자 기철이 약간 짜증을 냈다.

― 누구야? 아침부터. 받지 마.

일어나는 호란의 벗은 허리를 투정부리듯 팔로 감았다. 그러나 호란이 웃으며 손을 부드럽게 떼어내자 더 이상은 잡지 않았다.

뜻밖이었다.

승순 할머니라고 했다. 좀 놀랐다. 승순의 할머니라서 놀랐다기보다 기철에게 신경이 쓰여서였다. 기철은 물론 승순의 존재를 모른다.

만나고 싶다고 했다. 승순이 모르게 만났으면 좋겠다고.

처음엔 그냥 씹을까 했다. 그건 호란의 특기이기도 하다. 문제가 생기면 회피해 버리는 것.

좋지 않은 일임에 분명했다. 남자 친구의 측근이, 주로 부모가 되겠지만, 남자 모르게 그의 여자 친구를 만나려 하는 경우는 뻔하다. 둘의 관계를 인정하기 싫은 것. 대개의 부모는 항상 제 자식은 무결점이고 상대가 문제의 온상인 법이니까. 그런 대접은 사춘기가 시작되면서부터 받아온 터라 안 봐도 훤하다. 항상 남자 쪽이 미친 듯이 따라다녔는데도 그들 부모는 호란일 붙들고 탓을 했다. 아무리 좋은 말씀으로 포장을 해도 나가보면 결론은 같았다. 정말 재수 없었다. 그래서 나중엔 알려졌다 싶으면 먼저 피해버렸다. 그러니까 남자 친구가 자꾸 바뀐 건 호란 탓이 아니라 그들의 부모 탓인 것이나 마찬가지다.

관계를 정리해버려?

별로 어려운 일도 아니다. 승순과의 연결 고리는 휴대전화밖에 없다.

전화번호만 바꾸어버리면 그만이다. 학교는 어차피 끝났고 학교에 가지 않으면 승순과 마주칠 일도 없다. 할머니란 사람을 만나 구질구질한 소리를 듣느니 쉽고 말어? 귀찮은 일은 늘 그렇게 처리해오던 평소습관이 불쑥 올라오려는 찰나였다.

－꼭 좀 만나주었으면 해요.

명령도 비난도 아닌 부탁하는 어조에 마음이 움직인 걸까.

비난이나 강압, 혹은 무관심에 길들여진 호란의 어린 시절. 그래서 그녀의 마음을 움직이는 건 비난이나 명령이 아닌 따뜻함인지도 모르겠다. 호란은 거절을 못하고 대답을 하고 말았다.

딱 한 번 보았지만 금방 알아볼 수 있었다.

우아한 한복에 더구나 쪽진 머리.

승순 할머니는 커피숍 창가 자리에 단정하게 앉아 있다 호란을 보자 한 손을 들어올렸다.

－귀찮게 해서 미안해요.

호란이 맞은 편 의자에 앉자 그렇게 말했다. 점포에서 봤을 때와 별로 달라진 건 없지만 약간 수척해진 것 같기도 했다.

아마 일주일 전쯤일 것이다.

승순이 입대를 한다고 미리 휴학계를 내었고 대낮에 그녀를 데리고 할머니 포목점엘 갔었다. 잠깐이었다. 서로에게 소개를 하고, 인사하고 그리고 용돈을 받아서 곧바로 나왔다. 가게를 나와선 점심을 먹고, 영화보고, 저녁엔 또 모텔로 갔을 것임에 틀림없다. 대개 그런 일정으로 데이트를 했으니까.

말이 없는 분이구나, 그 정도 기억만 있었다. 오랫동안 포목점을 하면서 생활을 책임지고 있는, 승순에겐 부모와 같은 분이라는 건 미리 들어서 알고 있었다. 그것 외에 그날 포목점에서 얻은 정보는 없다. 특별한 것은 없었다. 크게 웃지도, 목소리가 크지도, 별다른 특징도 없었다. 특징이라면 한복을 참 우아하게 입었구나, 정도. 그것도 당시엔 별로 눈에 띄지 않았던 것이, 포목점이 줄지어 있는 그곳의 주인들은 대개 한복을 입고 있었기 때문이었다.

주문한 오렌지 주스와 커피가 나올 때까지 할머니는 말이 없었다. 호란도 말없이 기다렸다. 긴장되진 않았다. 그런 일엔 경험이 좀 있기도 했지만 이젠 미성년자도 아니고 또 승순에게 미련이 없기 때문이기도 할 것이다. 할머니가 말하려고 하는 최악의 상황이 호란에겐 그냥 이벤트가 될 수도 있었다. 어떤 결과가 나오든 상관이 없는 호란은 할머니가 어떤 식으로, 무슨 이야길 할지 좀 궁금해졌다.

– 이런 걸 물어도 실례가 안 될지 모르겠소마는.

그 말을 꺼내놓고 주스를 한 모금 마셨다. 손가락에 끼어있는 녹색 옥가락지 한 쌍이 예뻤다. 그러고 보니 한복 색도 옥색이고 창밖으로 눈길을 향한 채 옆으로 돌린 쪽진 머리에 꽂혀있는 비녀도 옥가락지와 같은 색이다. 한복 치장과 장식을 그렇게 자세히 본 것은 처음이었다. 그리고 고와보였다. 곱게 늙은 할머니였다. 한복 입은 할머니가 곱게 보인 것도 처음이었다. 나이 들었다는 건 곧 추한 거라고 생각했던 호란에게 그런 느낌은 뜻밖이었다. 뜻밖의 느낌 때문에 호란의 눈빛이 좀 누그러졌던 걸까. 아님 그 속에서 호의를 읽은 것일까. 말을 꺼내기가 어려운지 주스를 마시며 뜸을 들이던 승순의 할머니, 무희가 드디어 하고 싶은 말을 한다.

　- 처자는 태어난 곳이 어디요?

　하마터면 그런 걸 왜 묻느냐고 할 뻔했다. 습관이 그랬으니까. 다음 질문은 분명 부모 고향을 물을 차례다. 어른들이 그런 걸 묻는 게 싫었다. 자신의 주변에 관한 질문. 아버지는 뭐 하시냐, 양친은 살아 계시냐, 형제들은 몇 형제냐, 무슨 일을 하고 있느냐. 심지어 결혼은 했느냐. 그런 질문 끝에는 꼭 훈계가 따라붙거나 경멸의 눈길을 보내곤 했다. 곧이곧대로 대답하면 경멸의 눈길로 그녀를 보았고 아버지 직업을 교수로 바꾸거나 하여튼 거짓말을 좀 치면 아버질 봐서라도 잘 살아야 한다는 둥 뻔한 훈계를 늘어놓았다. 그래도 자신에 관한 질문은 그나마 나았다. 대답하기도 쉽고 재미도 있다. 앞으로 뭘 하고 싶은지, 무얼 잘 하는지, 물어주면 관심을 받는 것 같기도 하고 멋진 미래가 그려지면서 흐뭇한 기분도 들었다. 그런데 어른들은 항상 호란 자신보다 그녀 주변에 더 관심이 많았다. 그녀 자신도 관심을 끊고 싶은 부모 이야기를 왜 그렇게 알고 싶어 하는 건지.

　- 여기 수정동에서요.

　호란은 용케 대답을 한다.

　- 네에.

　무희의 반응엔 아무런 색깔이 없다. 그러면서 눈길이 호란의 얼굴 정면으로 향한다. 호란도 눈을 피하지 않는다. 언뜻 슬프다는 생각을 한다. 무희와 눈이 마주치는데 그랬다. 왜 그랬는지 도무지 모르겠지만 화도 나지 않았다. 그런 질문을 하는 어른의 눈은 쳐다보기도 싫고 봐야 할 땐 저절로 눈이 이글거리는데 눈에서 빛이 나가지 않았다.

한복 할머니가 드디어 부모 고향을 물었다.

– 부모님도 여기서 쭉 사셨는가요?

어른들의 질문 순서는 늘 같다. 그런데 호란이 다르다. 고분고분 대
답을 하고 있다.

– 아니에요. 엄마는 중학교 때 여기로 나오셨대요.

– 모친 혼자서?

– 외할머니, 외할아버지와 같이 이사나오신 거죠. 엄마가 무남독녀거
든요.

호란은 묻지도 않는 정보까지 알려주고 있다.

– 그럼 부친은?

– 아버진 없어요.

아버지에 대한 그녀의 대답이 날카롭다. 그래서 무희는 더 이상 아버
지에 대해선 묻지 못한다. 아버지의 고향에 대해서도.

– 본래 외가가 어디인지 물어봐도 되겠는가요?

너무나 잘 알고 있다.

번지까지 외고 있는 외가 주소.

외할머니가 입만 열면 외고 대던, '어엿한 집주인' 시절 이야기 속에
따라 나오던 주소는 귀에 딱지가 되어 박혀있다. 주로 술이 취하면 나
오는 이야기였다. 듣기 싫은 소리였지만 하도 들어, 경북, 하고 나면 그
다음 주소는 저절로 입에서 나온다. 엄마는 그래도 태어나서 어린 시
절을 보낸 곳이라 기억할 것이라도 남아 있는 모양이지만 호란은 가본
적도 없는 곳이다. 그런데 엄마도 외할머니 이야긴 듣기 싫어했다. 호란
보다 더 모질게 외할머니 말을 막아버리곤 했으니까. 도망쳐 나온 고향

이 무슨 자랑이냐고 비난하기도 했다. 그러면 외할머니도 지지 않고 에미한테 할 소리냐고 소리를 질렀고 곧 싸움이 붙었다. 그러면 그날은 집에서 밥 먹기는 틀린 것이다.

호란은 싸우는 두 사람을 피해 집을 나와 버린다. 그리곤 친구를 불러 놀거나 나올 친구가 없으면 혼자 시내를 돌아다녔다. 시내 귀신이 붙었냐고 엄마나 외할머니가 나무라지만 그건 호란 탓이 아니다. 집이 조용히 밥도 먹고 쉴 수 있는 곳이었다면 나가지 않았을 것이다. 시내도 잠깐이지 그렇게 오래 시간을 보내는 게 얼마나 힘든데. 더구나 돈도 없이 굶어야 하는 날엔. 하지만 돌아다니다 피곤하고 배고파서 집으로 돌아오면 모든 건 호란 탓이 되어 비난으로 돌아오곤 했다. 나중엔 한 번도 본 적 없는 아버지까지 들먹이며 비난했다. 아버질 닮아 집에 붙어있지 못하고 어린 것이 벌써 역마살이라나 뭐라나, 무슨 뜻인지도 모르는 소리를 해댔다. 그랬으니 진짜 집을 나와 독립했을 때 호란은 밖을 떠돌지 않았다. 잠은 반드시 집에 들어와서 잤으니까. 원하는 시간에 조용히 잠잘 수 있는 곳이 있다는 게 그렇게 큰 행복인 줄 그제야 알았던 셈이다.

외할머닌 지금 치매 요양원에 계신다.

엄마 말로는 아직도 고향 주소는 줄줄이 왼다는데 딸은 못 알아보신단다. 호란은 요양원에 한 번도 가보지 않았다. 전화로 엄마가 욕을 했지만 가지 않았다. 엄마는 호란이 살고 있는 곳을 모른다. 알았다면 아마 당장 찾아 왔을 것이다. 그래서 알려주지 않은 것이기도 하지만.

엄마가 호란을 찾는 이유는 하나밖에 없다. 돈이다. 엄마지만 참 한심하다.

외할머니도 그랬지만 엄마도 마찬가지다. 호란에겐 성실히 살아야 한다고, 세상에 공짜가 없다고 설교를 늘어놓았지만, 호란은 외할머니와 엄마에게서 성실함을 보지 못했다. 물론 그들처럼 살지 말라고는 했다. 넌 나처럼 되지 마라, 나처럼 살지 마라,고 술만 들어가면, 고장 난 라디오처럼 반복했으니까. 그럴 때면 속으로 소리를 질렀다.

'엄마처럼 될까봐 제일 겁나는 사람이 바로 엄마 딸 호란이야! 그리고 세상에서 절대 닮고 싶지 않은 사람이 엄마니까 걱정 마!'

호란은 가족 이야기가 싫다. 자랑거리도 아닌 한심한 이야기를 들추고 싶은 사람이 있을까. 그걸 들추면 화가 치밀었던 그 시절을 고스란히 다시 겪는 기분이다. 피가 머리로 솟구치고 악에 받친 거친 말이 자기도 모르게 튀어나온다. 그냥 욕을 할 때는 시원한 맛이라도 있는데, 가족을 떠올리며 해대는 욕은 그렇지도 않다. 정말 기분이 더럽다. 특히 잘 보이고 싶은 사람 앞에서는 정말 그러고 싶지 않다. 그래서 호란은 친하고 싶은 사람 앞에선 특히나 가족 이야길 피한다.

엄마는 일을 길게 하지 못했다. 제일 길게 나갔던 곳이 아마 빵공장이었을 것이다. 그것도 겨우 반 년 정도이지만. 돈이 조금만 있어도 엄마는 놀았다. 물론 이유는 항상 있다. 어떤 일은 손목이 아파서 못하고, 어떤 일은 무릎이 문제고, 어떤 일은 주인이 문제였다. 주인이 왜 꼭 엄마만 미워하는지 모르겠지만. 엄마와 별로 다르지 않은 외할머니는 그런 엄마를 비난했다. 진득하게 하는 일이 없다고. 그리고 마지막엔 신세타령이 나오고 자기 집 가지고 떵떵거리고 살던 이야기가 나왔다. 주소와 함께.

외할머니가 외던 주소가 호란의 입에서 흘러나왔다.

호란은 주소를 말하면서 잠깐 외할머니 생각을 했다. 그렇지만 보고 싶진 않았다. 더구나 요양원엘 찾아가고 싶은 생각은 조금도 없었다. 과거는 아직도 악몽인 모양이었다.

그런데 앞에 앉은 승순 할머니의 안색에 신경이 쓰였다.

그녀의 얼굴이 굳어있다.

무슨 일일까.

고향과 관계있는 사람인가.

그럼 승순의 일이 아니라 엄마나 외할머니?

아니다. 그건 아니다. 고향을 알고 나온 건 아니다. 방금 들었을 뿐 인데.

온갖 의문이 들었지만 묻지 않는다. 오늘 호란은 참 이상하다. 신중 하다 해야 할지 배려심이 있다고 해야 할지, 하여튼 평소와는 다르다.

무희의 얼굴 때문인지도 모르겠다. 그녀의 얼굴은 창백하다, 굳었다, 를 넘어 죽은 사람 얼굴이었다. 그렇다. 데스마스크. 바로 그것이었다. 그대로 스르르 넘어갈 것 같이 위태로워 보였다. 누우면 바로 시체가 될 것처럼.

겁이 덜컥 났다. 눈앞에서 죽어가는 사람을 보게 될 것 같았다.

- 괜찮으세요?

남자 친구의 측근을 만나 그런 질문을 하게 되다니.

그래도 어쨌든 호란의 입에서 나온 말이다.

데스마스크가 조금 풀린다. 눈동자가 움직이고 눈빛이 호란을 향한 다. 호란이 속으로 한숨을 쉰다. 끔찍한 일은 일어나지 않을 것 같다.

무희는 테이블에 놓여있는 물 잔을 들고 물을 천천히 마신다. 잔을 든 손이 가늘게 떨리는 게 보인다.

정말 무슨 일일까.

진정으로 궁금해진다.

물어보고 싶은 말이 목구멍까지 올라왔는데 무희가 입을 뗀다.

— 외조부모님은 살아 계신 것이오?

그 말을 하는 무희의 입술이 경련을 일으킨다.

호란은 자기가 큰 죄를 지은 것 같은 기분이다. 가족 이야기가 죄가 되는 걸까. 참 이상한 기분이다. 가족 이야길 누구에게 자세히 해본 적이 없다. 한 번도 제대로 하지 않았다. 늘 대충, 아니면 좀 다르게 꾸며서 했다. 그런데 지금은 꾸며서도 거짓으로 해도 안 될 것 같다. 도대체 이런 기분이 왜 드는 걸까.

— 아뇨. 외할아버진 제가 태어나기도 전에 돌아가셨다 하고, 외할머닌 치매 요양원에 계세요.

호란의 대답을 들은 무희는 컵에 남은 물을 다 마신다. 데스마스크는 벗어났지만 창백한 건 여전했다. 호란은 묻지 않을 수가 없었다.

— 저희 부모를, 고향을 아세요?

그런데 돌아온 대답이 너무 웃겼다. 정말 하마터면 웃을 뻔했다.

— 우리 승순이와 결혼은 못합니다.

결국 그것이었던가. 좀 다른 줄 알았더니 결국 같은 소리다. 그건 호란이가 하고 싶은 말이었다. 승순이와 결혼할 마음은 전혀 없다고. 미리 말 못한 게 분할 따름이다. 진작 본론부터 말했으면 이렇게 시간을 끌지도 않았다. 그런데 정말 웃긴다. 고향까지 물었으면 호란의 배경이 알고 싶었던 모양인데 부모가 무얼 하는지는 묻지도 않았다. 물었대도 곧이곧대로 말해주지도 않았을 테지만. 그리고 주소를 듣고 경기하듯 하얗게 질렸던 건 도대체 뭐냐고. 물었으면 설명을 해주어야 예의가 아니냐고. 기껏 외조부모의 생존여부만 묻고는 결혼은 안 된다니. 할 말도 많고 궁금한 것도 사실이지만 호란은 그대로 생각을 잘라버린다. 기분 나쁜 상황을 길게 끌고 싶지 않았기 때문이다. 궁금한 게 많으면 들어야 할 말도 많아지고 그 말들 속엔 듣고 싶지 않은 것들이 많을 확률이 높다. 어쨌든 결론은, 호란이 마음에 들지 않는다, 아니겠는가. 그게 신분이든, 인물이든, 성격이든, 환경이든, 아님 다른 무엇이든. 하여간 거부의 말을 들으며 굳이 앉아 있고 싶지 않았다. 더구나 매달릴 마음도 없는 마당에.

결론을 알았으니 일어날 타이밍만 잡으면 된다. 먼저 일어나고 싶었다. 네가 싫다,란 메시지를 남기고 떠나는 자의 뒷모습을 보고 앉아 있으면 정말 패배자가 된 것 같고 쓸쓸하기까지 하니까. 그런 기분은 정말 사양하고 싶다.

－ 그럼 먼저 일어날게요.

그렇게 나가버렸다면 그 다음날로 종적을 감추진 않았다. 분명 그렇게 하진 않았다. 분한 마음이 남아 있었을 테니까. 분한 마음을 풀려면 상대가 원치 않는 짓을 좀 해야 하니까. 무희의 속을 태우려고 승순을 좀 더 만나고, 할 수 있다면 외박도 하게 했을 것이다.

－ 잠깐만요, 처자.

무희가 황급히 일어나 호란의 팔을 잡았다. 그 다음 말이 곧바로 이어지지 않았다면 팔을 뿌리치고 그대로 나갔을 것이다.

– 미안해요. 사례할게요.

사례?

흥정은 쉬웠다.

흥정이랄 것도 없는 것이 처음부터 호란은 밑천이 필요 없었던 장사였다. 상대가 그걸 몰랐을 뿐. 무희의 요구는 그저 승순과 헤어지는 것이었고 호란에게 승순은 원래 버릴 패였다. 무희가 가장 염려했던 마음의 상처 같은 건 있지도 않았다. 하지만 그렇게 유리한 흥정의 열쇠를 굳이 버릴 호란이 아니다. 어디까지나 그녀는 가여운 피해자여야 했다.

남은 건, 얼마나 더 상대의 것을 끌어오느냐, 그것만 생각하면 되었다. 이미 끝난 대학도 흥정에 넣었다. 다른 대학으로 학사 편입을 하겠다, 이사도 가겠다고 하자 무희는 더욱 고마워했다. 손해나지 않게 비용을 지불하겠다고 했다. 이사에 따르는 비용 그리고 한 학년 등록금에 해당하는 돈과 정신적 위로금이란 명분의 돈이 다음날 호란의 통장으로 입금되었다. 돈이 그렇게 들어오기도 한다는 게 신기했다. 일하지 않고도 버는 돈. 한 달 내내 일하고 버는 돈의 열 배도 넘는 돈이다. 복권 당첨이 바로 이런 것이구나. 호란은 광분한다.

하지만 그 돈이 정말 복권 당첨인지는 모르겠다. 일하지 않고도 돈이 굴러오길 바라던, 사행심에 반짝이던 엄마나 외할머니의 눈, 경멸하던 그 눈빛이 그때 호란의 눈빛이었으니까. 멋지게 한탕 했다고 대견해했던 그날 그 길은, 그녀를 위해서도 정말 피해야 했던 길이었는지도 모른다.

그러나 잘못 든 길을 처음부터 알아채긴 어렵다. 죽이 되건 밥이 되건 그저 앞으로만 가고 싶을 정도로 멀리 와버렸을 때나 알게 되기 십

상이다. 돌아가긴 너무 아득히 먼 길. 그걸 알고도 돌아서는 자의 결심
은 죽음을 각오할 만큼 굳세어야 하지만, 잘못의 시작은 참 어이없게
쉽기도 하다. 그래서 더욱 위험하겠지만. 보이지도 않는 위험의 구렁텅
이가 그렇게 들어서기 쉬운 곳에 버티고 있다면 말이다.

쉬운 길로 들어선 호란.

통장을 확인하고 바로 휴대전화 번호를 바꿔버렸다. 그걸로 승순은
정리되었다. 적어도 돈값을 해준 셈이다. 무희 쪽에서 봤을 땐.

호란도 앞으로 승순을 만나는 일은 없어야 했다. 무희의 부탁이 아
니라 자신을 위해서도 그랬다. 꼬리가 길면 밟힌다고, 생각은 하고 있
으면서도 실행을 하지 못하고 있었을 뿐이었다. 돈 들이지 않고 놀 수
있는 승순을 하루아침에 끊기는 아쉬웠다. 승순과 연인 관계를 유지
하는 동안엔 영화비도, 외식비도, 모텔비도 들지 않았으니까. 그리고
잠자리도 나쁘진 않았다. 기철이 알면 죽인다고 덤비겠지만.

* * *

기철은 결혼을 약속한 남자다.

번듯한 결혼식을 올릴 형편이 될 때까지 식을 미룬 것뿐이다. 결혼식
은 제대로 멋지게 해야 한다는 생각에 둘은 뜻을 같이 했는데 당시 형
편이 그렇지 않았다. 아직도 크게 나아진 건 없지만. 더구나 호란이 대
학이랍시고 다니는 바람에 그 꿈은 좀 더 멀어진 셈이다.

실업고등학교를 졸업하고 법무사 사무실에 취직이 되었을 때만 해도
대학은 생각도 없었다. 원래 공부에 취미도 없었거니와 집안 형편상 대

학은 사치였다. 그런데 막상 사회에 나가고 보니 대졸과 고졸의 대우가 얼마나 다른지, 차별이란 단어가 뼈에 사무쳤다. 그 시절 기철을 만났는데 기철은 공업고등학교를 나와 정비사로 일하면서 야간 대학에 다니고 있었다. 기철도 사회에 나와서 비로소 대학의 필요성을 느낀 사람이었다. 물론 학문에 대한 열정이 그를 대학으로 부른 게 아니었다. 그저 졸업장이 목적이었다.

그런데 기철은 호란을 만나면서 야간 대학을 그만두었다. 아니 다닐 수가 없었다. 일을 마치고 나면 호란을 만나야 했으니까. 한창 나이에 만난 예쁜 여자를 두고 당장의 생계에 보탬도 주지 않는 대학을 다니겠다고 여자를 멀리할 정도로 기철은 생각이 길지 않았다. 그렇게 길게 설명할 필요도 없다. 날마다 같이 잘 수 있는 여자가 생겼다. 그게 답이다.

동거는 쉽게 이루어졌다. 경제적으로, 육체적으로 그만큼 유리한 결정은 없었으니까. 호란의 월세방과 기철의 고시텔은 깨끗한 원룸으로 합해졌다. 원룸이라 불리지만 주방과 구별되는 방이 하나 있는 집이었다. 집을 좀 꾸미고 두 사람의 짐을 옮겨놓자 신혼집이 따로 없었다. 기철은 호란이 처음으로 미래를 약속하고 살게 된 남자였고 기철에게 호란은 처음으로 사귄 진짜 여자였다.

결혼을 약속한 동거. 신혼의 깨가 쏟아졌다. 특히 기철은 호란에게 미쳐있었다고 해야겠다. 신혼에 예쁘게 보이지 않는 여자가 없겠지만 호란은 누가 봐도 다시 돌아볼 정도로 정말 예뻤으니까. 원하는 건 다 주고 싶고, 없는 건 훔쳐서라도 바칠 기세였다. 그리고 여자는 대학에 다니고 싶어 했다. 힘은 들지만 훔쳐서 바치지 않아도 되는 것이라 다행이었는지 모르겠다. 사실은 기철의 시간과 노력을 훔친 셈이지만.

호란은 캠퍼스 생활을 원했다.

그러니까 그녀가 상상하는 대학 생활은, 도서관과 강의실을 오가는 학구적인 것도, 주경야독도, 그저 졸업장만이 목적도 아닌, 햇살이 부서지는 캠퍼스 생활이었다. 가벼운 책을 폼 나게 들고 보란 듯이 한낮의 교정을 거니는 것.

그러려면 다니던 직장을 그만두어야 했는데 기철이 선선히 소원을 들어주었다. 그녀는 법무사 사무실을 그만 둔 퇴직금으로 몇 달간 입시 학원까지 다니며 제법 공부에 매달렸고 이름도 생소한 학과였지만 마침내 대학생이 되었다. 생활비는 오로지 기철의 몫이 되었고 입학 등록금도 신세졌음은 물론이다.

스물다섯의 신입생.

호란에겐 아는 얼굴이 전혀 없었다. 재수생, 삼수생이나 나이 많은 신입생도 찾아보면 있겠지만 이상하게 분위기가 낯설었다. 생각보다 재미없었다. 강의 시간은 지루하고 캠퍼스의 햇살도 며칠 만에 시들해졌다. 그리고 같은 과 학생들의 대화도 도무지 맛이 없었다. 아직도 엄마나 아빠, 아니면 형제자매 이야기를 나불대는 게 어린애 같았다. 마음 붙일 데가 없었다.

그러던 차에 승순을 만났다.

심심해서 동아리방 앞을 지나가는데 꽤 괜찮은 옷으로 멋을 부린 남학생이 어느 동아리방 문 앞에 서 있었다. 차림새도, 얼굴도, 손도 고운, 기철과는 참 다른 모습이었다. 신입생이 분명했다. 재학생이 동아리 방 앞에서 그렇게 넋이 빠지게 게시 글을 읽고 있진 않을 것이다. 옆으로 다가가도 모르고 뒤에 한참 서 있어도 반응이 없었다.

누가 신입생 아니랄까봐.

때 묻지 않은 방심.

호기심이 일었다. 괜히 심술이 나고 놀리고 싶어졌다. 그래서 뒤에 바짝 붙어 서서 큰소리를 냈다.

– 동아리 들려고?

그가 돌아보는 순간 호란은 알았다.

한눈에 갔구나.

정말 그럴 의도는 없었다. 남자를 꼬드길 마음을 먹진 않았다. 그녀에겐 미래를 약속한, 남편과 다름없는 기철이 있었고, 기철은 철없던 시절 만나고 헤어지고 하던 애들과 달랐다. 그 애들은 미래가 없었다. 학교를 다니지 않거나 다니더라도 밥 먹듯 결석을 했다. 비록 공부를 열심히 하지는 않았지만 호란은 학교엔 갔다. 빨리 취직해서 독립을 하고 싶었다. 그러려면 졸업장이 있어야 한다는 인식은 있었으니까. 그들과 어울리면서도 미래를 함께 할 거라는 생각은 없었다. 그래서 그랬는지 몰라도 정이 들지도 않았고 쉽게 헤어졌다. 하지만 기철은 어른이었다. 생활을 책임지고 있는. 그리고 그녀를 대학생으로 만들어준 은인이기도 한.

그런 은인을 두고 다른 남자를 넘볼 마음은 정말 없었다.

그렇게 된 것이 그녀의 죄가 아니라면, 그녀 말대로 자기의 마음이 백옥같이 희다면, 그건 승순의 탓이다. 혼이 나갔소,라고 광고라도 하듯 얼빠진 모습으로 그녀를 보고 있었으니까. 그냥 두고 보기가 오히려 미안할 지경이었으니까. 호기심도 일고 심심하기도 해서 시간이나 좀 죽이려고 말을 던졌는데 너무 쉽게 딸려왔다. 아니 물 밖으로 뛰어올라 미끼를 물고 늘어진 물고기라 해야 할까. 하지만 승순의 마음이 어땠는지 상관없이 커피나 한 잔 하고 헤어지면 그날로 땡이다. 그럴 생각이었다.

그런데 그게 그렇게 되지 않았다. 그가 너무 순진해서였을까. 하긴 볼수록 귀여운 데가 있었고 잘 말려드는 바람에 자꾸 놀리고 싶어졌다. 이제 겨우 스무 살. 호란을 같은 나이의 신입생으로 알고 있는 승순의 태도가 그를 더 아이 같아 보이게 했다. 학창 시절 호란과 어울렸던 남자애들이 그랬다. 여자애와 같이 있는 순간 그들은 어른 흉내를 냈다. 그런 흉내가 얼마나 더 그들을 어린애로 보이게 하는지도 모르면서. 모른 척 속아주면 더 기고만장. 속으로 많이 웃었다.

승순은 호란이 이끄는 대로 끌려오면서도 그랬다는 걸 몰랐다. 그녀의 옛날 남자애들처럼. 하여튼 승순은 그날 한 여자를 차지한 만족감으로 자신만만한 표정이었으니까. 당당히 암컷을 차지한 수컷의 허세라니. 기껏 키스 한 번으로.

승순이 아니었다면 좀 더 일찍 캠퍼스를 떠났을 지도 모르겠다. 그리고 다시 일을 찾아 직장으로 복귀했음에 틀림없다. 본래부터 대학은 말이 안 되었다. 돈을 벌면서 다니는 거라면 또 몰라도. 그러니까 호란의 처지에서 대학을 다니려면 야간이라야 했다. 말하자면 주경야독. 하지만 애초에 그런 근성은 그녀에게 없었다.

등록은 어떻게 했지만 현대 도시 생활이란 것이 집만 나서면 돈이 필요하다. 수업을 밥 먹듯 빼먹는 호란에겐 특히 더 그랬다. 강의실 밖에서 보내는 시간은 늘 돈을 요구했다. 또 폼 나게 책을 끼고 나서면서

도시락을 들고 다닐 수도 없고 그러기도 싫었다. 그래도 사람은 먹어야 살고, 매일 떡볶이나 순대로 때우던 점심도 물리던 참이었다.

승순은 그러던 차에 얻어 걸린 호구였다.

호구는 호란의 대학 생활을 한층 우아하게 만들어 주었다. 카페를 마음대로 드나들었고 제대로 된 점심도 먹을 수 있었고 시설 좋은 모텔에 들었다. 물론 모텔은 어디까지나 값을 치른다는 의미도 있었다. 데이트 비용을 전적으로 책임져주는 남자에 대한 일종의 호란식 서비스랄까. 그렇다고 의무만 있었다는 말은 아니다. 승순은 남자로서도 나쁘지 않았다. 무엇보다 당시 그는 호란을 진정으로 아끼고 사랑했으며 그런 여자로 대우받는 따뜻함이 좋기도 했다.

그랬으니 그를 떠나기가 쉽지 않았다. 그런 풍요롭고 편한 날들을 접어야 하는 게 아쉬웠다는 말이 정확할 것 같다. 등록도 하지 않은 학교에 계속 갔던 이유는 오로지 승순 때문이기도 하고 덕분이기도 했다.

하지만 기철이 이상하게 생각하기 전에 접어야 했다. 학교도 그만 둔 마당에 직장 잡는 일을 계속 미루고 있었다. 경리일을 구하는 건 어려운 일이 아닌데도 핑계를 대고 흠을 잡으며 까다롭게 굴었다. 편하고 우아하게 놀고 있자니 직장에 매이고 싶은 마음이 자꾸 멀어졌다.

하루만 더, 일주일만 더, 하면서도 불안하긴 했다. 세상에 비밀은 없는 법이니까. 길어서 좋을 게 없었다. 길게 미련을 떨면 반드시 의심을 사게 되어 있다. 아니 봉변을 당하게 되어 있다. 그 분야엔 경험이 풍부한 호란이다. 그만 만나야지, 하는 생각이 들 때가 바로 실천으로 옮겨야 할 때였다. 조금만 방심하고 미적거리면 남자애의 엄마나 아빠나 삼촌이란 자가 학교로 나타나곤 했으니까. 그래서 호란은 남자애들을 믿지 않았다. 신상을 밝히지 말자고 그렇게 약속을 해놓고도 그들은 지키지 못했다. 그러니 언제나 호란이 먼저 적당한 때를 골라 그들을 아웃시키는 수밖에.

그 시절과 같진 않지만 어쨌든 승순도 아웃시켜야 할 때였다.

그러면서도 결심을 못하고 하루하루 시간을 보내고 있던 차에 승순이 휴학계를 내버려서 정말 놀랐다. 그것도 몇 달 뒤에나 잡혀있는 입대 날짜를 두고. 그의 갑작스런 휴학은 순전히 호란 때문이었다. 부담이 커졌다. 관계가 더욱 긴밀해지기 전에 단안을 내려야 했다.

그러던 중에 염려하던 일이 일어났다.

승순이 갑자기 할머니 가게로 그녀를 데리고 간 것이다.

가족과 만나는 일은 정말 없어야 하는데, 그날은 너무 대비가 없었다. 전혀 예상하고 있지 않았던 일이라 그렇게 되었다지만 어쨌든 호란답지 않았다. '누구에게 이끌려 엉겁결에'는 그녀가 사는 방식이 아니니까. 그녀가 다른 사람을 대하는 방식이라면 몰라도.

만나기로 한 카페 입구에 서 있던 승순이 호란이 오자마자 먼저 갈 데가 있다며 다짜고짜 끌었다. 별 생각 없이 따라갔는데 할머니를 보러 가는 줄은 정말 몰랐다. 만약 알았다면 어떻게든 피할 계략이 호란에게 있었을 것이다. 하지만 포목점이 줄지어 있는 시장 안으로 들어섰을 때에야 눈치를 챘고, 그땐 피하기엔 너무 늦었다. 바로 앞에서 무슨 핑계를 대며 돌아선단 말인가. 어떤 핑계를 대더라도 '의도적으로 피한다'는 의심을 벗어날 수 없을 터였다.

그렇게 해서 호란이 싫어하고 염려했던 긴밀한 관계 하나가 생기고 말았다. 남친 가족과의 만남이라는. 예상도 못했던 만남 앞에서 호란이 좀 당황했는데 할머니도 마찬가지인 듯 표정이 편해보이진 않았다. 어색한 두 여자 사이에서 승순만 싱글벙글 소개를 하고 인사를 시키며 할 일을 했다. 다소 흥분한 승순은 두 여자의 표정을 읽지 못했다.

용돈이 떨어져 간 거라 했지만, 그런 단순한 목적 때문에 남자가 여자 친구를 그의 가족에게 노출시키진 않는다. 가족에게 소개하는 여자는 분명 그 남자에게 특별하다. 승순에게 호란이 어떤 존재인지 너무나 분명해지고 할머니까지 보게 되자 더 이상 어영부영 시간만 보내고 있을 수가 없어졌다. 내일, 아니면 한 일주일 후? 하고 있는데 승순 할머니의 전화가 온 것이다.

그렇게 갑자기 연락을 끊는 바람에 승순은 그녀의 진짜 나이도 모른 채 끝났다. 물론 나이를 밝히고, 사실을 설명할 계획이란 것도 애초에 없었지만. 그러고 보니 승순의 할머니가 아니었대도 비슷한 방법으로 끝났을 것 같다. 단지 시일이 며칠 더 늦추어졌을까. 아니 어쩌면 나이 정도는 밝혔을 수도 있겠다. 그건 뺨 맞을 거짓말도 아니고 부끄러운 가족사도 아니니까. 마음 가볍게 재미삼아 밝혔을 지도 모르겠다. 놀라는 그 표정을 즐기면서.

놀라서 빤히 쳐다보는 모습이 꽤 귀여운 남자였다.

승순은.

무희

땅이 푹 꺼진다.

50년 전의 그날이 화살처럼 날아와 무희의 가슴에 꽂히고 그녀의 혼은 달아난다.

앞이 캄캄하다.

이 일을 어찌하누.

어머님!

승순아!

달아나는 혼이 그리운 이름을 부른다.

혼은 그녀를 떠났지만 다행히 몸은 그 자리를 지켰다. 무희는 아득해지는 정신을 잡으려 애쓰며 간신히 버티고 있었다. 혼이 멀리는 가지 못했다. 오래 머물렀던 육체에 대한 애착을 버리지 못하고 곧 돌아온다.

천천히 부옇게 앞이 밝아왔다. 호란의 얼굴이 다시 눈에 들어온다. 유난히 흰 얼굴에 오뚝한 콧날, 지나치게 초롱초롱하던 눈까지. 대를 건너 뛰어 닮는다더니, 호란은 제 외할머니를 빼다 박았다. 하긴 저토록 닮지 않았다면 짐작이나 했을까. 어떻게 알 수 있었을까. 그래도 설마 했다. 제발 아니길 얼마나 바랐던가. 승순이 좋아하는 애다. 웃음이 떠나질 않았던 이유가 바로 이 아이 때문이었다.

가여운 우리 승순이.

무희의 입에서 한숨이 새어나온다.

영문을 모르는 호란의 눈이 무희의 표정을 살핀다.

승순은 포목점에 잘 오지 않았다.

초등학교 다닐 때는 학교가 끝나면 종종 와서 놀고, 점포 문을 닫을 때까지 있다 같이 집으로 오곤 했지만 중학생이 된 뒤론 뜸해졌다. 학원도 가야 했고 나름 바빴겠지만 집에서 혼자 보내는 시간에 익숙해져갔다. 고등학생이 되고선 무희보다 귀가 시간이 늦어졌고, 대학에 들어가고 난 뒤에는 여유가 생겨도 점포로 와서 시간을 보내진 않았다. 엄연히 자기의 생활이 있는 성인이었으니까.

여자 친구가 생겼다는 건 알고 있었다. 그 때문에 더 바빠진 것도. 귀가 시간도 늦었고 욕실에선 콧노래를 흥얼거리고. 특히 용돈을 많이 썼다. 달마다 주는 용돈 외에 받아가는 돈이 늘어갔다.

– 여자 친구 생겼간?

어느 날 용돈을 더 달래기에 주면서 물었더니 대답은 하지 않고 싱긋, 웃었다. 얼마나 보기 좋고 흐뭇했는지. 내 자손이 좋아하니 좋았고, 벌써 자라 짝을 찾을 때가 됐구나 싶어 좋았다. 서로 좋다고만 하면 장가를 일찍 보내야지, 김칫국물도 미리 마셔두었다.

그날, 승순은 전화도 없이 나타났다.

여자 친구를 보여주고 싶었던 게 틀림없었다. 승순의 싱글거리는 얼굴 뒤에서 호란이 얼굴을 내밀고 까닥 인사를 했다. 깜찍하게 예쁘다, 는 생각을 하는데 얼굴에 소름이 지나갔다. 왜 이럴까. 영문을 모르는 정신은 복잡하기만 했다. 승순이 소개를 시키는데 어떻게 인사를 하고 어떻게 돈을 꺼내 얼마를 주었는지 모른다.

그들이 사라지는 쪽을 멍하니 보고 있는 눈꼬리가 가늘게 떨렸다.

'설마, 아니겠지.'

온 몸이 떨리기 시작했다.

생각이 났다.

까맣게 잊어버리고 있었던, 아니 까맣게 잊고 싶었던, 그래서 잠이란 놈에게 정신을 내어주지 않는 한은 절대로 의식 밖으로 드러나게 두지 않았던, 바로 그 악몽.

악몽의 실체가 떠올랐다.

호란을 만나기까지, 아니 만날 결심을 하기까지, 무희는 밤낮으로 악몽에 시달렸다. 꽁꽁 묶어 기억의 가장 깊은 창고에 넣어두었던 '그날'은 꿈에서뿐만 아니라 낮에도 뛰어나와 무희의 머릿속을 활보했다. 그래도 혼자만의 악몽으로 끝날 수 있다면 참을 수 있었다. 기꺼이 참았을 것이다. 하지만 승순이 그 악몽과 이어지는 건 참을 수 없다. 결코 그렇게 둘 수는 없었다. 무희의 불안한 예상이 맞다면.

아닐 수도 있다.

일주일 동안 그 생각을 수천 번은 했다.

맞다면 어떻게 할까.

그 생각이 들 때마다 몸이 떨렸다. 머리털까지 소리를 냈다.

확인해야 했다. 아무리 무서운 일이 기다리고 있다 해도 그래야 했다.

승순이 욕실에 있을 때 전화번호를 찾아내었다. 번호를 알아내는 건 어렵지 않았다. '란'이란 이름이 통화목록의 대부분을 차지하고 늘어서 있었으니까. 어려운 건 전화를 하는 거였다. 전화기를 스무 번은 더 들었다 놓았을 것이다. 실수를 하는 건 아닌지 하는 망설임과 맞다면 어떻게 해야 할지에 대한 두려움이 마구 엉겨서 마음을 흩어놓았다.

마침내,

번호를 누르고 신호음 울리는 소리가 들리자 차라리 안정이 되었다.

수화기를 통해 들리는 목소리.

새소리처럼 높고 투명한.

무희는 자기도 모르게 눈을 감았다. 잊고 싶은 목소리, 바로 그 소리였다. 그녀의 귀를 때리던, 혼을 채가던 악다구니. 무어라고 말했는지 정신이 없어 다 들리진 않았지만 지금도 생생한 '서방질'이란 말.

약속 장소를 정하고 전화를 끊는데 심장이 방망이질을 했다. 너무 두근거려 몸이 흔들리는 것 같았다. 무희는 한참동안 그 자리에 그냥 앉아있어야 했다. 너무 예민했던 것 아닌가. 혼잣말로 위로를 했다. 얼굴이 떠올라서 그렇게 들렸을 수도 있다. 그렇게 마음을 달래기도 했다.

약속 장소로 가 자리에 앉을 때까지도, 호란이 눈앞에 와 앉을 때까지도, 그녀가 태어난 곳이 수정동이란 말을 들을 때까지도, 역시 그랬구나, 아니구나, 가슴을 쓸며 착각이었길 간절히 바랐다.

하지만 아닐 수가 없게 되었다.

그 주소, 그 마을 이름이 호란의 입에서 흘러나오는데, 호란의 입은, 그 목소리는 영락없는 안주인이었다. 어떻게 그렇게 닮았는지. 목소리까지. 그리고 무희의 눈을 향해 거침없이 쏘아지는, 지나치다 싶을 정도로 반짝이는 안광. 마루에 앉아 무희를 쳐다보던 그 놈의 눈빛도 보았다.

그 놈의 외손.

하늘이 무너지는 게 그와 같았을까.

무희는 까맣게 어두워지는 시야 속에서도 정신을 차리려고 애를 썼다. 정신을 잃을 수는 없었다. 승순이 호란을 계속 만나게 둘 수는 없었다.

〈그럴 수는 없다.〉

한 생각만 붙들고 있었다.

'우리 승순이와 결혼은 못합니다.'

한 생각 끝에 겨우 그 말을 할 수 있었다. 그런데 호란은 대꾸도 없이 벌떡 일어났다. 급한 마음에 사례하겠다고 했다. 생각하고 있지도 않았던 말이었다. 다행히 호란이 다시 앉았다. 실수하지 않아야 했다. 다시 일어나 나가게 하지 않아야 했다. 약속을 받아내야 했다. 그녀를 다시 보지 않으려면. 승순의 곁에서 영원히 떼어놓으려면.

무희의 얼굴빛이 돌아왔다.

뇌도 돌아가기 시작한 모양이었다.

사는 동안,

무희의 뇌가, 가장 짧은 시간에, 가장 많은 일을 한 시간이었을 것이다.

　다행히 호란은 다신 나타나지 않았다.
　약속을 지켜주었다.
　하지만 갑자기 사라진 여자 친구.
　승순에겐 얼마나 황당한 일이었을까.
　만약 할머니가 그랬다는 걸 알면 어떤 표정을 지을까. 무슨 생각을
할까. 어떻게 설명을 해야 할까. 아니 결코 설명할 수 있는 일이 아니다.
그렇다면 어떤 변명을 해야 할까. 어떤 변명을 해야 할미를 용서할까.
　매일 밤 술에 취해 들어오는 승순을 기다렸다. 안방에 누워 귀만 열
어두었다. 아니 승순을 기다린 게 아니라 잠을 잘 수 없었다. 잠이 오
지 않았다. 그 전엔 악몽에 잠이 깼지만 악몽도 꿀 수 없었다. 잠을 잘
수 없었으니까. 토끼잠이 전부였다. 잠이 드는 순간 깜짝 놀라 깨곤 했
다. 늘 가슴이 두근거렸다.
　승순이 군대에 있는 동안엔 차라리 잠을 조금 더 잘 수 있었다. 승
순이 호란과 마주칠 일이 없어졌다는 안심을 했는지도 모르겠다. 내내
불안했던 모양이다. 호란이 떠난다는 약속을 했지만 사람 일은 모른
다. 두 발 달린 짐승이 가지 못할 곳도 없고 마주칠 일이 없다고 누가
장담할까. 그런데 두 사람은 만나서도 안 되지만 승순이 그 이유가 궁
금해진다면 그건 더 큰일이었으니까.
　그런 생각들이 시작되면 머리가 깨질 듯 아파왔다.

＊ ＊ ＊

고향으로 가는 길이 드디어 열렸다.

무희의 가슴은 터질 것 같았다.

자고 있는 현중을 들쳐 업었다.

산을 넘고 물을 건넜다. 산이 너무 높아 기어오르기도 했다. 숨이 턱에 찼지만 잠시도 쉴 수가 없다. 매화가 얼마나 눈 빠지게 기다릴 것인가. 그런데 도대체 고향 마을이 보이지 않는다. 산을 몇 개나 넘고 물을 몇 번이나 건넜다. 산만 넘으면 나올 것 같은데 산을 넘고 나니 또 낯선 곳이다.

낯선 마을이다.

목이 마르다. 물이라도 얻어먹고 가야겠다. 마을로 들어선다. 그런데 마을에 사람이 없다. 무희는 집집이 돌아다니며 주인을 부른다. 계십니까. 그녀의 소리 외엔 아무 소리도 없다. 무희는 참 이상하다 생각한다. 새소리도, 벌레소리도 없다. 닭이 꼬꼬거리는 소리도, 개 짖는 소리도 없다.

어떤 집 앞이다.

대문이 열려 있다.

열린 문으로 들어간다.

계십니까.

아무 대답이 없다. 방문 앞에 선다. 방문 앞에 선 무희는 갑자기 떨기 시작한다. 그러다 돌아선다. 돌아서 발걸음을 떼려는 순간 방문이 벌컥 열린다. 무희는 돌아보지도 않고 비명을 지르며 달아난다. 하지만 한걸음도 떼지 못하고 덜미를 잡힌다. 남자의 우악한 손이 그녀의 어깨를 잡아 돌려 세운다.

주인 남자다.

괴물 같은 남자의 얼굴이 바로 눈앞에 있다. 그의 손이 가슴께로 온다. 저고리 고름을 낚아채려 한다. 무희는 힘껏 그의 손을 잡아 깨문다. 남자가 소리를 지르며 손을 뺀다. 그의 손가락 하나가 입속에 남는다. 손가락을 입에 담은 채 무희는 달아나기 시작한다. 입에 있는 걸 뱉어야 하는데 뱉어지지 않는다. 손가락을 뱉어내려 애를 쓰며 계속 달린다.

달린다.

달아나야 한다. 이 마을에서 멀리. 멀리.

어머니가 있는 곳으로 가야 한다. 매화가 기다리는 곳으로.

어머니.

어머니!

〈할머니!〉

승순 목소리다.

승순이 부른다.

〈오냐, 내 강아지.〉

소리가 난 쪽으로 고개를 돌린다.

– 할머니!

눈앞에 경비가 서 있다. 아파트 경비가.

그런데 여기는?

고향 마을이 아니다!

어리둥절해 있는 무희 곁으로 경비가 다가온다.

- 할머니, 이 새벽에 어디 가세요?

무희의 정신이 돌아온다. 아니 꿈에서 깬 것인가. 경비의 눈이 무희의 발치에 머물러 있다. 무희도 자신의 발을 내려다본다. 신발도 없이 양말은 엉망이고 잠옷 바람에 스웨터만 걸친 채다. 깜짝 놀란다.

이게 무슨 일인가.

경비가 무희의 팔을 잡고 경비실로 이끈다. 엉겁결에 뿌리치려다 그냥 따른다. 그리고 경비가 권하는 대로 의자에 앉는다. 느끼지 못했는데 몹시 고단하기도 하다.

의자가 편하다는 생각을 한다.

잠시 자신의 행색을 잊어버린다.

승순이 내려왔다.

왜 승순을 오라고 했을까.

경비를 나무란다.

귀한 손자 승순!

하지만 승순의 놀란 눈.

반가운 마음은 당혹스러움에 묻힌다.

나에게 무슨 일이 일어났던 것일까.

설마?

기억도 못하는 일을 했단 말인가? 그런 병이 들었다고? 내가?

충격이 절망의 망치가 되어 무희의 머리를 친다.

어깨에서 힘이 빠진다.

호란

승순이 놀라는 표정을 다시 보게 되었다.

재미삼아 지나갈 일로 놀라게 한 게 아니라 유감이다.

하지만 계획적으로 한 일은 아니었다.

저지른 과오가 있는지라 믿어줄 지는 모르겠지만 '그 일'은 정말 우연이란 범인이 만들어준 것이다. 그리고 승순에게 미안했다. 그건 진심이다. 비록 잠깐 놀다 떠났지만 그의 순수한 마음은 제법 아름답게 그녀의 마음에 간직되어 있었다. '그 일' 없이 캠퍼스 추억만 남아 있었다면 호란에게도 더 좋았다. 흐뭇하게 떠올릴 추억 하나쯤은 있어야 따뜻한 삶으로 이어지는 길이 보이지 않겠는가. 그녀의 삶에선 좋은 추억이 너무 인색했으니까.

떠올리는 것마다 눈을 돌리고 귀를 막고 싶은 기억들.

승순에겐 엄청난 가해자였던 호란이, 어떤 의미에선 피해자일지도 모른다. 그녀는 보고 배운 대로, 겪은 대로 살았을 뿐이니까. 처음부터 잘못된 기준이 주어진 삶. 그래서 아무리 발버둥 쳐도 바로서는 게 불가능한 삶. 하늘과 땅의 위치가 잘못 인식된 비행기가 땅으로 곤두박질 칠 수밖에 없듯이.

그래도 잘못이 있다면, 성찰이 부족했다,고 점잖은 말로 표현할 수도 있겠다. 인간에겐 창조의 능력이 있으니까. 인류가 원시인의 삶에서 끝나지 않고 오늘날의 문명을 이룬 것은, 보고 배운 대로만 살지 않았기 때문에 가능해졌을 테니까. 본 대로, 배운 대로만 하는 건 동물도 하는 거니까. 인간이 다를 수 있었던 건 본 것을 다시 보고 배운 것을 따라만 하지 않는 '깊은 생각' 때문이었으니까. 그런 의미에서는, 호란도 인간이고 그렇다면 성찰 없는 행동을 했던 그녀의 잘못도 분명 단죄의 대상이긴 하겠다. 그녀의 외할머니, 어머니의 잘못된 삶을 그녀가 미워하고 판단하고 외면했듯이.

하지만 비극은 종종 결심이 굳은 땅에서 싹을 틔운다.

엄마 같은 삶은 절대로 살지 않겠다던 단단한 결심은 언제부터 물러지기 시작했을까. 땅이 연해지고 원치 않는 씨앗이 뿌리 내리는 걸 그녀는 알아채기나 했을까. 싹이 돋아나 잎이 제법 자랐을 때나 눈치 챘을까. 아님 무성한 초록의 향연에 제대로 눈이 멀어 버렸을까. 초록으로 뒤덮여버린 가지들만 쳐다보느라 굳은 결심의 땅은 보이지도 않던 것일까.

불평하고 비난하는 삶은 쉽다.

그리고 그런 자신을 용서하는 건 더 쉽다.

호란도 그랬다.

머리가 굵어져 자신의 의지로 이끌어온 삶에도 칭찬할 만한 것들은 많지 않았다. 누군가에게 나빴을 일들이 더 많았던 지도 모른다. 그래도 그놈들에겐 관대했다. 인간은 대체로 자신에겐 관대하니까. 하긴 자신마저 자신을 용서하는 데 인색하다면 세상에 온전히 살아남을 사람들이 별로 없을 지도 모르겠다.

외할머니는 고향에 가지 않은 게 아니라 갈 수가 없었다.

언젠간 돌아가서 집을 되찾는다고, 마치 독립운동을 하다 쫓겨 다니는 것처럼 의분에 차서 하는 말을 어릴 땐 곧이곧대로 믿었다. 그래서 외할머니를 괴롭히는 나쁜 사람들은 호란을 괴롭히는 사람이기도 했다. 마치 자신이 소공녀인양 제법 달콤한 상상에 젖기도 하고 언젠간 화려한 귀향을 해서 공주처럼 사는 날을 꿈꾸던 때가 있었다. 외할머니의 꿈을 판판이 깨는 엄마의 비난을 도리어 이해할 수가 없었으니까.

자랑스럽지도 않은 고향 이야길 왜 자꾸 하느냐는 엄마의 비난.

그 비난을 화려하게 바꾸려면 나름의 상상력이 필요했다. 상상이라기보다 동화 속의 주인공만 자신으로 바꾸어버린 것이었지만, 당시로선 최선을 다한 창작품이었다. 그 상상력이 선물해준 소공녀의 꿈은 언제 깨어져 버렸을까. 산타클로스 할아버지의 존재를 믿지 못하게 된 시점이었을까. 어찌되었건 믿고 살았던 상상의 세상보다 믿고 싶지 않은 현실 세상이 훨씬 불행했다. 산타클로스의 존재 이유는 거기에 있는 지도 모르겠다. 적어도 믿는 동안엔 따뜻함과 희망을 선사하니까.

엄마는 고향에 미련이 없었다. 아니 고향 자체를 잊어버리고 싶어 했다. 고향 사람을 만나는 것도, 고향을 들먹이는 것도 싫어했으니까. 누군가의 입에서 고향 마을 이름이 나오면 모른 척했다. 그건 호란도 마찬가지다. 언제부터 그렇게 되었을까. 적어도 소공녀의 꿈을 간직하고 있었던 때는 아니었다. 그렇지만 그 꿈은 아득히 멀어졌고 외할머니의 고향 이야기는 엄마보다 더 싫어하게 되었다. 고향을 알고 더구나 외할머니와 외할아버지를 아는 사람이라면 표정부터 달라졌으니까. 표정은 말로 설명해주는 것보다 더 정확한 정보인지도 모른다. 감정까지도 생생하게 전달되는. 그래서 가본 적도 없는 엄마의 고향은 엄마처럼 잊어버리고 싶은 곳이 되어버렸다. 본 적도 없는 외할아버지를 잊어버리고 싶었던 것처럼.

왜 엄마와 외할머니는 호란이 모른다고 생각했을까.

얼굴을 맞대고 이야기해 주지 않으면 모를 거라고 믿은 걸까.

정말 모르게 하고 싶었다면, 그렇게 큰소리로 싸우지 말았어야 했다. 아무리 화가 나더라도, 꿈속에서라도, 덮었어야 했다. 부모의 명예가 아니라 자식의 앞날을 위해서라도.

왜 그런 과거는 한 토막만 던져놓아도 프랑크 소시지처럼 이어진 스토리가 딸려 나오는지. 일부러 꼼꼼하게 만든 이야기처럼 얼마나 뼈대가 튼튼한지. 기억이 흐려지지도 않았다.

외할아버지의 과거.

어쩌다 한 번만 들었다면 모르고 지나갈 수 있었을지도 모른다. 하지만 외할머니와 엄마의 말다툼은 일상이었고 그때마다 같은 스토리. 귀머거리가 아닌 이상 모를 수가 있을까.

세세히 알고 싶지도 않지만 대충 들어도 충분히 부끄러운 과거였다. 그것도 어쩌다가 한 번이 아니라 꼬리가 길어 밟히고 파헤쳐져 고향땅을 등질 수밖에 없었던, 누구에게 하소연도 못할 과거.

그런 부모를 원망했던 엄마도 쉽게 돈 버는 방법만 평생 기웃거리며 호란의 자랑이 되지는 못했다. 일하지 않고 돈을 버는 방법이 있을까. 있다면 어떤 방법일까. 돈을 벌기만 한다면 그것도 방법이긴 한 것일까.

방법이 아닌지는 모르겠지만 매력은 넘치는 모양이다. 엄마를 원망하며 엄마같이 살진 않겠다고 거리를 두었던 호란도 결국 그 맛을 거부하지 못했다. 아님 이미 맛본 쉽게 버는 돈맛에 길이 들어 버렸는지도.

경리로 다시 일을 시작했지만 순탄치 않았다.

2년의 공백 때문인지, 한 번 맛본 다른 세상이 문제였는지 모르겠지만, 호란은 자주 직장을 옮겨 다녔다. 세 달 일하다 두 달을 놀고, 두 달 일하다 세 달을 놀았다. 그리고 차츰 나이도 문제가 되어갔다. 일하기에 많은 나이는 아니지만 새 일자리를 찾는 데 걸림돌이 되기 시작했던 것이다. 신입으로 뽑히기엔 나이가 너무 많았고 경력자로 뽑히기엔 이직이 너무 잦았다. 잦은 이직은 사용자가 보기엔 커다란 결격사유였다.

급기야 마음먹고 일을 하고 싶어도 마땅한 일자리가 없었다. 그런 날이 오리란 예상을 하지 못했다. 마음만 먹으면 일자린 늘 있어 줄줄 알았으니까.

선택의 폭이 좁아진 일자리는 조건이 좋지 않았고 이직은 더 잦아졌다. 일하는 날보다 쉬는 날이 많아졌다. 엄마를 욕하던 호란은 엄마와 똑같은 길을 걷고 있었지만 깨닫지 못했다. 깨닫지 못했기에 기철의 마음도 이해하지 못했고 그의 태도가 섭섭하기만 했다. 호란은 일할 때보다 쉬면서 더 많은 돈을 썼다. 기철이 생활비를 두고 추궁을 하게 되고 마찰이 잦아졌다. 작은 마찰이 싸움이 되고 싸움이 점점 커졌다. 드디어 폭력까지 오고갔다. 호란도 만만찮게 항거해 기철의 입술이 터졌다. 남자가 여자를 상대로 힘을 쓰자고 덤비면 온전할 여자가 있겠는가. 더구나 기철은 힘쓰는 일을 하고 사는 청년이다. 비록 화가 나 주먹을 휘둘렀지만 시늉만 했을 뿐이다. 호란이 사람을 보는 눈이 조금만 있었다면 일을 그렇게까지 만들진 않았을 것이다. 기철은 호란을 많이 좋아했고 많이 참았다. 그저 남자의 월급 한도에서 생활비를 아껴 쓰는 알뜰한 여자이기만 했어도 기철은 만족했다. 그런데 그걸 못 지켜내었다.

호란에게 기철은 다시는 못 만날 좋은 남자였는지도 모른다.

입술이 터진 채 소주를 마시고, 기철은 그날 호란을 포기했다. 헤어지는 건 참 허무하게 쉬웠다. 집을 비우고 보증금을 반으로 나누자는 걸로 끝나버렸으니까. 사람들은 어쩌면 쉽게 헤어지는 걸 막고자 결혼식을 하고 혼인신고를 하는 지도 모를 일이다.

다시 방을 알아보러 다니는 날 엄마 전화를 받았다.

오랜만이었다. 호란은 전화하는 법이 없고 엄마도 그런 딸을 무시한다는 티를 내고 싶은지 자주 하지 않았다. 물론 급할 땐 받을 때까지 해대지만.

그날은 벨이 울리자마자 전화를 받았다. 그래도 결혼까지 생각한 남자랑 헤어져서인지 꽤 허무했는지도 모르겠다. 아니면 혼자 방을 구하러 다니는 처지가 새삼 처량해졌는지도.

엄마는 놀랐다. 한참 울릴 것을 예상했기 때문이다. 너무 빨리 연결이 되었는지, 호란이 여보세요, 하는데도 잠깐 말이 없었다. 그 전화는 엄마가 한 전화 중에 전달할 말이 있는 유일한 전화였다. 바꾸어 말하면 돈 문제를 빼고 한 유일한 전화였다는 말이다.

외할머니가 돌아가셨다는 소식이었다.

장례를 치르면서 며칠을 같이 지냈다.

그러고 보니 엄마와 둘이 지낸 것이 처음이었다. 외할머니와 셋이 살다가 둘을 남겨두고 집을 나왔으니까. 둘은 호란이 집을 나오고도 싸웠는지 모르겠다. 외할머니가 없는 집은 이상했다. 엄마가 더 이상 싸울 사람이 없었다는 걸 그때 깨달았다. 외할머니가 병원에 간 뒤엔 그럴 수가 없었을 테니까. 그런데 왜 호란은 항상 집을 떠올리며 싸우는 장면을 상상했을까. 그녀에게 집은 떠난 뒤에도 여전히 전쟁터로 남아있었던 모양이다. 엄마가 여전히 기운 펄펄한 싸움꾼으로 남아있었던 것처럼.

하지만 엄마도 더 이상 퍼덕이는 생선은 아니었다.

옛날의 그녀는 어떤 기운이 충만해 있었다. 일을 나가지 않고 집에만 있어도 힘 빠진 모습을 보이진 않았다. 그래서 엄마를 생각하면 늘 퍼덕거리는 생선이 떠올랐다. 외할머니와 싸울 때도, 동네를 돌아다닐 때도, 그녀의 몸에선 퍼덕이는 무엇이 있었다. 그런데 그런 기운은 이제 사라지고 외할머니의 모습이 대신 그 자리를 차지했다.

마음 놓고 소리를 지를 수 있었던 단단한 벽이 아닌 게 마음에 걸렸을까.

당장 방을 얻어야 하는 처지가 피곤했던 걸까.

엄마는 어떻게 호란이 오갈 데가 없어진 걸 알았을까.

아니, 머물 곳을 찾고 있다는 걸 알았을까.

방은 하나지만 부엌 딸린 거실이 제법 넓은 다세대 주택 3층은 전망이 좋았고 무엇보다 새집이라 깨끗했다. 엄마의 처지가 자기보다 낫다는 게 이상했다. 그런 생각을 해본 적이 없었던 모양이었다. 급하던 차에 둘러보았던 고시텔 좁은 방을 떠올리자 더구나 신기했다. 엄마는 무슨 일을 하고 있는 걸까. 그것도 궁금해졌다. 새집이어서 월세라 해도 꽤 비쌀 터였다.

– 돌아다니지 말고 여기 들어와서 살아.

화장장을 치르고 돌아와서 늦은 점심을 먹는데 그렇게 말했다.

– 돌아다니긴 어딜 돌아다닌다고 그래?

– 갈 데가 있는데 엄마한테서 며칠이나 잘 년이냐? 갈 데가 마땅찮으니 그렇지.

'귀신이다. 어떻게 알았지? 엄마는 엄마구나!'

엄마가 있었구나, 하는 푸근한 기분이 묘했다.

그렇게 동거가 시작됐다.

그 동거가 호란이 늘 보아왔던 외할머니와 엄마의 모습이 될 줄 알았다면 시작하지 않았을까.

자기의 모습을 타인이나 경치처럼 볼 수 있기나 할까.

그건 현자들도 날마다 갈고 닦으며 이루려 했던 인생의 목표가 아니던가. 오죽하면 '너 자신을 알라.'가 최고의 훌륭한 말씀으로 자리 잡았을까. 그 말씀을 모르는 사람이 있을까. 그렇게 오래 되고 그렇게 널리 알려졌으면 이젠 사라져야 할 말씀이 아닌가. 무엇이든 생겨난 것은 사라지지 않는가. 그런데도 여전히 힘을 잃지 않고 있는 이유는 무얼까.

인류에게 그것이, 가장 중요하면서 가장 이루기 어려운 것이라는 증거인 동시에, 아는 것과 실천은 아주 다른 세계라는 반증이 아닐까.

* * *

승순을 다시 보게 될 줄은 몰랐다.

그럴 의도로 접근한 것도 물론 아니었다.

아침을 먹다가 뛰쳐나오지 않았다면 그를 만날 일은 없었을 것이다. 아파트 단지를 가로질러 가면서도 거기가 승순이 사는 곳이란 걸 몰랐으니까. 그의 집엔 가본 적이 없었다. 아파트 이름을 듣긴 했지만 그땐 신경도 쓰지 않았고 가볼 생각도 없었다. 돌아보면 참 옛날이다. 승순도 애송이었지만 그녀도 나름 순수한 열정도 있었고 열심히 살던 시절이었다.

엄마는 아침밥상 앞에서 갑자기 폭발했다. 예고도 없이.

젊은 것이 꿈도 없이 언제까지나 에미 덕을 보고 살 것이냐,라니.

같이 살자고 한 게 누군데.

그리고 엄밀하게 말하면 상부상조지 덕만 보고 살았던 건 아니다. 다단계 판매도 호란의 성과가 더 좋았고 투자금 대출도 할 수 있는 만큼은 했다. 엄마가 욕심이 많은 거지 호란이 게으른 탓은 결코 아니다. 집주인이 보증금을 올려달란다는 말을 처음부터 했으면 이해나 했을 텐데 엄마는 꼭 무슨 일이 있으면 엉뚱한 타박부터 했다.

호란도 지지 않고 대들었다.

서로 언성이 높아져서 결국 밥도 먹을 수가 없었다. 상대를 고치려는 비난이 계속되는 한 언쟁이 멈추진 않는다. 누구 한 사람이 사라져야 끝날 싸움이었다. 호란이 자리를 박차고 일어났다. 그 옛날 외할머니와 엄마의 싸움을 피해 뛰어나갈 때처럼. 싸움을 피해 집을 나와야 하는 상황이 재현되고 있었다. 호란 자신이 싸움의 피해자에서 당사자가 되었다는 사실만 빼면 그 시절과 똑같았다. 하지만 심각한 자각은 없었다. 그토록 끊고 싶었던 과거사가 되풀이되고 있다는 인식이 있었다면 아마 그렇게 무신경하게 문밖을 나설 수는 없었을 것이다. 호란의 모습은 점점 과거의 엄마 몸짓과 표정을 닮아가고 있었다. 그건 외할머니 앞에서 있는 대로 신경질을 부리고 뛰어나가 동네를 퍼덕이며 돌아다녔던 엄마의 모습이었다.

집을 나와서 무작정 걸었다.

한참을 걸었더니 목도 마르고 배도 고팠다. 아파트 단지를 가로질러 큰길로 나섰는데 길 건너편에 편의점이 눈에 들어왔다. 컵라면을 먹을까, 음료수나 하나 마실까, 결정을 내리지 못한 채 길을 건너고 편의점 문을 밀었다. 무엇을 먹을지 몰라 매장을 둘러보았다. 그리고 음료수와 삼각 김밥, 샌드위치 같은 것들이 들어있는 진열장 쪽으로 발걸음을 옮기다 그를 발견했다. 아니 승순이란 걸 알았다.

승순은 계산대 뒤에 앉아 졸고 있었다.

세상에!

반가운 마음이 앞섰다. 그 옛날이 휙 달려와 눈앞에 있는 것 같았다. 애송이 티를 벗은 승순은 멋진 남자가 되어 있었다. 주인? 아님 종업원? 설마 돈 잘 버는 할머니가 있는데 주인이겠지? 그 순간에도 숱한 생각이 머릿속에서 오고갔다.

승순은 바로 앞에 서서 쳐다보고 있어도 몰랐다.

꾸벅거리던 그의 고개가 밑으로 심하게 꺾이는 순간 호란이 손을 뻗었다. 손이 닿기 전에 승순이 벌떡 일어났고 그때를 놓치지 않고 호란은 승순을 안았다. 그의 놀란 눈. 그녀를 알아보고 커지는 눈. 하지만 다음 순간 그의 시선이 그녀를 향하고 있지 않다는 걸 알았다.

뒤를 돌아보았고, 한 여자를 발견했고, 여자의 눈빛과 표정이 모든 걸 말해주었다. 꽤 당황했다. 왜 승순이 결혼했으리란 생각은 해보지 않았을까. 아니 아내가 나타나리란 예상을 하지 못했던 것이라 해야 할까. 하여튼 그를 본 것이 우연이었던 만큼 아무런 의도도 없었던 터라 재빨리 사라졌다. 편의점을 나올 땐 조금 미안한 생각만 있었다. 승순에겐 분명 설명하기 곤란한 상황이었을 테니까.

그곳에 다시 갈 생각은 물론 없었다.

맹세컨대 새로 어떻게 해볼 마음은 먹지도 않았다.

그를 다시 찾았던 건 순전히 비즈니스 때문이었다.

그리고 어디까지나 상부상조 차원에서였다. 승순의 아내가 믿고 있는 대로 사기를 치려고 했던 건 정말 아니었다. 투자자를 끌어들이면 수당을 받기는 하지만 승순도 다른 투자자를 끌어들이면 받을 수 있었다. 승순이 그럴 기회도 갖지 못한 채 일이 끝나버려 결국 사기 친 셈이 되고 말았지만.

그 일은 진정 미안했다.

엄밀히 말하면 호란도 속았다고 할 수 있다. 승순만큼은 아니라도 손실이 있었다. 그보다 더 큰 손실은 추억을 잃은 것. 승순은 호란의 기억 속에 유일하게 아름답게 남아있던 추억이었다. 그런데 이젠 아름답기만 한 추억이 될 수 없게 되어버렸다. 우습게도 그렇게 된 마당에 승순의 기억 속도 걱정이 되었다. 첫사랑으로 기억하고 있다고 했었다. 그를 다시 찾아가 일 이야기를 할 때 그렇게 말했다. 그 말을 들을 때의 행복감은 특별했다. 상대의 기억 속에 있다는 것이 행복할 수 있다니. 그랬는데 그마저 더럽혀졌다고 생각하니 몹시 허탈했다. 그런 허탈함이 없었다면 승순의 전화를 끝까지 받지 않았을 것이다. 만나서 좋을 일도 없지만 호란이 지금까지 살아온 방식이기도 했으니까.

　문제는 회피하는 것으로.

　그런데 그 법을 깨고 승순을 만났다.

　사과하고 싶었다.

　아니, 사기꾼으로 기억되고 싶지 않았다고 하는 편이 맞겠다.

　어이없게 눈물도 보였다.

　승순은 그녀의 눈물 앞에서 말을 잃었다.

　그리고 호란을 보는 눈빛에서 원망도 사라졌다.

　그렇게 보였다.

승순과 정혜

호란이 생각났다.

호란의 입술과 말캉한 가슴이 생각났다고 해야 솔직할 것 같다. 어쩌면 그리운 건 호란이 아니라 사랑할 수 있는, 안고 잠들 수 있는 여자인지도 모르겠다.

호란을 만나지 않았더라면 이런 그리움도 없었을까.

모르고 살았을까.

혼자 지내는 시간에, 할머니를 보내고 난 이 시간에 호란을, 아니 여자를 그리워하고 있는 자신이 몹시 낯설다. 호란은 오래 전에 잊었다. 분명 까마득히 지난 일이다.

호란이 사라지고, 날마다 술에 취해 잠이 들고, 입대를 하고, 제대를 하고, 복학을 하고, 할머니가 갑자기 치매 환자가 돼버리고, 또 휴학을 하고, 할머니를 돌보며 보낸 세월.

떠올리는 시간은 바로 어제 일까지도 까마득하다는 느낌이다.

그런데.

할머니가 떠나고 하룻밤이 겨우 지난 이 시점에, 할머니와 둘이 20년 넘게 살았던 이 공간에서 할머니 생각이 아닌 혼란을, 아니 여자를 떠올리다니.

만나고 있었던 여자나 있었더라면 또 모르겠다.

욕망이 없었다면 물론 거짓말이다. 그러나 그건 남자라면 어차피 순간순간 생기는 지나가는 욕정이었을 뿐 집착하거나 꺼둘리진 않았다. 그럴 형편이 아니었던 것이 집안일과 할머니 돌보는 일에 상당히 지쳐서 시간만 나면 아무 곳에나 앉아 졸기 바빴다. 할머니가 밤낮 구분 없이 자고 깨고 했기 때문에 쪽잠은 필수였다. 사실 욕망이 생긴 걸 느꼈는데 어느새 잠들어 있기도 했다.

그렇게 몇 년을 보냈다.

그러니 상상이나 했겠는가.

할머니의 부재에, 외로움에 떨고 있을 상상을 했다면 모를까.

그런 걱정을 한 적은 있었다. 외로울 것이라고.

물론 외롭다.

하지만 상상하던 외로움이 아니다. 너무 다르다. 너무 달라 '다르다.'는 표현이 도무지 성에 차지 않는다. 이렇게 다른 느낌을 그렇게밖에 표현할 수 없다는 데 화까지 날 지경이다. 상상 속의 외로움은 영화에서 보는 추위와 같았다. 따뜻한 영화관에선, 칼바람 부는 히말라야에 맨몸으로 서 있는 사람을 본다 해도 여유가 있었다. 추위는 시각에만 와 닿았을 뿐 몸에 와 닿진 않았으니까.

할머니가 생전에 입버릇처럼 그렇게 말했다.

'북에서 와서 일가친척도 없고, 우리 승순이 외로와 어떡하간. 얼른 커서 장가가고 자식 많이 낳아야 할 텐디.'

그때는 듣고도 몰랐다. 할머니가 있었으니까. 할머니가 말하는 '외로움'은 영화관에서 보는 눈바람이었다. 그런데 할머니가 가고 나니 승순은 정말 혼자였다. 일가친척 하나 없는. 외롭다는 느낌이 온 몸에 쏟아졌다. 눈바람의 추위를 몸으로 느끼는 것처럼. 그런데 그 추위 속에 호란이가, 아니 여자가 끼어들었다. 내가 그런 사람이었던가? 낯설기까지 하지만 그게 자신이었다. 승순은 여자가 몹시 그리웠다. 누구라도 있으면 그 품에 얼굴을 묻고 한숨 자고 싶다는 생각이 들었다. 그런데 구체적으로 떠오르는 여자가 호란이었다. 안아보았던 여자가 호란밖에 없었으니 당연하다 해야 할까. 그건 그리움이 아니라 기억이라고 해야 될까.

텅 빈 집에 홀로 누워 사람을 그리워했던 시간.

그냥 어떤 한 사람을 그리워했던 시간.

사람을 간절히 원했던 시간.

아득하고 막막했던 시간.

비어 있는 허공에서 '空' 하는 소리가 들리는 것 같았던,

그런 시간은 다시 견디고 싶지 않았다.

* * *

그런데.

지금이 바로 그 시간이란 걸 승순은 깨닫는다.

할머니가 떠난 직후의 그 시간에 와 있음에 소스라친다.

5년이란 세월은 무게도 없이, 거리감도 없이 슬쩍 승순의 곁에 내려 앉았다. 그때와 달라진 것이 있다면 승순의 머릿속에 있는 여자가 호란이 아닌 것, 그리고 마냥 내면으로만 빠져 지내는 사치도 허용되지 않는 현실, 집을 비워주고 곧 떠나야 했으니까.

아내 정혜는 이혼을 요구하며 친정으로 가버렸다. 짐을 싸서 떠나는 건 보지도 못했다. 승순이 호란을 만나러 가고 없을 때 벌어진 일이었다.

아내에게 호란은 어떤 얘길 해도 곧이곧대로 들리지 않는 수렁 같은 존재였다. 빠져나오려 할수록 수렁은 더 넓어지고 깊어지는 것 같았다. 아무리 사업파트너라 해도 '첫사랑'이란 단어의 의미가 덮어지지 않는 모양이었다.

다시 만나게 된 호란을 다시 사랑하게 되진 않았다. 과거는 흘러갔다란 말 그대로였다. 호란은 반갑다고, 옛날처럼 스스럼없이 포옹까지 했지만 승순의 몸은 스무 살 때처럼 반응하지 않았다. 그런 행동이 싫진 않았어도 마음을 빼앗긴 건 아니다. 아내가 그것만은 믿어주었으면 했지만 화가 난 표정엔 여지가 없었다.

하긴 뺨을 만지며 손가락으로 슬쩍 입술까지 건드리는 것을 봐 버렸다. 눈으로 본 것 외에 더 이상이 없다 해도 아내를 미치게 하기에 충분했을 것이다. 그 생각이 나면 승순도 용기가 꺾여 배짱을 부릴 수가 없었다. 아무것도 할 수 없었다.

호란은 눈물을 흘리면서 미안하다고 했다. 서로 잘 되자고 한 일인데 이렇게 될 줄 몰랐다면서. 처음 보는 호란의 눈물에 승순은 좀 당황했다. 그러고 보니 호란이 우는 걸 본 적이 없었다. 스무 살 시절, 그녀에게 미쳐있었을 때, 넋 놓고 바라보았던 표정 속에 눈물은 없었다. 멍하게 있거나, 웃거나, 눈을 흘기거나, 시시각각 바뀌었지만.

나중에 돈이 생기면 반은 부담해 준다는 여자의 울음 섞인 맹세 앞에서 할 수 있는 일은, 그저 듣고만 있는 것. 그녀의 말을 믿은 것 같진 않다. 어쩌면 처음부터 믿지 않았는지도 모르겠다는 생각이 문득 났을 때야 정신이 번쩍 들었다. 아내 생각이 났다. 아내는 처음부터 미심쩍어 했다. 일이 터졌을 땐 노골적으로 사기를 친 것이라며 적의를 드러냈다.

결국 이렇게 될 줄 알았다며, 당신을 보는 눈빛이 상식 있는 여자의 눈빛이 아니었다고, 그래도 하도 답답해하기에 혹시나 하며 지켜봤는데, 내가 미쳤지, 남의 남자 뺨을 쓰다듬고 입술까지 만졌던 그런 뻔뻔한 여자를 믿었다니, 그런 거짓말을 믿다니, 내가 바보,라고.

승순은, 그럴 리 없다고, 한때 사귄 건 맞지만 지난 일이고, 그렇게까지 나쁜 사람은 아니라고, 만나봐야겠다고, 직접 들어보면 사정이 있을 거라고, 만나자고 했으니 만나보면 알 거라며, 오히려 정혜의 생각이 지나치다고 화까지 냈다.

승순이 호란과 약속한 시간이 되어 안방으로 들어와 겉옷을 찾아 걸치는데 정혜가 따라 들어왔다.

'나가지 마.'

그 차분한 목소리의 의미를 알았어야 했다. 하지만 승순은 오직 호란을 만나야 한다는, 집을 지켜야 한다는 다급함에 빠져 목소리가 주는 진동을 제대로 감지할 수 없었다. 그래서 무시하고 윗옷을 입었다.

'지금 나가면 나하곤 끝이야.'

그런 말도 안 되는 소리는 들리지도 않았다. 그때는 그랬다.

이렇게 급박한 상황에, 집이 날아갈 판인데, 아내는 지금 무슨 소리를 하는 건가. 내가 지금 여자를 만나러 나가는 게 아니고 일을 해결하러 나가는 중이라고!

그런 몰육감적인 생각으로 머리를 채우고, 몰육감적인 시선으로 아내를 쳐다보고, 아내가 가로막고 서 있는 방문을 빠져나왔다.

* * *

외로움과 공허함을 한꺼번에 날려주었던 정혜.

할머니가 돌아가신 해 가을 학기에 복학을 했고 겨울이 시작될 무렵에 정혜를 만났다.

공부에 별 뜻이 없었던 건 예나 마찬가지였지만 졸업을 해야 한다는 생각도 마찬가지였다. 포목점을 처분한 돈이 있었고 그때까지 마냥 빼쓰고 있었던 할머니 통장의 돈도 있었다. 지출을 적어가며 가계를 꾸려보지도 않았을 뿐더러 당장 돈을 벌어야 할 형편이 되어본 적도 없는 승순이었다. 그래서 그에게 돈은, 계산하지 않고도 쓸 수 있을 정도로 항상 통장에 들어있는 것이었다. 첨예하게 계산해보지 않은 현실은 온건해 보였고, 그래서 당장 돈벌이에 뛰어들어야 할 일도 없었고, 그랬기에 할머니가 돌아가시고 나니 정말 할 일이 없었다. 우선 복학해서 졸업이나 하자. 그것이 승순이 생각한 중요한 일 첫 번째였다.

학교에 다시 가는 날 호란이 떠올랐다. 어디까지나 기억으로.

기억은, '생각'에서 '그리움'이란 의미를 빼면 될 것 같다. 정말 그냥 기억이 떠올랐다. 신입생 때 만난 첫사랑이었으니까. 호란은 승순에게 여러 가지로 처음이었다. 첫키스, 첫사랑, 그리고 처음 안아본, 적어도 평생 기억에서 사라지기 힘든 여자이긴 했다. 하지만 복학한 교정엔 호란이뿐만 아니라 아는 얼굴이 하나도 남아 있지 않았다. 그리고 그들이 어찌나 모두 어려 보였던지. 그저 아이 얼굴로 어른 행세를 하고 있는 것 같은.

승순의 나이를 생각하면 그럴 만도 했지만 신입생 시절 승순도 그랬다. 어른이자 남자로 한 여자를 당당히 만나고 사랑했다. 그랬다고 생각했다. 누구에겐 어른 흉내 내는 어린애로 보였을지 모르겠지만.

당장 아는 얼굴도 없고 금방 친해지는 사람도 생기지 않았다. 하여간 승순은 할 일이 없어 공부를 했다. 아마 학창 시절을 통 털어 가장 열심히 공부했던 때가 그때였을 것이다. 도서관 시설이 그렇게 잘 되어 있다는 것도 그때 처음 알았다.

수업을 빠짐없이 듣고 빈 시간엔 도서관에서 살았다. 정말 모범생이었던 정혜가 보기에도 학구파 학생으로 보였을 정도였으니까. 억지 춘향이격으로 도서관엘 드나들었지만 엄청난 보상이 기다리고 있었다. 대학원생이었던 정혜는 교사 임용시험 준비 중이었다. 교사가 꿈인 그녀도 도서관이 곧 집이었으니 매일 오다시피 하는 승순과 낯이 익어간 건 당연하다 해야 하겠다.

인연으로 이어지는 덴 요술 같은 운명의 장난이 있어야겠지만.

인연의 그물은 어떤 모양일까. 어떤 색을 띄고 있을까. 어쩌면 그것은 모양과 색채로 눈을 속이는 빛의 장난 같은 것인지도 모르겠다. 온갖 화려한 색으로 꽃비를 내리게 하고 환상적인 무늬를 수놓는 무대의 조명처럼. 실체가 없는 빛은, 곧 사라질 빛은, 그래서 더 강렬하게 눈을 현혹하는 지도 모르겠다.

할머니를 잃은 외로움을 잊기 위해, 무기력해지는 걸 달래기 위해 드나들었던 도서관. 단지 웃을 일이 없어 무표정했던 승순의 모습에 인연은 어떤 장난을 친 걸까. 정혜의 눈에 그런 승순은, 공부에만 빠져, 세상일에서 비켜난 선비의 피로한 모습쯤으로 보였으니까. 그래서 그녀가 좋아하는 조선시대 학자 이덕무를 떠올리게 되고, 마음이 서서히 따뜻해져 갔으니까.

사실을 말하면 승순은 학문에 심신이 지쳐가는 선비가 아니라 공부와는 담을 쌓은 쪽에 가깝다. 학창 시절 내내 그저 중간치에서 조금 뒤에 머물러 있는 성적으로, 나서기도 외톨이도 아닌 눈에 띄지 않는 학생이었다. 대학도 어디까지나 성적에 맞춰 들어왔을 뿐 적성도, 포부와도 상관없었으니까. 깊은 학문은 고사하고 교과서를 피터지게 읽어본 적도 없는 그가 이덕무라니. 하루 종일 방 안으로 비쳐 들어오는 햇빛을 따라가며 글을 읽었다던 이덕무라니.

아무리 봐도 인연이란 그물은 요물에 가깝다고 해야 되지 않겠는지.

우스운 일이 아닌가. 그녀가 사랑한 건, 승순의 진짜 모습도 가치관도 성격도 아닌, 그녀가 마음대로 그리고 색칠한 창조물이었던 셈이니까. 그러면서도 결국엔 그를 사랑한 거라고 믿게 되었지만. 하긴 '사랑'이란 자체가 개인의 창조물인지도 모르겠다. 그리고 모든 사람은 각자가 만든 창조물인 '사랑'을 사랑하는 건지도.

어쨌든 승순이 일부러 정혜를 속인 게 아니니 승순에겐 일단 죄가 없는 걸로 하자.

한편 정혜는,

생각이 곧 표현으로 이어지지 않는 정혜는,

그래서 신중하긴 하지만 행동력이 좀 떨어지는 정혜는,

마음속에 자꾸 환상을 쌓아갔다.

공부 좀 하나 보다,에서 고시생으로, 고시생에서 수재로, 수재에서 선비로, 선비가 드디어 이덕무가 되는 순간, 그녀의 이성은 환상에 완전히 먹혀버렸다. 환상에 빠진 여자는 드디어 그녀가 평소 하지 않는 행동도 하게 된다. 아주 소심한, 지나가는 인사로 봐도 무방할 정도의 표현이었지만, 그녀로선 대단한 활약이었을 관심을 먼저 표한다.

〈이제 가세요?〉

초겨울,

해는 짧아 밖은 벌써 어두워졌지만 시계는 8시가 채 되지 않았다. 그리고 정혜는 평소 10시까진 도서관에 있었다. 겉으로 보이는 그녀의 일상이 살짝 깨진 날이었던 셈이다. 내면의 일상은 이미 변화를 보인지 꽤 되었겠지만.

그날은 꼭 무슨 말이든 붙여보리라 결심하고 승순을 지켜보고 있었다.

이윽고 책에 빠져있던 고독한 선비가 팔을 뻗어 기지개를 켜더니 책을 덮고 일어난다. 정혜도 짐을 싸서 일어났다. 그가 도서관 문을 열고 어두워진 밖으로 나가고 그녀도 곧 따라 나갔다. 공부 외엔 한눈도 팔지 않는 선비의 걸음은 몹시 빨랐다. 따라가 보니 그랬다. 그래도 놓치지 않으려 잰걸음을 했다. 마침내 도서관 불빛이 아직 미치고 있는 곳에서 그를 따라잡고 말을 붙일 수 있었다.

– 이제 가세요?

목소리가 몹시 크게 나왔다. 그의 넓은 보폭이 시시각각 거리를 넓히는 바람에 목청을 좀 돋우어야 했는데 성량 조절이 적당히 되지 못했다. 급히 따라오느라 숨이 거칠어져 있었기 때문이었다. 고요를 깨뜨리는 큰 소리에 좀 당황했지만 이미 어쩔 수 없었다.

희미한 빛 속에서 그가 돌아보았다.

정면에서 눈이 마주친다.

많이 보아온 얼굴이지만 갑자기 낯설었다. 그리고 잘생겼다는 느낌이 새로웠다. '선비'라는 생각 속에 '잘 생겼다.'는 사실이 가려져 있었다는 걸 알았다. 그와 눈이 마주친 순간 얼굴이 확 붉어졌다. 대낮이 아니란 게 고마웠다.

영문을 모르는, 그래서 천진스럽게까지 보이는 승순의 얼굴과 마주한 상기된 정혜의 얼굴. 승순의 눈엔 여자가 놀라거나 당황한 걸로 보였다. 치한이라도 따라온 걸까. 그래서 그냥 아무에게나 도움을 요청한 걸까. 그러나 그녀 뒤에는 아무도 없었다. 그건 아닌 모양이다. 하긴 그래도 교정인데. 초저녁이기도 하고. 밤늦은 시간엔 가끔 범죄 비슷한 일이 일어나기도 한다지만.

승순은 누구냐고 물으려다 그만두었다. 그건 왠지 실례가 될 것 같았다. 그녀가 승순을 알고 있을지도 모른다는 생각이 들었기 때문이다. 이제 가세요?라고 물었는데 생판 모르는 사람한테 쓰는 말은 아니지 않은가. 더구나 여자가 아는 척을 하는데 남자가 되어서 모른다고 할 순 없었다. 승순은 자연스럽게 여자의 말을 받는다.

– 네, 날이 많이 추워졌죠?

세월이 그냥 흘러가진 않은 모양이었다. 호란에게 정신없이 끌려 다니던 스무 살 승순은 이미 아니었다. 그는 모른다는 걸 들키지 않고 할 수 있는 대꾸를 한다. 그 대답에 정혜는 몰래 안도의 한숨을 쉰다. 그리고 큰 용기를 얻는다. 승순도 자기를 알고는 있다고 확신한다.

그날,

교문을 나설 때까지 둘은 같이 걷는다. 날씨 이야기와 서로가 하고 있는 공부 이야기를 했지만 이름도 전화번호도 모른 채 헤어졌다. 승순은 그녀를 아는 척하느라고 신상을 물어볼 수 없었고, 생각이 너무 많았던 정혜는 처음 하는 대화에서 차마 물어보지 못했다.

이름을 몰라도 대화는 얼마든지 가능했다. 여자는 좋아하는 남자와 같이 있었고, 남자는 자기에게 관심을 보이는 여자와 같이 있었으니까. 이름과 나이와 신분은 사람의 본질이 아닌 건 분명한 모양이다. 그걸 몰라도 만나고, 이야기하고, 감정을 소통시키는 데 문제가 되진 않았다. 어쩌면 기분과 감정을 나누는 데는 그런 것들이 도리어 걸림돌이 되는 건지도 모르겠다. 그날만큼 순수하게 느낌과 기분만 이야기한 날이 있었을까. 상대의 감정에 온전히 열중한 시간이 있었을까.

이름이,

나이가,

환경이,

그녀에게,

혹은 그에게로

다가가는 데 어떤 도움이 된다면 그건 어떤 것일까.

혹 '이기심'이란 걸 살찌우는 먹이 정도가 아닌지.

하여튼,

두 사람은 행복했다.

서로에 대해 아무것도 모르면서 행복했다.

오로지 '같이'라는 느낌으로 만족했다.

아무 조건도 두지 않았고,

아무것도 바라는 것이 없었고,

아무런 의무도 없었고,

아무런 권한도 없었다.

그래서 좋았다. 그 좋았던 순간이 두 사람의 마음에 강렬한 힘으로 존재하게 된 것이다. 서로에게 조건을 두고 욕망에 눈이 어두워져, '오로지 같이'에 만족했던 순간에서 멀어지게 되는 시간이 오더라도, 그 강렬했던 힘이 쉽게 부서져 사라지진 않을 것이다. 하지만 힘을 빼지 않고 물을 가볍게 헤쳐 나가는 자유와 평화를 얻을 수 없듯이, 욕망을 짊어지고는 상대의 마음과 평화롭게 공존할 수 없다. 욕망이 생기면 평화는 멀어진다.

알고 있다고 화를 낼지 모르겠다.

하지만 진짜 아는 사람은 화를 내는 대신 실천한다.

실천이 쉽지 않은 모양이다. 그래서 갈등이란 말도 생겼다.

갈등은 관계를 맺고 사는 모든 인간 사이에 존재하는 것.

두 사람 사이에도 결국 그런 것이 생길 것이다. 행복했던 그 '순간'이 힘이 되길 바랄 뿐, 제삼자의 노력은 큰 힘이 되지 못한다.

결혼 말이 오고 갈 때가 제일 행복했다.

아니, 승순의 집이 늘 빈 채로 그들만을 기다리고 있었던 게 행복이 었을까. 그렇게 공허하고 쓸쓸했던 집이 행복과 기대로 가득한 집으로 탈바꿈했던 날, 그런 날들이 있었다.

승순은 어리지 않았고, 건강했고, 호란 덕분에 경험도 부족하지 않 았다. 정혜 또한 충분히 성숙한 여자였고, 경험은 없지만 상상력이란 달콤한 고물이 묻힌 지식이 있었고, 더구나 콩깍지가 덮여 있었다. 환 상의 콩깍지에 덮인 여자가 못할 일이 있을까. 그리고 준비된 둘만의 공간이 있었다. 누구의 방해도 받지 않을.

어린 아들 하나 업고 북에서 피란 온 할머니,

승순의 아버지이기도 했던 장성한 아들의 죽음,

죽음의 이유도 모호한 어머니의 죽음,

다시 할머니의 유일한 피붙이가 된 손자, 승순,

조손 가정.

그리고 부모 대신이었던 할머니의 죽음.

일가친척 하나 없이 홀로 된 승순.

콩깍지가 덮이지 않았어도 모성에 불을 붙이기에 충분한 승순의 가 정사.

그 가슴 아픈 사연이 정혜를 쉽게 승순의 집으로 이끌었는지도 모 르겠다. 혼자 사는 남자의 집이 아니라 일가친척 없는 고아의 집이었으니까. 서른이 가까운 어른도 고아라 부를 수 있다면.

날씨 이야기만 나누다 헤어졌던 다음날부터 둘은 매일 같이 도서관을 나왔다. 아니 매일 도서관에서 만났다고 해야 맞겠다. 수업이 끝나면 도서관에 갔고, 가서는 그녀부터 찾았고, 그녀도 그랬다. 도서관에선 대화를 나누기에 불편하다는 좋은 핑계도 있어서 만나면 도서관을 나가야 했다. 그러다 저녁때가 되면 같이 저녁을 먹었고 찻집도 가게 되었다. 승순은 주로 할머니 이야기를 하고, 정혜는 부모와 언니들 이야기를 했다. 사실은 가족 이야기지만 둘에게 가족은 참 달랐다.

선입견이란 어쩌면 '다른 경험'과 같은 뜻인지도 모르겠다. 두 사람은 다른 환경에서 다른 경험을 하며 살았을 뿐이다. 단순하게 '환경의 다름'을 '행복' 아니면 '불행'으로 판단할 수는 없다. '다른 환경 다른 행복'이라면 몰라도. 하지만 인간 사회엔 상식이란 게 존재하고 상식 속 가정엔 부모와 자녀가 존재한다. 그리고 가정의 구성원 중 하나가 빠져도 쉽게 '불행'의 그늘을 상상한다.

승순은 할머니와 행복했다. 부족한 것도 몰랐다. 부족함은 사람들의 시선에서나 느꼈다. 할머니와 둘이 산다고 했을 때 느껴지는 공통적인 시선이 있었다. 약간의 놀라움, 당황, 한숨 같은. 그런 반응에서 '흡족하지 않은 어떤 상태'를 감지했을 뿐이다. 승순과 다른 가족 구성원 속에서 자란 정혜도 승순의 행복을 잘 이해하지 못한 것 같다. 어쩌면 불행했다고 느낀 건지도 모르겠다. '다른 행복'을 '불행'으로 정리해버린 건지도. 승순이 정혜의 가족 이야기를 로맨틱 코미디 영화 같은 것으로 이해한 것처럼.

만난 지 아홉 번째 되는 날에 정혜는 승순의 아파트에 왔다. 갑자기 몹시 추워진 날씨 핑계를 댔지만 날씨는 사실 전날보다 따뜻했다. 하지만 승순의 뻔한 핑계를 정혜는 모른 척 받아주었다.

― 추운데 커피는 우리 집에 가서 마실까?

그 집이 아무도 없는 빈 집이라는 걸 정혜는 너무나 잘 알고 있었다. 알고도 〈좋아!〉라는 대답을 해주었을 때 승순은 어떤 기분이었을까. 정혜는 또 어떤 마음이었을까. 두 사람의 기분과 마음이 어땠는지 행동만으론 알 수 없었다. 사람들은 종종 기분대로 마음 가는 대로 행동하지는 않으니까.

승순이 커피를 만들었고, 정혜는 사과를 깎았다.

텔레비전을 보면서 커피를 마시고 사과를 먹으며 시간을 보냈다.

첫 번째 방문은 그렇게 담백하게 마무리되었다.

다음날은 영화관에서 영화를 보고 헤어졌다. 어둠을 틈타 커플석에서 뽀뽀를 했다. 영화관에서 나올 때 간절히 집으로 이끌고 싶었지만 승순은 그러지 않았다.

그리고 다음날, 둘은 집에서 저녁을 해먹기로 하고 다시 아파트로 왔다. 오는 길에 마트에 들러 음식할 재료를 샀다.

행복했다.

정혜와 같이 장을 본 비닐봉지를 들고 집으로 들어서는데 행복함에 가슴이 뻐개지는 것 같았다. 할머니가 돌아가신 후 공허함에 시달렸던 날들이 의심스러울 지경이었다. 할머니한텐 미안했지만 슬프지도 않았다.

인간에게 먼 미래라는 건 필요하지도 중요하지도 않은 건지 모르겠다. '미래'라는 것의 존재 가치조차 의심스럽다. 삶의 목적이 행복 추구에 있다면 더구나 그렇다. 먼 미래는 인간을 행복하게 만드는 것이 아니라 도리어 불안하고 불행하게 만들지 않는가. 미래에 대한 꿈이 클수록 실패나 인내해야 할 노력에 대한 부담으로 불안이 커지지 않았던가. 승순이 할머니의 임종으로 절망에 빠져있었던 이유도 실은 먼 미래 때문이 아니었던가. 할머니가 없는 미래. 홀로 살아야 하는 날들에 대한 염려. 바로 그것.

그런데 지금 그에게 불안하고 불행한 미래는 없다. 정혜가 곁에 있는 지금이 있을 뿐이다. 그리고 예측 가능한, 불과 한 시간이나 두 시간 후의 미래가 있다. 그녀와 같이 할 시간임이 분명한.

손을 부딪치며 재료를 다듬고 씻어 소고기뭇국을 끓였다. 할머니가 겨울에 자주 끓이던 국이라 자신 있게 선택했지만 할머니 생각은 나지 않았다. 아! 맞다. 슬픈 생각이 나지 않았다는 말이다. 정혜에게 할머니 이야길 하면서 끓였으니까. 정혜가, 그래? 맑은 눈으로 쳐다보며 웃었다.

저녁을 먹고, 커피를 내리고, 사과를 깎았다. 커피는 승순이 내렸고, 사과는 정혜가 깎았다. 집 방문 두 번 만에 자연스럽게 나뉜 역할. 익숙한 느낌.

익숙하다는 것이 인간에게 어떤 영향을 주는 걸까.

승순이 커피를 내려서 거실로 들고 나오고, 정혜는 거실 소파에 앉아 사과를 깎고 있다. 겨우 두 번 만에 이렇게 익숙해져도 되는 걸까 싶을 정도다. 불과 이틀 전에, 그들은 같은 일을 했다. 같은 일을 했지만 일에 집중할 수 없었다. 커피를 내리면서도 향기에 취하지 못했고 사과를 깎는데 껍질이 자꾸 끊어졌다. 승순이 커피 하나는 기가 차게 내리고, 정혜는 집안의 막내로서 식사 후 사과 깎기가 그녀의 주된 일이었다. 그랬던 사실이 무색할 만큼 숙달되지 못한 모습이었다. 그날, 그들은.

그런데 지금 둘은 소파에 앉아 향기롭게 내려진 커피를 마시며 고르게 깎인 사과를 맛있게 먹고 있다. 텔레비전을 켜놓지도 않았다. 이틀 전 그날은 집에 들어오자마자 텔레비전부터 켜놓았다. 텔레비전을 켜놓아도 어색했다. 어색함에 갇혀 텔레비전의 내용도, 커피 맛도 제대로 알 수 없었다. 하지만 이제 다른 소리가 끼어들지 않아도 괜찮은 모양이다. 어색하지 않은 모양이다. 둘만으로 충분하다는 말인가. 아니 어떤 것도 끼일 틈이 없다는 말이던가.

사과 세 쪽을 먹고 포크를 접시에 놓은 승순이 정혜의 어깨를 끌어안았다.

왜 그래?

정혜의 눈이 그렇게 묻는다. 물론 답이 궁금하진 않은 것 같다. 뺨이 닿을 듯 얼굴이 가깝다. 정혜의 입술에 승순의 입술이 닿는다. 정혜는 입술을 다문 채였지만 얼굴을 돌리진 않았다.

시간이 흘렀다. 긴 시간은 아니다.

정혜가 승순의 가슴을 밀어낼 때까지 승순의 마음은 조금 복잡했다. 밀어붙이고 싶은 욕망과 정혜의 반응 사이에서 갈등했다. 다행히 욕심대로 밀어붙이진 않았다. 그리고 곧 기회가 올 것이란 것도 알았다. 승순은 적어도 경험자니까.

기회는 곧 왔다.

겨우 이틀을 못 넘겼다.

토요일이었다. 아침부터 도서관에서 만난 그들은 만나자 마자 그곳을 나와 카페에서 브런치를 먹었고 카페를 나오면서 승순이 물었다.

– 오늘 뭘 할까?

– 글쎄, 승순 씨는 뭘 하고 싶은데?

정혜가 웃으며 되물었다. 웃음을 보면서 직감했다.

'집에 가도 되겠다.'

– 우리 집에 가서 영화나 볼까?

– 그러든지. 무슨 영화?

– 가서 찾아보지 뭐. 받아놓은 거 많으니까.

– 야동?

정혜가 소리는 크게 내지 않고 입모양을 강조하며 그렇게 말했는데 몸이 좀 후끈했다. 그때 이미 확신을 했는지도 모르겠다. 몸이 바라는 것이 이루어지이다, 하는 것을.

야동도 영화도 틀지 못했다.

아파트에 들어와 현관문 앞에서 입술을 찾았다. 정혜는 조금 놀랐다. 놀라서 승순의 가슴을 밀었다. 그러다 곧 그만두었다. 좋은 신호다. 승순은 그렇게 판단하고 키스에 집중했다. 시간이 흘렀다. 정혜의 팔이 승순의 허리를 감았다.

그렇게 시작되었다.

그날부터 승순의 집은 거의 매일 신혼집이었다. 결혼할 때까지.

정말 좋았다.

아무 문제도 없었다.

그런데 결혼식을 올린 후, 언제부턴가 모든 것이 문제가 되기 시작했다.

승순은 결혼 전에도 학생이었고,

결혼 전에도 둘은 도서관보다 승순의 방에서 지내는 시간이 많았고,

결혼 전에도 할머니의 돈으로 생활을 했다.

그 돈으로 학교도 다니고, 데이트도 하고, 같이 장을 보러 가기도 했다. 그건 정혜도 너무나 잘 알고 있었다. 승순이 그때까지 직접 돈을 벌어본 적이 없다는 것을.

그런데 처음엔 학생 신분이란 게 문제가 되더니, 어떤 일을 할 건지 생각을 하고 있지 않다는 것이 문제가 되었고, 데이트를 하며 승순의 집을 드나들 때 포기해버렸던 그녀의 임용시험이 왜 결혼 후에 새삼스럽게 문제가 돼버린 걸까. 분명코 말하지만 정혜가 임용고사를 포기하길 바란 적도, 포기하라고 말한 적도 없다. 만나면 즐겁게 도서관을 나왔기 때문에 정혜가 알아서 판단하는, 그녀 자신의 일이라 여겼다. 그녀가 고민하고 염려하고 공부에 매달렸다면, 인정하고 아쉬운 대로 시간을 보냈을 것이었다.

하지만 그녀가 걱정하는 소리를 듣고 있으면 왠지 승순이 그 시간을 빼앗고 그녀의 꿈을 접게 한 것이 아닌가 하는 생각이 들 정도였다. 돈 문제만 해도 그랬다. 결혼할 때까지, 아니 신혼여행에서 쓴 돈도 할머니가 남긴 돈이었는데 왜 그 돈으로 사는 게 문제가 되어버린 건지 모를 일이었다.

신혼여행을 간 날부터 걱정이 시작되더니, 조금씩 하던 걱정이 날마다 늘어났고, 나중엔 입만 열면 또 그 이야기? 할 정도로 온통 같은 걱정뿐이었다.

　'언제까지 할머니의 돈으로 살 것이냐. 졸업 후에 무슨 일을 할 것이냐. 앞으로 자식이 태어나면 돈이 얼마나 많이 들어갈지 생각해 보았느냐. 자기는 꼭 선생이 하고 싶었는데 뱃속의 애 때문에 어렵게 되었다.'

　그래서 애를 낳고 도전해 보라 했더니, 지금도 죽기 살기로 해도 어려운데 애 낳고 머리 굳어져 어떻게 하느냐며 화를 내고, 애는 또 누가 키우냐며 생각 없는 소리한다고 화를 냈다. 어떻게든 마음을 달래주고 싶어 애를 포기하고 나중에 다시 가지면 어떻겠냐고 했다가 혼이 쏙 빠진 적도 있었다. 사랑한다면 그런 말을 할 수가 없다고, 사랑하지 않는 게 분명하다, 사람이 아니다,라며 울고 불어서 며칠을 빌어 겨우 진정시켰다. 사실 승순의 뜻은 그게 아니었다. 불법이니 뭐니 하는 것을 떠나서 진정 그럴 마음은 꿈에도 없었지만, 하도 아쉬워하기에, 난 애보다 당신이 먼저다, 뭐 그런 의미로 한 말이었다. 그런데 그 말이 반대로 그녀에 대한 사랑을 의심하는 의미로 돌변할 줄이야.

　하여튼 이래저래 결혼생활도 어렵고 여자도 새삼 어려웠다.

　데이트를 하면서 상상했던 '결혼'이나 '아내의 모습'과는 거리가 멀었지만, 정혜의 걱정이 전혀 와 닿지 않았던 건 아니었다.

　할머니의 돈이 많다 해도 평생을 그냥 먹고 살 정도가 아니라는 인식을 하게 되었다. 옆에서 자꾸 걱정을 하니 계산을 하고 생각을 해보게 되었던 것이다. 그래도 그건 발등에 떨어진 불은 아니었다. 천천히 여유를 가지고 하면 될 일이었다. 하지만 정혜는 승순의 그런 태도를 의지박약이라고, 나태하다고 공박했다.

꼭 정혜 탓을 하려는 건 아니지만 그녀 때문에 급하게 결정한 건 사실이다. 편의점을 시작한 것이 실수의 첫걸음이었다.

승순도 인정한다. 세상을 너무 모르고 덤벼들었다는 걸.

24시간 영업하는 편의점은 멈추지 않는 기계에 올라탄 것 같았다.

설명을 듣고 계약을 할 때의 설렘과 기대는 시작한 지 한 달도 되기 전에 시시퍼스의 바위가 되어버렸다. 시간제로 아르바이트 학생을 고용했지만 자주 펑크가 났고 급하게 사람이 구해지지 않으면 주인이 어떻게든 책임을 져야 했다. 계약상 하루도 문을 닫을 순 없었기 때문이었다. 더구나 계산상으론 분명히 제법 수입이 잡혔지만 실제론 그렇지가 않았고, 그나마 적은 이득도 인건비로 나가 버렸다. 줄일 거라곤 인건비밖에 없었는데 당시 정혜는 만삭의 몸으로 친정에 가 있었다. 다른 방법이 없었다. 그래서 승순은 또 휴학을 했다.

휴학까지 하고 생활전선에 뛰어들었지만 하루 종일 일해서 들어오는 수입치곤 너무 허무했다. 그만둘 수도 없는 계약기간 동안 승순과 정혜는 같이 밥을 먹을 시간도 없었다. 어쩔 수 없이 시간제로 사람을 고용할 때를 빼곤 낮에는 정혜가, 밤에는 승순이 가게에 나갔기 때문이었다.

그리고 또 아기가 있었다. 정혜는 두 달된 딸, 지민을 안고 집으로 왔다. 처가에서 봐 준다고 했지만 자식은 엄마가 꼭 키워야 하는 거라고 고집을 부렸다. 승순도 그건 같은 생각이었다. 부모가 없으면 몰라도 버젓이 있는 마당에 말이다. 하지만 장모님의 예상대로 보통 일은 아니었다. 백일도 안 된 갓난아이를 데리고 가게에 나갈 수도 없고, 낮에는 승순이, 밤에는 정혜가 아기를 봐야 했는데, 정혜도 승순도 어쨌든 집에 오면 잠을 자야 했다. 하지만 아기는 부모가 원할 때 먹고 자는 게 아니어서 둘 다 늘 잠이 부족했다.

서로 얼굴을 맞대고 이야기할 시간도 없었지만 원망할 기운도 없었기 때문에 그 기간은 차라리 평온했다고 할 수 있다. 밤낮으로 정혜랑 숨바꼭질을 하는 것처럼 살았던 그 시절, 낮에 혼자 지민을 돌보고 있으면 할머니 생각이 많이 났다.

할머니도 나를 이렇게 키웠겠지.

혼자서.

여자 혼자 몸으로 돈도 벌고 손자도 키우고.

대단하다는 생각이 들었다.

그 전엔 몰랐다. 진정 혼자서 세상을 헤쳐 나가는 일이 어떤 일인지. 생계의 책임이 무엇인지. 단지 홀로 살아야 하는 걸 두려워했던 게 가소로웠다. 할머니가 마련해준 집에, 할머니가 남긴 돈으로 공부를 하면서도 몰랐다. 할머니가 얼마나 큰 재산을 그에게 남겨주었는지를. 그게 얼마나 큰일이었는지를.

그걸 알았으면 현명하게 처신했어야 했는데.

편의점에서 끝냈다면.

아니 좀 더 신중했더라면.

아니 호란이 등장하지 않았다면,

여기까지 오게 되진 않았을 것이다.

승순, 호란

아침 여덟 시가 막 지나고 있을 때였다.

그 시간엔 참기 힘들 정도로 졸음과 피로가 밀어닥쳤다. 손님까지 뜸하기 때문에 잠은 더 쏟아졌다. 이상하게 한밤중엔 차라리 또렷하다가 해가 뜨기 시작하면서 몽롱한 상태가 되었다. 밤낮이 뒤바뀐 생활을 오래 하다 보니 올빼미가 되어가는 모양이었다.

졸았는지, 멍청하게 앉아 있었는지 기억은 확실하지 않다. 인기척에 벌떡 일어났고 정신이 든 순간엔 호란의 포옹 속에 있었다. 계산대를 사이에 두고 호란의 두 팔 속에 안긴 상체 때문에 엉거주춤한 자세로 서 있을 때 정혜도 있었다. 교대를 하러 올 시간이었던 것이다.

언제 들어왔는지, 호란을 뒤따라 들어왔는지, 호란이 승순을 안기 전부터 보았는지, 그건 끝내 정혜로부터 들을 수 없었다. 그날 그 상황은 떠올리기도 싫었던 모양이었다. 표정이 그랬다.

호란임을 알아차린 동시에 호란 뒤에 비끼어 서 있는 정혜도 눈에 들어왔다.

왔어?

그 말을 하며 호란의 품에서 몸을 빼려고 했을 것이다. 모든 상황이 정확하게 기억나진 않는다. 눈앞에 정혜가 와 있었고, 왔어?라고 반응한 것만 확실히 기억난다. 그리고 그를 감고 있던 호란의 팔이 풀리는가 싶은 순간 포옹을 푼 그녀의 손이 승순의 뺨을 만지고 입술을 스치며 떨어졌다. 호란의 옆구리 쪽 뒤에 있던 정혜는 호란의 손과 승순의 뺨이 가장 잘 보이는 위치에 서서 보게 된 셈이다.

남편을 포옹하고 얼굴과 입술까지 만지는 여자.

어떤 변명이 눈앞에서 일어난 일을 이해시킬 수 있을까.

호란은 그런 일을 저질렀다. 그래놓고는 태연하게,

– 어머, 결혼했나봐. 부인?

승순의 눈길이 향해 있는 정혜를 돌아보고 그렇게 말했고, 승순에게 한 손을 들어보이곤 편의점 문을 밀고 나가버렸다. 홀연히 나타났다 갑자기 사라진 10년 전과 똑같이. 호란이 나간 뒤를 이어 정혜도 나가버렸다. 승순이 무슨 말을 하기도 전에. 변명할 말이 준비도 되어 있지 않았지만 무슨 변명을 해야 할지도 알 수 없는 상황이었다. 너무 갑자기 벌어진 일이라 호란을 보았다는 게 꿈이 아닌가 싶을 정도였으니까.

정혜를 따라 나갈 생각도 못하고 자리에 털썩 앉아버렸다. 잠은 천 길만길 달아났지만 생각은 또렷하게 모아지지 않았다. 방향 없이 여기저기 뛰는 개구리 같은 정신으로 한참을 앉아 있었다.

배에서 쪼르륵 소리가 났다. 시계를 보니 아홉 시가 가까웠다. 교대를 하러 왔다 날벼락을 맞았을 정혜는 결국 다시 오지 않았다. 배가 고파오는데 아내는 오지 않았고 그제야 호란이 왔다 간 것이 현실로 다가왔다. 자기가 오지 않으면 승순이 꼼짝도 할 수 없다는 것을 아는데, 아무 이유도 없이 그를 버려둘 여자는 아니다. 적어도 정혜는. 그러니까 믿을 수 없는 그 상황 속에 정혜가 분명 있었고, 호란도 정말 왔었다.

정혜는 어디로 갔을까. 아니 집으로는 갔을 것이다. 지민이를 데리고 오지 않았으니 자고 있었을 텐데, 그렇다면 집을 오래 비워둘 수는 없다. 지민을 데리고 다시 나갔다면 몰라도. 여기까지 생각하다 승순은 수화기를 들었다. 시간제로 일하는 아르바이트 학생 명단을 보고 차례대로 전화를 걸었다. 가장 빨리 올 수 있는 사람을 불러야 했다. 다행히 삼십 분도 안 되어 사람은 구해졌다.

집으로 달려갔다. 뛰어가면 3분이면 되는 거리다.

정혜는 집에 있었다.

현관문 열리는 소리가 나자 안방에서 나왔다. 표정이 담담했다. 좀 의외였다. 울고 있거나 언성을 높여 비난하는 모습을 상상했다. 당황스럽기도 했지만 불안으로 뛰던 가슴이 좀 진정은 되었다. 그래서 말을 꺼내기가 쉬웠던 지도 모르겠다. 집으로 달려올 때는 사실 '대책 마련'이란 건 없었다. 호란 이야길 해야 하는지, 거짓말을 꾸며내야 하는지, 같은 기본적인 판단도 서지 않은 상태였다. 그저 큰일 났다, 어쩌지, 하는 마음뿐이었다.

그런 허둥대던 마음이 정혜의 담담한 얼굴을 대하자 호란 일이 아무 것도 아닌 것 같아졌다. 호란은 어차피 과거의 여자고 지금은 아무런

216

관계도 아니다. 진심이니까 통하겠지. 그런 여유도 생겼다. 그래서 예사로운 어투로 말을 했다.

 – 할 말이 있어.

 – 그래, 들어나 보자.

정혜는 소파에 앉았다. 팔짱을 낀 채.

정혜가 앉아 있는 긴 소파는 정신을 놓은 할머니가 내내 앉아 있던 소파였다. 승순이 손을 잡아 이끌지 않으면 한없이 앉아 있던 곳. 승순이 말을 붙이지 않으면 한없는 침묵만 흐르던 곳.

정혜가 팔짱을 끼고 거기에 앉는 순간 왜 할머니가 떠올랐는지 모르겠다. 정혜가 드나들기 시작할 때 할머니는 이미 그곳에 없었다. 그러니까 할머니와 정혜 사이엔 어떤 연관성도 없다. 둘은 각각 다른 기억의 서랍 속에 존재하는 여자들이고, 그러니까 소파에 대한 기억도 각각이다. 거기에서 정혜와 커피를 마시고, 텔레비전을 보고, 안고 싶은 생각을 감추려 애를 썼다. 그리고 더 많은 날들은 그녀를 안았고 누워 뒹굴던 곳이었다.

정혜가 드나들면서 할머니의 존재는 그 소파에서 사라졌다. 그랬는데, 그날, 할머니가 보였다. 소파에 한없이 앉아계시던 그 모습으로. 팔짱 끼고 앉아 있는 정혜의 모습에 겹쳐서.

승순은 정혜 옆에 앉지 못하고 일인용 소파에 앉았다.

할머니가 건강할 때 애용하던 일인용 팔걸이 소파는 주인을 잃고 언젠가부터 빨래를 개켜서 얹어 두는 용도로 변해 있었다. 할머니가 정신을 놓고부터 시작해서 정혜가 결혼해 들어와 살던 그때까지도. 개켜진 빨래는 그곳에 얹혔다가 장롱으로 옮겨지기도 하고, 양말이나 속옷은 서랍장으로 들어가기 전에 그곳에서 다시 소비되기도 했다. 그래서 일인용 소파엔 늘 양말 등 속옷이 사람 대신 앉아 있는 경우가 대부분이었다.

그렇게 주인이 바뀌게 된 소파엔 그날도 양말과 팬티가 떡하니 자리를 차지하고 있었다. 평소라면 당연히 정혜의 옆에 앉아야 했지만 승순은 망설였다. 할머니가 떠올랐기 때문인지, 아무래도 당당하지 못한 일을 저질렀단 생각에 위축이 되어 그랬는지는 모르겠다. 승순은 양말과 속옷을 한쪽으로 밀고 일인용 소파에 앉았다. 오랫동안 사람의 무게를 느끼지 못했던 소파는 힘들게 공기를 빼내며 천천히 내려갔다.

처음으로 호란 이야기를 했다.

사랑했던 여자가 있었다, 정도는 알고 있겠지만 구체적인 건 몰랐다. 정혜가 집요하게 묻지도 않았고 묻지도 않는 옛 여자 이야길 주절주절할 정도로 멍청하지는 않았으니까. 그랬지만 상황이 달라졌다. 이왕 밝히게 된 마당에 솔직하게 얘기했다. 꾸며내다가 도리어 허점이 잡히면 불신이 더 깊어질 수 있겠다 싶어서였다. 여자를 상대로 거짓말을 꾸며내는 건 어리석은 일이다. 하지 않는 것이 좋다. 그건 삶의 경험에서 얻은 교훈이기도 한데, 특히 가깝게, 오래 같이 지낸 여자에겐 더구나 말할 것도 없다. 다시 말하면 정혜를 속이는 건 불가능하다는 뜻이다.

승순의 첫사랑 이야기가 정혜 앞에 모두 드러난 채 심판을 기다리게되었다. 예상했던 대로 솔직했던 건 좋았다. 솔직하게 이야기해주어 고맙다고 했으니까. 그래도 호란의 행동은 이해하기 어렵다고 했다. 승순도 황당하긴 마찬가지다. 그리고 억울하기까지 하다. 아닌 밤중에 홍

두께도 아니고 10년 만에 갑자기 나타나서 졸고 앉아 있던 남자를 다짜고짜 안아버리고 그걸 아내가 봐버렸으니까. 승순은 충분히 억울한 표정을 지었다. 아무런 의도가 없었던 건 물론이고, 그녀는 어디까지나 과거의 여자라는 걸 강조했다.

사실 옛날의 호란을 생각한다면 그런 행동쯤은 아무것도 아닐 지도 모르겠다. 처음 만난 날 키스를 했던 여자다. 만난 지 일주일도 안 된 남자를 모텔로 이끌었던 여자다. 그리고 입영을 앞두고 휴학한 남자친구에게 아무런 통고도 없이 갑자기 사라진 여자다. 그런 여자가 10년 만에 나타나 불문곡직 안는 정도는 애교로 봐줄만 하지 않은가.

하지만 처음 만난 날 키스를 했다고, 모텔을 밥 먹듯이 드나들었다고, 시시콜콜한 것까지 아내에게 말할 순 없었다. 그저 깊은 관계였다는 정도로 밝힐 수밖에. 그래도 그녀와 헤어지게 된 경위는 구체적으로 말할 수 있었다. 어느 날 일어나보니 전화번호를 바꿔버렸고, 학교에서도, 눈앞에서도 완전히 사라져버렸다고. 그녀가 증발해버린 사건을 이야기하면서 돌발적이고 거침없는 호란의 행동을 이해해주길 바랐다.

– 참 독특한 사람이네. 그래도 기분은 나빠. 안 봤으면 몰라도.

– 맞아, 맞아. 충분히 이해해.

승순은 진심으로 미안하다고 했다.

정혜의 마음이 완전히 풀렸다고는 생각하지 않았다. 하지만 적어도 용서할 마음이었다는 건 안다. 내키진 않지만 넘어가주겠다는 태도였다. 그 문제로 관계까지 접을 의도는 정말 없었다.

그렇게 넘어갈 수 있었다.

호란이 다시 나타나지 않았다면.

아니, 그녀의 제안에 걸려들지만 않았다면.

호란의 말을 믿고 싶었을 것이다.

그녀가 아닌 다른 사람이 제안했더라도 걸려들었을지 모른다.

그녀 말대로라면, 편의점에서 본 손해도 원상복귀시킬 수 있고, 그렇게만 된다면 어쨌든 평온했던 옛날로 돌아갈 수 있었으니까. 굴러가는 바퀴 위를 달리듯 하는 시간에서 내려설 수 있겠다는 희망에 부풀었다. 희망만 보이고 실패는 보이지 않았다. 빛이 너무 강해도 그림자를 볼 수 없으니까. 호란이란 요사스럽게 강렬한 빛에 아무래도 눈이 먼 것 같았다. 그녀는 어떤 방식으로든 사람을 홀리는 재주는 타고 난 모양이었다.

처음엔 정혜 모르게 시작했지만 곧 알게 되었다.

그런 돈벌이가 어디 있냐고, 말도 안 되는 소리라고, 승순의 지능까지 의심했다. 상대가 호란이란 말엔 기절할 듯 화를 내었다. 울면서 간절하게 말리기도 했다. 그런데 극구 말리던 그녀가 차츰 솔깃해졌다. 놀랄만한 이자가 들어온 통장을 본 정혜의 눈빛이 아마 호란의 말에 솔깃해하는 승순의 그 눈빛이었을 것이다. 정혜가 솔깃해하니 한 가닥의 의구심마저 꼬리를 감추면서 욕심이 커졌다.

아파트를 담보로 빌린 돈이니 잘 되어야 했다.

그리고 믿었다. 믿지 않으면 할 수 없는 일을 저질렀으니까

편의점은 어차피 계약이 끝날 때까지 끌고 가야 했고, 거기에 묶인 현금도 그때까진 없는 돈이나 마찬가지였다. 그리고 그 돈으론 절대 할머니가 남긴 집을 도로 찾을 수 없기 때문에 승순의 대단한 결정은 반

드시 성공으로 끝나야 했다.

설명대로라면 현금이 많을수록 이자도 엄청나서, 승순의 계산으로도 아파트를 담보로 현금을 확보하는 게 최선이었다. 담보할 집이 없다면 몰라도 그냥 두는 건 바보라는 호란의 말을 전하자, 정혜도 반신반의하는 태도를 보였다. 적극적으로 지지하진 않았지만 말리지도 않았으니까. 이성적이던 정혜도 절실한 희망이란 장막에 앞이 가려 현실이 잘 보이지 않았던 모양이다.

모든 일에 끝은 있었다.

아득하기만 했던 계약기간도 끝은 있었고, 대단한 결심으로 마련했던 투자금의 끝도 있었다. 두 가지 일의 종말은 손에 손을 잡고 연이어 찾아왔다. 그리고 승순과 호란도 달리던 바퀴 위에서 드디어 내려서게 되었다. 그렇지만 내려 선 땅에 평화는 없었다. 지진이 난 것처럼 흔들렸다.

투자금이 날아갔다.

정혜는 호란에게 속았다며 정신을 잃었다. 깨어나선 호란을 찾겠다는 승순을 미친 듯이 말렸다. 끝났다고 했다. 찾아봤자 아무 소용이 없다고. 그래도 일이 터지자 승순보다 상황 파악이 빨랐던 것이다. 잊으라고. 그것보다 현실을 직시하라고. 잊고 당장 무엇을 해야 하는지 생각하는 게 더 급하다고.

그 말이 맞았다.

그러나 승순은 정혜 말을 듣지 않았다. 호란을 찾아 다녔다. 10년 전 호란이 갑자기 사라졌을 때처럼. 아니 그때보다 더 절박했을 지도 모른다. 절박함이 하늘에 닿았는지 마침내 연락이 되었다. 만나기로 했다고 하자 정혜는 기를 쓰고 말렸다. 어디까지 가려고 하느냐, 한 번 더 속고 싶으냐, 들어봤자 자기변명일 것이 분명하고 당신은 또 바보같이 속을 것이다, 이 마당에 변명까지 들어주러 가야겠느냐, 혹시 다른 마음이 있느냐면서.

그날도 정혜의 말이 귀에 들어오지 않았다.

투자자들에게 선물로 주던 상품들과 직원들로 분주하던 잘 꾸민 사무실은 아수라장이었다. 이제 그곳은 서로 물고 물려있는 투자자들 이란 사람들만 몰려와 북새통이었다. 서로의 멱살을 잡고 소리를 지르는 사람들을 보고 있는 것만으로도 넋이 나갈 지경이었다. 승순은 투자자를 찾을 시간도 갖지 못한 채 상황이 끝나 버렸다. 그래서 멱살 잡힐 일은 없었다. 그나마 그것이 다행이었다 할 수 있을까. 승순이 막차를 탔다는데, 시간이 주어졌다면 그도 사람을 끌어들였을까.

호란도 정말 속았던 것일까. 그녀 말대로 손해를 본 것일까. 단골 미용실 원장의 말을 믿고 시작했다고 했다. 일 년이 넘게 이자를 챙겼다고. 투자자를 소개하면 소개비가 나온다는 걸 알고 승순을 끌어들이긴 했지만 일이 그렇게 될 줄 몰랐단다. 자긴 소개비를 벌어 좋고 승순도 고금리를 챙기며 또 다른 투자자를 소개할 수 있는 자격이 생기는 거였으니까. 그렇게 계속 갈 사업인 줄 알았다고. 그런데 사무실이 갑자기 사라질 줄 몰랐다고.

– 그게 무슨 사업이야? 사기지! 고리대금업이랑 다를 바가 없잖아!

– 나도 소개받았을 뿐이야. 어디까지나 투자한 거라고. 너도 처음엔 그런 줄 알고 한 거 아냐? 판단은 각자의 몫인데 돈 들어올 때랑 왜

다른 소리를 해? 좀 다른 줄 알았더니, 인격이 의심스러워.

– 네가 남의 인격 탓할 자격이 있어?

승순도 화가 나서 되받았다.

그 말에 호란이 승순을 빤히 쳐다보고 있더니 급기야 울었다.

호란이 울었다.

말을 되받아치지 않는 것도 의아한데 울기까지.

앙칼지게 몰아붙이며 독을 뿜던 눈에서 눈물이 떨어졌다.

놀랍기도 하고 생소하기도 했다. 그러고 보니 호란이 우는 걸 처음 보았다. 눈물 속에 담겨 있는 눈이 처량해보였다. 호란이 처량해 보인 것도 처음이었다. 기분이 이상했다. 화가 슬며시 꼬리를 감추며 울적해졌다. 더 이상 말이 하고 싶지 않았다.

한참 울던 호란이 눈물을 닦고 고개를 들며 미안하다고 했다. 눈이 빨갰다. 미안하단 말에 더 이상 대꾸할 말이 없었다. 더구나 울어서 빨개진 눈을 앞에 두고.

돈이 생기면 꼭 반은 돌려주겠다고, 연락하겠다는 호란의 말에 한 가닥 희망을 걸어두고 집으로 왔다.

정혜는 집에 없었다.

문 앞에 서서 열쇠를 꽂는 순간 빈집이란 걸 알았다.

그 느낌이었다.

할머니가 돌아가시고 난 뒤, 문 앞에 설 때마다 느꼈던 것. 할머니보다 그가 먼저 귀가하는 날이 많았지만 할머니가 살아계실 때와는 달랐다. 지금 문 앞에 서 있는 사람 외에 아무도 드나드는 사람이 없다는 것을, 집은 무거운 침묵으로 알려주었다.

승순은 서늘해진 감각으로 문 앞에 잠깐 서 있었다. 혹시라도 들려올 소리를 기대하며. 지민이 우는 소리라도. 하지만 집은 끝내 침묵했다.

열쇠를 꽂았다. 철커덕 돌아가는 소리가 크게 들렸다. 심장이 후드득 뛰었다. 문을 열고 현관으로 들어서는데 눈물이 솟았다.

집은 텅텅 비었다.

신도 벗지 않고 잠시 현관에 서 있었다.

혼자라는 현실을 인정하고 싶지 않은 발걸음이 선뜻 거실로 들어서지 못했다. 심호흡을 하고 눈물을 삼켰다. 눈물이 흐르게 두고 싶진 않았다. 발밑을 보지 않으려 애쓰며 신을 벗고 거실로 들어섰다. 승순이 벗어놓은 신만 덜렁 있는 걸 다시 확인하고 싶지 않았다. 현관으로 들어서면서 이미 지민의 신과 정혜의 신이 없는 걸 봤기 때문이었다.

소파에 털썩 앉았다.

몹시 피곤했다.

배에서 꼬르륵 소리가 났지만 아무것도 하고 싶지 않았다.

치매를 앓던 할머니처럼 한없이 앉아 있는 승순을 적막이 감싸고 있었다.

정말 호란의 말을 믿었던 걸까.

믿고 싶은 마음이었다고 해야 맞지 않을까.

어쨌든 희망을 걸어볼 데라곤 달리 없었으니까.

그래도 그날은 희망이란 말의 의미가 남아 있는 날이었다. 호란의 다짐도 있었고 정혜가 돌아오리란 기대도 말라버리진 않았다. 어떻게 되겠지 하는 손톱만한 여유는 부릴 수 있었다.

하지만 다음날,

호란과의 연결이 완전히 끊겼다. 그 옛날처럼.

휴대전화 번호는 아무도 받지 않는 전화가 되어 있었고 호란은 또 사라졌다.

* * *

아무도 없는 집.

할머니.

할머니 생각이 났다.

일주일째 정혜는 승순의 전화를 받지 않는다. 문자에 대한 답도 없다.

무엇을 해야 할까. 어쨌든 집을 비워야 한다. 월세집을 알아보아야 할까. 아니면 정혜부터 찾아가야 할까.

정혜를 찾아가려고 나왔는지 집을 알아보러 나왔는지 모르겠다.

아파트 단지를 벗어나는데 그 생각이 다시 났지만 곧 잊었다.

며칠 동안 영양을 제대로 공급받지 못한 뇌는 정상적인 작동이 어려운 모양이다. 눈이 감지한 정보를 인식하지도 못하고 귀가 수집한 정보도 해석하지 않는다. 주차해 둔 자동차가 갑자기 눈앞을 막아서고 뒤에서 달려온 차가 경적을 울리며 승순을 비켜간다. 승순은 깜짝깜짝 놀라면서도 그때뿐이다. 걷다보면 또 자동차가 앞을 막고 경적소리가 귀를 때리며 지나간다.

느릿한 걸음은 가로수 길을 따라 움직이다 천변으로 들어선다. 천변을 따라 걸으면 운동 기구가 늘어선 공원에 닿는다. 한여름 햇살이 머리 위에서 지글거리는데 승순은 느끼지 못한다. 오히려 자꾸 한기가 든다.

나무 그늘 아래 있는 운동기구엔 사람이 몇 명 매달려 운동을 하고 있지만 승순은 보지 못한다. 소나무 밑에서 훌라후프를 돌리고 있던 아주머니가 승순을 눈여겨본다. 그러다 승순이 그곳을 지나쳐가는 순간 훌라후프를 멈추고 철봉대로 간다. 아니 훌라후프 돌리기를 멈추는 순간 승순이 지나갔는지도 모르겠다. 아주머니는 철봉대를 잡고 매달리며 또 승순 쪽을 본다. 땡볕에 서두르는 기색이 없다.

그늘이라도 찾아 걷든가 하지. 무슨 사연이 있는고?

잠시 마음을 둔다. 하지만 어깨가 아픈지 얼굴이 찡그려지는 아주머니의 머리에서도 승순은 사라진다.

바람 소리가 승순의 뇌를 깨운다.

눈앞을 막아서는 수려한 나무들.

무주나무의 무성한 잎이 바람에 춤을 춘다.

승순의 눈에 바람과 햇살과 초록이 한꺼번에 밀려들어온다.

여기였구나!

그의 마음이 그렇게 말한다.

하지만 찾고자 했던 곳이 아니다. 생각한 적도 없다.

와본 적은 있지만 그리워하진 않았다.

할머니를 보내고 그냥 걷다가, 흩날리는 눈에 이끌려 왔던 곳이다.

저런 나무였다니.

겨울엔 참 다른 모습이었다.

하얀 눈이 마른 나뭇가지 사이를 날아다녔다.

그런데 지금은,

햇살조차 쉽게 헤어나지 못할 정도로 초록의 잎이 무성하다.

무성한 잎이 드리운 그늘.

쉬어가야겠다.

그런데,

그늘 아래 사람이 있다.

벤치에 사람이 앉아 있다.

모시치마 저고리.

할머니!

할머니는 죽었다.

할머니가 아니다.

그런데 저 노파는 언제 온 걸까.

왜 보지 못했던 걸까.

모를 일이다.

다리가 아프다. 그 옆에라도 앉아야겠다. 할머니 옆에.

승순이 발걸음을 뗀다.

굽어지는 무릎에 밀려나는 공기.

공기의 파동은 순식간에 사방으로 퍼져나간다.

아니 퍼져나가는 것은 공기가 아니라 남자다.

남자로 뭉쳐있던 입자의 경계가 허물어지며 대기로 밀려나간다.

그리고.

땅으로, 바위로, 벤치로, 나무로 스며든다.

남자는 사라지고

숲이 천천히 흔들린다.

무주나무 세 그루가 서 있는 숲.

그 그늘 아래 벤치.

벤치에,

노파가 있고,

남자가 있다.

햇살과 나무와 사람이 하나 되어 흔들리는 바람 부는 숲이 있다.

흐르는 숲

아기를 업은 무희의 머리 위로 솜털에 싸인 씨앗들이 어지럽게 날아
다닌다.

현중을 업고 피란을 오던 때가 생생한데 그게 벌써 30년이 지난 일
이다. 세월은 모든 살아있는 것들에 흔적을 남기지만 사라진 것에도
흔적을 보탠다. 그리고 어쩌면 사라진 것에 보태지는 흔적이 훨씬 잔인
한지도 모른다. 사라진 것에는, 볼 수 없는 것에는 무한대의 상상력이
더해질 수 있기 때문이다. 그래서 살아있는 무희의 까만 머리는 그저
흰 머리가 흔적이 될 뿐이지만, 무희의 가슴에 있는 현중과 동영은 날
카로운 칼이나 뜨거운 불로 변하기도 했다. 칼날의 서늘함이 두개골을
가르고 지나가거나 가슴에 불이 나기 시작하면 그냥 앉아 있을 수가
없다.

이사를 하고 손자를 데려오느라 근 열흘은 정신이 없었다.

오직 현실에만, 살아있는 것들과 살아갈 일에만 온전히 마음 뺏겨 있을 때가 차라리 나았다. 그때는 젖먹이를 떼어낸 어미의 심정조차 살 필 여력이 없었으니까.

과연 옳은 판단을 한 걸까.

며느리가 자식을 잊고 제대로 살아갈 수 있을까.

어미 떨어진 손자의 삶은 온전할까.

그런 생각들을 조용히 할 겨를이 없었다.

다시 혼자가 되었다는 외로움. 돌보아야 할 어린 생명에 대한 무거운 책임감. 앞날에 대한 막연한 두려움. 그리고 이사에 따르는 여러 가지 처리해야 할 문제들로 머리도 몸도 분주했다. 그 와중에 가장 다행이었던 것은 어린 것이 분유를 잘 먹어주었다는 것이다. 어미의 젖을 먹던 아기는 가짜 젖꼭지를 물려고도 하지 않는다는 말을 많이 들었던 터였다. 그러면 어떡하나 그게 제일 걱정이었는데, 승순은 몇 번 젖꼭지를 밀어내더니 우유 방울이 입술에 묻자 입을 오물거리다가 이내 젖병을 빨기 시작했다.

무희는 젖병이 빌 때까지 우유를 먹이며 울었다. 승순은 영락없는 현중이었다. 무희의 품에서 젖을 먹던 현중이가 거기 있었다.

현중이.

이제 시어머니를 볼 면목도 없어졌다는 생각이 들었다. 자식을 앞세우고 무슨 낯으로 그 앞에 설까. 무슨 낯으로 고향땅을 밟고 시댁 마당을 들어설 것인가.

혼자서 키운 장성한 아들을 장가 들일 때는 세상을 얻은 것 같았다. 더구나 얌전하고 생각 깊은 며느리. 하는 것마다 예뻐서, 사람이 하나 더 들어왔을 뿐인데 외로운 객지 생활이 단숨에 고향 같아졌다.

현중을 결혼시키면서 무희는 이층 세입자를 내보내고 살림을 따로 차려주었다. 젊은이가 편하게 살게 해주고 싶었다. 명절이나 제사 같은 특별한 날이 아니면 끼니는 물론이거니와 엄연히 다른 집 살림이라고 못을 박았다. 며느리는 웃기만 하더니 시집온 다음날 아침에 아래층으로 내려와 쌀을 씻었다. 손사래를 치며 말렸지만 새색시니까 며칠만 하겠다고 했다. 며칠만? 하면서 못이기는 척 같이 아침을 지었는데, 얼마나 재미있고 든든하고 푸근했던지. 그리고 셋이 식탁에 앉아 먹는 밥이 얼마나 달았는지. 속으로 정말 며칠만 그러려나, 안 내려오면 서운해서 어쩌지 걱정했다.

걱정은 쓸데없는 것으로 끝났다.

일주일이 지나도 며느리는 내려왔고, 말을 꺼내면 또 한 달만 하겠다고 했고, 그러다 나중엔 정말 말리기가 싫어졌다. 언젠가부터 모른 척 말리지 않게 되었는데, 가끔, 편하게 살고 싶지 않으냐, 따로 해먹어도 난 아무 관계없다,고 빈말을 하면 며느리는 그냥 웃었다. 왜 그 웃음 속에 시어머니 매화가 보였는지 모를 일이다.

며느리는 무희가 집에 있는 시간엔 거의 아래층에서 같이 지냈다. 무희가 가게에 나가 있는 동안에 올라가서 빨래도 하고 청소도 하는 모양이었다.

현중은 대학을 졸업하고 곧바로 포목점에서 본격적으로 같이 일을 했다. 그래서 무희의 일이 한결 수월해지고 들고 나는 게 자유로워졌다. 무희의 자유로운 시간은 며느리가 들어오고 난 뒤에 양 날개가 활짝 퍼졌다. 시간만 나면 집으로 쫓아왔고 없는 일도 만들었다. 눈치 없는 시어미라 흉볼까봐 마음이 쓰였지만 마음이 마음대로 잘 되지 않았다. 해서 며느리 앞에서 묻지도 않는 변명을 몇 번이고 했다.

'어차피 앞으로 포목점은 현중이 맡아야 할 것이니 난 뒷전으로 물러날 준비를 해야디.'

무희의 말이 정말 변명인 것이, 며느리가 들어오기 전엔 그렇게 한가하게 집으로 먼저 들어오는 법이 없었기 때문이었다. 특별히 볼일이 있거나 몸이 아프지 않은 이상 늘 현중과 같이 가게 문을 열고 닫았다.

— 어머니, 집에 꿀단지라도 숨겨두었습니까?

틈만 나면, 나 먼저 집에 갈란다며 서두르는 무희에게 현중이 웃음 섞인 농담을 하자,

— 그럼, 꿀보다 달고나. 너만 색시 있는 거 아니디. 나도 며느리 있디.
하고는 뒤도 돌아보지 않고 집으로 갔다.

현중이 잠자리에서 그 말을 아내, 성숙에게 했다. 무희와 잘 지내는 것에 대한 고맙단 인사이기도 하고 아내에 대한 사랑의 표현이기도 했다. 말하지 않아도 성숙은 알았다. 그녀와 같이 보내는 시간을 무희가 얼마나 좋아하는지. 그녀를 보는 눈빛이 얼마나 따뜻한지.

대문 열리는 소리를 듣고 아래층으로 뛰어 내려가 현관문을 열면 손에 열쇠를 쥐고 있던 무희가 함박웃음을 짓고 서 있었다.

— 나 들어오는 거 어떻게 알간? 내가 열쇠가 필요 없고만.

무희를 따라 안방으로 들어가 외출 한복을 벗고 집에서 입는 옷으로 갈아입을 동안 성숙은 옷 벗는 것도 거들고 같이 개키기도 하면서 곁에 있었다. 무희는 포목점에서 있었던 이야기도 하고 점심은 무얼 먹

었는지, 뭘 하고 지냈는지도 물었다. 잠 잘 시간이 되어 올라갈 때까지 아래층에서 시간을 보냈다. 솜씨 좋은 무희가 색색의 천에 수를 놓으면 옆에서 구경을 하고, 때가 되면 함께 끼니 준비를 하고, 같이 낮잠을 자기도 했다.

현중은 한복 천에 관심이 많았다. 안목도 있고 색을 배합하는 눈도 뛰어나 한복을 하러 오는 손님들에게 인기가 좋았다. 현중이 같이 일을 하게 되면서 장사는 더 잘 되어 결혼철엔 아주 바빴다.

하지만 현중이 포목점을 같이 하게 되면서 얻은 가장 큰 수확은 며느리였다. 수입금 입금 때문에 수시로 은행을 드나들었는데, 무희가 했던 그 일을 현중이 하게 되었다. 성숙은 상가에 들어와 있던 은행 직원이었다. 현중의 눈은 옷감 보는 데만 뛰어났던 건 아닌 모양이었다. 무희가 알아보지 못했던 보석을 단박에 알아보았으니까. 무희가 며느리를 에둘러 칭찬하고 싶을 때면 늘 며느리를 알아본 현중의 안목을 들먹였다.

'애비가 보는 눈은 있다.'

무희가 무슨 말을 하고 싶은지 알면서도 현중은 짐짓 못 알아듣는 척 다른 소리를 했다. 그 안목이 하늘에서 떨어진 것이 아니라 무희가 입고 있던 한복에서 온 거라고. 어릴 때부터 보아 왔던 무희의 한복 색상이 자신의 안목을 키워온 거라고. 그 말도 그냥 하는 소리만은 아닌 것이, 손님들이 현중의 색감에 감탄을 하면 늘 '어머니 덕분'이라며 싱글거렸다.

좋은 옷감을 많이 보고 입었던 덕분인지도 모르겠다. 어릴 때부터 보아왔던 질 좋은 옷감과 색 맞춰 지은 한복. 어쩌다 한 번 구경만 한 사람들에겐 화려하게만 보일 수도 있는 비단의 미묘한 차이를 무희는 구별할 줄 알았다. 하루아침에 생기는 안목은 아닐 수 있다. 자신도 모르는 사이에 색에 대한 감각이 생겼을 지도. 그랬다면 무희의 직업 선택은 탁월했다고 할 수 있겠다.

타고난 건지, 보고 입어본 덕분이었는지는 모르겠으나 하여튼 모자의 견포 가게는 날로 번성했고 그 번성의 절정에 현중이 결혼을 했다. 혼수로 보낸 옷감이 너무 고와 사돈이 눈물을 흘렸다는 이야기도 들었다. 견포를 파는 집에서 예단으로 보낸 거였으니 오죽 알아서 했을까마는 무희 모자가 머리를 맞대고 고르고 골랐던 것이다.

사돈의 눈물 이야기는 며느리가 들어와 이야기해서 알았다. 첫 날 아침을 먹는 자리에서였다. 며느리는 고맙다는 인사를 그렇게 할 줄 아는 아이였다. 넉넉하지 못한 형편을 감안해 따로 혼수비용을 넣었던 것에 대한 인사였다.

그리고.

부부 사이는 또 얼마나 좋았는지.

서로 바라보는 눈빛이 봄날 아지랑이 같았다. 둘을 바라보는데 시어머니 매화 생각이 왜 그리도 났던지. 매화의 마음이 새삼스러웠다.

이런 마음이었구나.

이렇게 귀한 것이었구나.

그랬던 아들을 잃고 그 며느리마저 떠났으니 어떻게 살까. 살아는 계실까. 나는 이렇게 아들이 가까이 있고 며느리도 얻었는데, 매화는 어떻게 살았을까.

아들 며느리와 같이 있는 자신이 부끄럽기까지 했다.

그런 생각이 죄가 되었을까.

복을 까불었을까.

아들은, 현중은, 현중의 티 없이 밝았던 얼굴은,

겨우 1년이 허락되었다.

그늘이 없다는 게 저런 거구나, 아들의 얼굴을 보며 새삼 죄책감이 들었다. 아련한 그림자 같은 그늘이 진 얼굴이 본래 현중의 인물인 줄 알았다. 어미도 아들을 다 몰랐다. 장가를 들고, 셋이서 밥을 먹고, 밥상머리에서 도란도란 이야기를 나누고, 현중이 며느리를 보고 웃는데, 그때 그늘이 사라진 걸 알았다.

이마의 그림자가 사라진 걸, 더 없이 밝은 웃음을 보고야 알았다.

그늘은 빛 속에서만 볼 수 있었던 것을.

빛이 없어서 그늘인 줄도 몰랐던 모양이었다.

현중은 며느리의 뱃속에 6개월 된 아기를 남기고 떠났다.

상인회가 있는 날이었다. 저녁이나 먹고 일찍 들어오겠다고 하면서 자전거를 타고 나갔다. 그게 마지막이었다. 무희에게도 성숙에게도.

밤 12시가 다 되어가는 시각에 연락을 받고 병원에 갔을 때는 이미 산 사람이 아니었다. 전화를 받았을 땐 그냥 다쳤다고 했다. 너무 충격을 받을까 염려해서 그렇게 말했다는 걸 나중에 알았다. 현중은 병원에 도착했을 때 숨이 끊어진 상태였다고 했다. 트럭이 뒤에서 치고 지나간 것 같다고. 뺑소니라 자세한 건 알 수도 없었다.

며느리가 여러 번 실신하는 바람에 무희는 울지도 못했다. 현중의 시신이 누워있는 병원에 며느리도 입원을 했다. 태아까지 위험해진다며 병원에선 겁을 주었다.

그 시간들은 늘 토막토막 떠오른다.

어쩌면 무희도 선 채로 정신을 놓아버렸는지 모른다.

그 와중에 어떻게 그런 생각을 하고 행동으로 옮기게 되었는지.

장례가 끝나고 며느리를 친정에 보냈다. 무엇보다 안정이 필요했다. 태아가 너무 뛰어 옆에 있는 사람도 느낄 정도였다. 현중의 흔적이 그대로 있는 집은 아무래도 힘들다. 무희는 그걸 너무도 잘 안다. 눈을 뜨는 순간부터 따라붙는 동영의 흔적은 눈을 감아도 생생하게 남아 잠을 어지럽혔다.

우선은 흔적이라도 안고 있고 싶겠지만 나날이 심정이 상한다. 홀몸이라면 달리 생각도 해 보겠지만 상심은 태아에게 그대로 전해지니 두고 볼 순 없었다. 둘 다 위험할 수도 있었다. 무희는 그렇게 판단했다. 그러나 며느리의 고집도 막강했다. 무희는 처음으로 화를 냈다. 사돈까지 부르고 짐을 꾸려 강제로 보내다시피 했다. 그래도 그건 그 다음에 한 짓에 비하면 아무것도 아니다. 독한 것이 사람인 모양이었다.

그 말을 어렵게 사돈에게 꺼냈을 때 사돈은 한참 무희를 쳐다보기만 했다. 화가 난 것 같지는 않았지만 어디서 보던 눈빛 같다는 생각이 들었다. 물론 상견례 때 처음 얼굴을 마주한 뒤로 여러 번 보아온 익숙한 얼굴이다. 하지만 익숙하다거나 친숙하다는 것과는 다른 어떤 것이 분명 있었다. 그걸 넘어서는 것이.

몹쓸 짓은 자신이 하고 있는데 원망도 없고, 왠지 무희를 바라보는 사돈의 눈빛은 애틋하고 복잡했다. 결국 그게 무언지 알아낼 수는 없었지만.

사돈은 아무 말도 하지 않고 앉았다가 끝내 눈물을 보였다. 눈물이 동의의 표시였던 셈이다. 말없는 눈물에 가슴이 몹시 아팠던 기억이 지금도 생생하다.

이제는 정말 다시는 보지 못할 지도 모른다. 사돈도, 며느리도. 무희가 그들을 찾아가지 않는 한. 무희가 어디로 이사를 갔는지 그 동네에선 아무도 모르니까. 도망 아닌 도망을 한 셈이니까.

승순은,

어미의 기억조차 없을 테지.

아비도 어미도 없이 자랄 승순.

이 아이의 이마에도 그늘이 지겠지. 현중이처럼. 지 애비처럼.

생각이 여기까지 미치자 가슴에 불이 났다.

젖병을 비우고 만족하게 누워있는 승순을 들쳐 업었다.

밖에 나가는 걸 아는지 승순이 팔다리를 버둥거리며 소리를 지른다. 벌써 바깥 공기 맛을 아는 모양이다.

봄바람이 부드럽다.

승순의 분가루 같은 뺨에 바람이 지나간다. 바람에 화답하듯 승순이 또 기분 좋은 소리를 지른다. 승순의 소리는 무희의 어깨를 타고 쪽진 머리로 올라간다. 고개를 돌려 보니 봄 햇살 같은 웃음이 얼굴 가득이다. 무희의 얼굴에도 같은 웃음이 번진다.

걷기에 딱 좋은 날이구나.

등에 말랑하게 와 닿는 아기의 몸을 느끼며 아파트 단지를 벗어난다.

연두로 물든 나뭇가지가 만든 그늘은 그물망처럼 아른거리고 햇살은 따사롭다. 얼마든지 걸을 수 있을 것 같은 날씨다. 가로수 길은 천변으로 이어지고 천변이 끝나는 곳에 운동 시설이 있는 공원이 있었다.

이런 곳이 있었구나.

무희는 나무 그늘 아래 설치되어 있는 운동 기구 사이를 거닐었다. 둥그런 모래 무지 가운데 놓인 미끄럼틀과 시소, 그네도 보았다. 승순이 걸음마를 하게 되면 여기로 와서 놀아야겠구나, 그런 생각을 한다. 그네 옆을 지나가는데 승순이 그네 줄을 잡는다. 무희가 걸음을 멈추고 승순이 그네 줄을 흔들고 놀도록 기다린다. 그네 옆에 서서 걸어 왔던 길을 보는데 천변엔 아지랑이가 온통 어지럽다.

허기가 진다.

돌아가야겠구나.

밥 때가 지났다.

생각만 하면서 그냥 서 있었다.

목에 닿는 승순의 손이 차다. 승순은 이제 무희의 목에 걸린 목걸이를 잡으려고 애를 쓰는 모양이다. 그네 줄을 잡았던 승순의 손이 차갑다.

내 강아지, 이제 가서 맘마 먹자.

오던 길을 가려고 돌아서는데 좁은 길이 보인다. 숲 쪽으로 나 있는 보일 듯 말 듯한 오솔길.

오솔길로 들어서는 무희.

길이 그녀를 이끌고 있다.

그런 것 같다.

오솔길을 보았지만,

많이 걸었다. 그만 돌아가야지.

분명 그런 생각을 하고 있었다. 돌아선다고 생각했다. 그녀의 의지는 분명히 그랬다.

그런 그녀가 오솔길을 따라 걷고 있다.

길에는 어린 풀이 싹을 내밀기 시작하고 나뭇가지는 돋아나는 새순으로 제법 연두로 물들었다.

숲의 향기가 그녀의 코로 스며든다.

심호흡을 하는 무희.

향기가 강렬하다.

뇌 속까지 흔들어 깨운다.

뇌가 완전히 깨어난다.

깨어 있어 응시가 가능하다.

조용한 응시.

승순도 조용하다.

소리 없는 환호가 승순의 입가에 번져있다.

숲의 영혼이 그들의 영혼을 감싼다.

슬픔도 기쁨도 잠재우는 숲의 품이다.

무주나무 가지는 축제의 마당이다.

수많은 아기 이파리들이 햇살 아래 별처럼 반짝인다.

울컥,

하는 가슴이지만 눈물이 솟아나진 않는다. 그냥 몹시 격렬해진다. 웃음도 울음도 아닌 것으로 격해지는 가슴.

축제 같은 무주나무를 마주하고 선 무희의 머리 위로 씨앗들이 솜처럼 날아다닌다.

* * *

상견례 자리에서 알아보았다.

고운 얼굴은 넋이 나가버려 보기에도 안타까웠던 바로 그 새댁이었다.

전쟁통에 보기 드물게 귀한 옷으로, 맵시 있던 매무새로 봉금의 눈길을 끌었던, 아니 사람들의 눈길을 끌었던 젊은 새댁. 시장에 앉아있던 봉금의 앞으로 향기 같은 고운 치맛자락이 스쳐지나가 고개를 들어 다시 보게 했던 여자. 소문이 좋지 않은 김씨네 안방에 세 들어 살고 있다고 옆에서 생선을 팔고 있던 안동댁이 귓속말을 해주었다.

그때만 해도 봉금은 가끔 새벽시장에 구경 반 심심파적으로 밭에서 나는 것들을 들고 나와 장터에 앉았다. 농사지은 걸로 먹고 사는 건 무섭지 않았지만 돈이 귀했다. 그리고 세상이 자꾸 변해 돈 세상이 되어가고 아이가 크면 학교에 보내야 한다는 막연한 걱정도 있었다. 논 농사를 짓는다고 해봤자 소작으로 붙이는 것이라 양식만 해결했지 큰 돈은 되지 않았기 때문이다. 그래도 그런 걱정이 코앞에 닥친 일이 아니고 만복의 그늘 아래 하던 걱정이라 여유 있던 시절이기도 했다. 어떤 날은 호박 몇 개를 이고 나오기도 하고, 어떤 날은 빈손으로 성조

240

만 업고 나오기도 했다. 나중엔 가지고 나올 것이 없어도 장날엔 장터로 나왔다. 구경할 것도 많았지만 아는 사람이 생겼기 때문이다.

안동댁은 풋콩을 깍지 채 묶어 이고 처음으로 장에 나왔을 때 그녀의 생선 좌판 옆에 앉게 해준 사람이다. 어리버리 시장을 두리번거리는데 '찾는 게 뭔교?' 말 붙여준 사람이기도 했다. 그게 인연이 되어 장날마다 봐야 하는 친언니 같은 사람이 되었다. 사실 그 당시엔 장사보다 안동댁 옆에 앉아 세상구경을 하는 데 더 정신이 팔려있었다. 사람구경이 그렇게 재미있을 수가 없었다. 팔다 남은 농산물은 농사가 전혀 없는 안동댁에게 더러 주기도 했다.

인연이란 게 참 묘해서,

훗날 혼자가 된 봉금이 생선장사로 자리를 잡게 된 것은 순전히 안동댁 덕분이었다. 그녀의 도움을 받아 옆에서 생선을 팔게 되었지만, 같이 생선 장사를 해도 둘은 사이가 좋았다. 서로 손님을 끌지 않았고, 그래도 살 사람들은 사고 싶은 데서 생선을 사 갔다. 그리고 봉금은 될 수 있으면 생선종류가 겹치지 않도록 신경을 썼다.

새댁은 모르고 있었겠지만 시장 거리에선 제법 입방아에 오르내렸다. 어려운 전쟁통에, 더구나 피란 온 사람이, 콧구멍만한 방이라도 얻을 수 있으면 다행이라 여기던 시절에, 달랑 젖먹이 하나 딸린 젊은 여자가 김씨네 안방을 세내었다는 것. 돈이라면 자다가도 벌떡 일어날 정도로 돈독이 오른 김씨가 안방을 내주었을 때는 도대체 얼마나 돈을 받아 챙겼겠냐는 것. 그래서 새댁이 엄청난 패물을 갖고 있다는.

패물이나 가진 돈을 보진 못했다 해도 이미 차림새가 남달라 눈에 띄고도 남을 정도이긴 했다. 보통 사람들은 구경도 하지 못하던 눈이 뒤집히게 좋은 옷을 입고 있었으니까. 시장통에 그런 옷을 입은 여자도 없었거니와 그런 옷을 입은 여자가 직접 장을 보러 다니지도 않았다.

그렇게 새댁은 봉금의 눈에 익었지만 새댁은 봉금을 몰랐다. 시장 거리에 앉아 있는, 비슷한 옷들 속에 섞여 있는 봉금을, 특별히 눈여겨보지 않는 다음에야 알아보긴 힘들었을 것이다.

하여간 시장을 나온 새댁을 몇 번 보았을 뿐인데 왠지 내내 걱정이 되었다. 세상 물정을 모르는 티가 온몸에서 흘러서였을까. 봉금과는 너무 다르게 살아온 티가 특별한 감정을 불러일으켰을까. 보지 못했던 것에 대한, 다른 세상에 대한 경외감 같은 것이었을까. 바쁜 일은 겪어 본 적도 없는 듯 걸어가는 품새에, 누군가 뛰어와 덜미를 쳐도 대책이 없을 것 같은 무심함이 엿보였을까. 봉금의 눈에 그녀의 고운 모습은 부서지기 쉬운 유리로 된 집처럼 보였던 지도 모르겠다.

그래서 그날,

장으로 가다 김씨네를 기웃거렸을까.

아니 그냥 기웃거려 본 것은 아니다. 아직은 고요해야 할 동네에 평소와는 다른 낌새가 있었다. 김씨네 집 쪽이었다. 가까이 가서 보니 대문이 열려있고 마당에 사람들이 웅성웅성 모여 있었다. 세 들어 사는 사람들의 방문도 죄다 열려 있었고 모여 있는 숫자로 보아 동네 사람들도 들어와 있는 것 같았다. 대문 안으로 들어서는데 들으란 듯이 내지르는 소리.

어디 할 짓이 없어 서방질이고.

왠지 그 소리에서 분노를 느낄 수 없었다. 악에 받친 소리가 아니었다. 소리의 내용이 진짜라면 그 분노는 참 점잖다고까지 할 정도였다. 김씨 처는 부엌문 앞에서 사람들을 둘러보며 같은 소리를 계속 했다. 동네를 돌며 행상을 하는 사람들이 외치는 것처럼.

봉금은 몰려있는 사람들 틈으로 얼굴을 디밀었다. 세상에 그런 우세가 어딨을까. 말도 안 되는 광경이 눈앞에 벌어져 있었다. 안방문은 활짝 열려 있고 바로 그 새댁이 저고리도 입지 않은 채 보란 듯이 앉아 있었다.

보고도 믿기지 않았다. 뭔지 모를 염려가 마음 한구석에 있긴 했어도 그런 상상은 해보지 못했던 모양이었다. 자세한 내막은 모르겠지만 분명 김씨네가 깨끗하진 않다. 속이 컴컴한 건 동네가 다 안다. 그냥 벌어진 일이 아니다. 탐욕이 만들고 어두운 욕심이 보태어진 일이다. 소문으로만 듣던 일을 눈앞에서 보고 있으니, 소행이 더 잔인하고 끔찍하다.

얼마나 기막히고 놀랐으면 새댁은 옆에서 아이가 기절할 듯이 울고 있는데도 꼼짝도 않고 있다. 들리지 않는 모양이다. 약간 숙여진 얼굴은 마당 쪽을 향해있지만 눈동자는 방바닥 어디쯤 떨어져 있다. 아무리 봐도 표정엔 넋이 없다. 벗은 어깨가 훤히 드러나 있는 것을 아는지 모르는지.

무슨 좋은 구경났다고.

둘러서서 보고 있는 사람들이 야속하게 느껴졌다.

봉금은 사람들을 밀치고 안방으로 들어가 방문을 닫았다. 울고 있는 아이를 안아 달래며 새댁을 보았지만 여전히 넋이 나가 있다. 눈은 무엇을 보고 있는지, 봉금이 들어온 것도 모르는 것 같았다.

울음이 잦아진 아이를 다시 눕히고,

바닥에 있던 저고리를 새댁에게 입히고,

손을 만지고 어깨를 쓸며 한참을 앉아 있자 눈에서 눈물이 떨어졌다. 실컷 울도록 버려두었다.

새댁은 그날 그 집을 나갔다.

그때 당시엔 그렇게 멀리 가지는 못했을 거라 생각했다.

아이를 업고 리어카에 이삿짐을 실린 채였으니까.

그렇지만 세월이 많이 흘렀다. 휴전선이 생긴 지도 오래 되었고 피란민들은 팔도로 널리 퍼져나갔다. 그 새댁은 어디서 어떻게 살고 있을까. 가끔 생각이 났다. 그런데 그렇게 가까이 살고 있었다니. 빠른 걸음이면 불 때서 밥이 다 되는 시간이면 갈 수 있는 곳이었다.

하지만 가깝다 해도 사는 모양새는 무척 달랐다. 시장에서 조금 벗어난 곳일 뿐인데 동네는 조용하고 집들은 반듯반듯했다. 어느 집이나 담장 너머로 아담한 나무들이 보이고 장미넝쿨이 늘어진 곳도 있었다. 사돈집은 이층 양옥이 즐비한 깨끗한 동네에서도 눈에 띄게 크고 좋은 집이었다.

성숙이 결혼할 남자라며 데려왔을 때, 그 남자가 봉변을 당한 엄마 옆에서 자지러지게 울던 아이였다는 걸 꿈엔들 생각해보았을까. 그저 잘 생기고 심덕 좋아 보이는 웃음에 기쁘기만 했다. 더구나 성숙이 못다녀본 대학까지 나왔다니. 큰 포목점을 한다는 부잣집에서 성숙일 그렇게 좋아한다니. 얼굴도 모르는 사돈이지만 절이라도 하고 싶었다.

결혼 말이 오고가고 마침내 상견례 자리에 앉았던 날.

봉금은 한눈에 알아보았다.

그 여자.

새댁이 앉아 있는 것이 아닌가.

머리칼과 주름에 세월의 흔적이 있었지만 여전히 고운 매무새.

그러나 여자는 봉금을 알아보지 못했다. 눈가에 잔주름을 잡으며 웃는 모습 어디에서고 놀라는 낌새는 찾아볼 수 없었다. 하긴 그런 경황 중에 한 번 보았던 사람을 기억한다는 게 도리어 이상한 건지도 모르겠다. 다행이란 생각이 들었다. 꿈에라도 떠올리고 싶지 않은 일일 것이다. 봉금을 알아본다면 그 순간이 바로 청천에 벼락일 것이다.

고운 사돈은 마음씨도 고왔다.

성숙은 친정에 올 때마다 시어머니 자랑이었다.

성숙이 시어머니 자랑을 할 때면 봉금은 한쪽 가슴이 아렸다. 아들도 며느리도 모를 사돈의 상처. 누구에게도 드러내지 못했을.

잘 살고 있는 딸의 행복을 보면서 사돈도 웃으며 살기를 바랐다. 아들 며느리와 같이 손자 재롱을 보면서.

하지만,

하늘도 무심하시지.

졸지에 외아들을 잃고,

봉금을 찾아와 손자 이야기를 꺼낼 때의 아픔을 잊을 수가 없다.

그리고,

지금,

245

사돈은 손자를 업고 있다.

아들을 업고 고운 치맛자락을 날리며 시장길을 걷던 그녀의 등에 손자 승순이 업혀 있다. 업어서 따뜻하고 업어서 짐이 되는 승순.

승순의 외로움과 아픔까지 자신이 업고 지고 가고 싶었던 사람.

그렇게 키웠던 승순.

그런데,

승순은 지금 홀로 되어 벤치에 앉아 있다.

할머니의 집을 떠나야 하는, 할머니와 살던 집에서 나가야 하는 승순이 여기 있다.

봉금은 옆에 앉아 있는 승순을 돌아본다.

* * *

할머니!

할머니 등이다.

승순은 할머니 등에 업혀 있다.

순식간에 일어난 일이다. 아니 시간이 필요치 않은 일이었다.

승순이 벤치에 앉아 있고, 나무로 흔들리고, 바람으로 떠돌고, 햇살로 빛나는 존재였듯 할머니 등에 업혀 있을 뿐이다. 그리고 등에 업힌 아기이면서 동시에 할머니이기도 하다.

아무 일도 아니다.

아무것도 변한 것이 없다.

본래 없는 것이어서, 아니 쉴 사이 없이 변하는 것이어서, 모든 일은 아무 일도 아닌 것이다. 할머니는 때가 되어 떠난 것이며, 때가 되면 나타날 것이고, 호란이도 그렇게 왔다 간 것이고, 정혜도 그럴 것이다.

할머니 등에 심장을 대고 엎드리자 숲이 그렇게 말했다.

* * *

내 새끼.

봉금은 승순과 무희의 머리 위를 날아다녔다.

솜털에 싸인 씨앗이 되어.

가볍다.

봉금은 존재의 무게를 느끼지 못한다. 변하는 것에는 무게가 실리지 않으니까. 그저 끊임없는 진동이 있을 뿐.

같은 자리를 고집하면 무거워진다.

변하지 않으려 하면 더욱 무거워진다. 가는 것을 잡으려 해도, 있으려 하는 것을 보내려 해도 집착이 필요하다. 그리고 집착하는 것은 무거워진다.

집착하지 말라고, 그것이 욕심이라고, 욕심은 존재의 본질이 아니라고,

숲이 속삭인다.

봉금이 솜털에 싸인 씨앗이 되어 승순의 머리 위로 내려앉자,

숲이 그렇게 말한다.

* * *

무주나무 세 그루가 살고 있는 숲.
아기 업은 여자 하나 서 있다.
머리에 솜털에 싸인 씨앗을 얹고서.

나무 그늘 아래 놓인 벤치.
벤치에 앉아 있는 노파와 남자.
노파와 남자의 머리 위로 솜털에 싸인 씨앗이 날고 있다.
한여름에.
녹음이 짙은 한여름의 숲에 봄 씨앗이 날고 있지만 그들은 그 씨앗
이 어디에서 온 건지 잘 알고 있다.
그 씨앗이 온 곳.
그곳을 바라보고 있는 두 사람.
두 사람 앞에,

어린 승순을 업은 무희가 있다.
봄이 난만한 숲에 서 있는 무희가 있다.

성숙

어머니의 사망 전화였다.

그런데 남편의 전화로 알고 받는 걸 미루고 있었던 것이다.

성숙은 왠지 결정을 내릴 수 없었다.

아들과 남편이 살고 있는 곳이고 그들이 그녀를 원하고 있다. 의심 없이, 아니 당연히 가야 했다. 그게 정상이다. 그런데 차일피일 날짜만 보내고 있는 중이었다. 전화를 받으면 대답을 해야 했지만 그럴 수가 없었다. 무엇인가 그녀의 발목을 붙잡고 놓아주지 않았다.

어머니가 걸리긴 했다.

어머니 때문인가.

성숙이 이 땅을 떠나면 어머닌 정말 의지할 데가 없어진다. 자주 가보지 못했던 친정이지만 그녀가 미국으로 떠나는 문제는 아주 다르다.

마음조차 쉽게 먹을 수 없는 거리. 거리도 거리지만 어머니의 나이를 생각하면 사실상 영원한 이별이나 마찬가지다. 그러나 그것도 성숙의 발목을 잡고 있는 정확한 이유는 아니다. 성숙은 냉철하게 생각해본 뒤 그런 결론을 내렸다. 어머니 문제는 안타깝긴 하지만 순리이기도 하다. 여든이 훨씬 넘은 나이니 내일 어떻게 된다 해도 땅을 칠 일은 아닐 것이다. 그리고 어찌되었건 며느리도 있고 손자도 있다. 성숙이 남편과 아들 곁으로 가지 못하는 이유가 분명 어머니의 여생 때문은 아니다. 그러니 어머니 때문은 아니다. 남편에게도 딱 부러지게 그 말은 했다. 지난 번 전화가 왔을 때 남편이 그렇게 물었다.

혹시 장모님 때문에 그래?

성숙이 아직 정리할 게 남았다며 날짜를 잡지 않자 남편 마음에도 다른 의심이 싹트기 시작한 모양이었다. 주변 정리가 아니라 마음 정리를 못하고 있는 걸 눈치 챈 것이다. 성숙은 그 질문에 깜짝 놀랐다. 진심을 들킨 것 같았다. 자신도 모르고 있었던 진심을.

성숙은 절대 아니라고 부정을 하면서도 떠날 마음이 전혀 없었던 자신의 마음이 들여다보여 당황했다.

그렇게 시간이 흘렀다.

여름이 깊어가고 있었다.

언젠가부터 전화벨이 울리면 가슴이 두근거렸다.

새벽에 전화벨이 울렸다.

남편임이 분명했다. 하지만 마음은 정하지 못했다. 대답할 말이 궁색해 전화를 받을 수가 없었다. 벨은 한참을 울리다 끊겼다. 벨이 울리는 내내 불안하던 마음이 소리가 멈추자 좀 편해졌다. 또 울릴까 겁이 나 부랴부랴 옷을 입고 마당으로 나갔다.

햇볕 잘 드는 마당에 골을 지어 심어놓은 배추를 몇 포기 뽑고, 아직 밑이 덜 든 무도 몇 개 뽑았다. 겉절이 김치를 담가야지. 무 얄팍하게 썰어 넣고 된장도 끓이고. 먹을 사람이 집안에 기다리고 있기라도 한 것처럼 마음이 갑자기 바빠졌다. 배추와 무를 그 자리에서 다듬어 마당 수돗가에서 씻었다. 수돗물이 양재기에 쏟아지는 소리가 요란했다. 소리가 클수록 귀는 자꾸 집안으로 쏠렸다. 그러면서도 한껏 틀어놓은 수도를 잠그진 않았다.

씻은 배추와 무가 담긴 양재기를 들고 부엌으로 들어가려는데 전화벨이 울렸다. 양재기를 들고 잠깐 망설였다. 할 말이 없어도 받아야겠다, 결심하는 동안 벨이 세 번 더 울렸다. 들고 있던 양재기를 뜰에 두고 안으로 들어갔다. 안방으로 들어갈 때는 할 말도 정해졌다. 마당에 있는 배추가 속이 차면 김장을 해서 어머니께 드리고 가고 싶다. 마지막이 될지도 모르니까. 그렇게 말하자.

그러면서 수화기를 들었다.

그런데 남편이 아니었다.

경찰서라고 했는데 그때부터 소리가 잘 들리지 않았다. '장봉금'이란 이름은 처음 듣는 것처럼 낯설었고, 어머니는 그 이름만큼 멀리 달아나는 것 같았다. 성숙은 순식간에 현중의 죽음 앞에 서 있었다. 그날의 느낌과 공포가 그대로 그녀를 덮쳤다.

불안의 이유는 전혀 다른 데 있었던 것이다.

남편 말이 맞았다.

발목을 잡는 사람은 어머니였다. 성숙이 아니라고, 이성을 앞세워 아니라고 한사코 부정해 왔지만 그녀를 잡은 건 어머니, 봉금이었다.

어머니의 인생.

자신을 포함해서 어머니의 가슴에 못을 박은 사람들은 전부 가족이었다. 복어를 잘못 먹고 창졸간에 가신 아버지. 어머니를 앞서 간 오빠와 남동생. 그리고 두고두고 봉금의 가슴을 아프게 했을 자신의 삶까지.

병원으로 가는 버스 속에서 성숙은 비로소 정직한 자신의 마음과 마주설 수 있었다. 그리고 후회했다. 어머니를 자주 찾지 않은 것에 대해. 이기적이었던 자신의 행동에 대해.

어머니를 보는 건 괴로웠다. 현중과 승순을 떠올리지 않으려면 어머니를 생각하지 말아야 했다. 보지 않아야 했다. 걱정이 되어도 자꾸 도망가야 했다. 오랜 세월 도망만 쳤다.

하지만 그걸 다 용서받는다고 해도 남는 후회.

남편이 미국으로 떠난 즉시 어머니를 찾았어야 했다.

그때라도 그랬어야 했다.

* * *

남편, 이준구 교수는 신사였다.

마음만 포기하면 분명 그랬다.

봉금의 말처럼, 그저 든든한 울타리로 알고 살아라, 하는 대로 살 수 있는 사람이었다. 폭력도 없었고, 안정적으로 생활비를 주었고, 점잖게 말을 하고 대외적으로도 점잖게 처신했다. 물리적인 시집살이는 남편이 아니라 죽은 전처 자식들이 시켰다. 성숙이 그 집으로 시집을 갔을 때, 전처의 두 아들은 10살, 7살이었다. 장난이 심한 개구쟁이인 데다 성숙을 골탕 먹이는 것으로 날마다 재미를 붙이고 살았다. 제 어미 자리를 대신해 들어온 낯선 여자가 철없는 아이들에겐 나쁜 마귀쯤으로 보였던 모양이었다. 그리고 남편은 아이들의 장난에 전혀 방패막이나 위로가 되어주지 못했다. 그건 성숙이 바랄 수 없는 것이었다. 그 집에서 성숙의 위치가 그랬다. 누가 말로 정해준 것은 아니지만 알 수 있었다. 어쩌면 진짜 시집살이는 그런 위치를 그대로 두고 본 남편이 만든 것인지도 모른다. 아내의 자리가 없는 아내, 엄마의 자리가 없는 엄마. 그건 참으로 은근한 압박이 되어 성숙의 가슴을 눌렀다.

세월을 두고 아프게 했다.

점잖다느니, 신사라느니, 하는 말 속에는 아낀다, 사랑한다,의 의미가 빠져있다는 걸. 사람이 사람을 대하는 최고의 마음은 아끼고 사랑하는 마음이라는 걸. 아끼고 사랑하는 마음을 빼버린 어떤 말도 마음에 와 닿지 않는다는 걸. 그 모든 것은 차라리 사람을 더욱 외롭게 한다는 걸 아프게 깨달아갔던 세월이었다.

그래도 충실하게 아내와 어머니 역할을 수행했다. 마음을 빼버리니 할 수 있었다. 아니 어쩌면 마음이 없었기 때문에, 미안한 마음에 그렇게 할 수 있었는지도 모른다. 그들에게 성숙의 역할이 어땠는지는 지금도 모르겠다. 만족했는지도 모른다. 그들이 바란 건 거기까지였는지도. 충실하게 아내와 어머니 역할을 해주는 여자가 필요했는지도. 진짜 어머니가 아니라 어머니 역할만 필요했는지도.

남편은 다른 아이를 원하지 않았다.

성숙에게 진지하게 설명한 건 아니다. 하지만 알 수 있었다. 육감으로 느끼고 있다가 어느 날 확실히 알게 되었다. 남편과 시아주버니의 대화를 듣고서.

몰래 들었던 건 아니다. 그들이 말을 낮추지도 조심하지도 않았다. 이미 조심해야 될 내용이 아니었는지도 모른다. 성숙과 결혼한 지 5년이 지나가고 있었으니까. 성숙도 웬만큼 시집 가풍에 익숙해져 있을 때이니 그들도 성숙에게 나름 믿음이 생겼는지도 모른다. 적어도 아내와 어머니 역할에 흔들림이 없을 것이라는.

거실에서 하는 그들의 대화는 주방에서 물일을 하고 있으면 잘 들리지 않았다. 그런데 물을 끄자 선명하게 들렸다.

'수술이 편하긴 해. 그지? 넌 바람을 피워도 그럴 걱정은 없겠다. 그거 매번 귀찮거든.'

뒤를 따르는 점잖지 못한 숨죽인 웃음. 시아주버니와 남편도 웃을 때만은 숨을 죽였다. 그 웃음이 점잖지 못한 것은 아는 모양이었다.

여자의 아이를 원하지 않는 남자. 그게 어떤 의미인지 모를 정도로 둔하진 않다. 남편에게 성숙은 거기까지였다.

잠자리.

잠자리에서도 점잔을 뺀 건 아니다. 남편은 게걸스럽게 달려들었고 늘 급했다. 그래서 점잔을 뺄 여유가 없었다. 폭력적이었다는 뜻이 아니라 그냥 남자였다는 말이다. 욕구가 생기는 남자이고 그리고 욕구를 해소하는 데 참을성을 발휘하지 못하는 보통 남자. 더구나 상대도

'그냥 여자'일 뿐인.

이준구는 현중이 아니었으니까. 성숙을 아끼고 사랑했던 현중이 아니었으니까. 성숙의 반응을 살피고 마음을 챙기고 그의 마음까지 느끼게 하는 현중이 아니었으니까.

어쩌면 남편도 그걸 느낀 게 아닐까. 가끔 성숙은 그런 반성을 했다. 남편과 하는 잠자리에서 현중이 떠오르지 않았던 적은 없었다. 그러면서 현중을 떨쳐버리려고도 하지 않았다. 그래서 남편이 가까이 올 때마다 눈을 감아버렸다. 오로지 골몰하기 위해서. 남편이 아닌 다른 생각에. 그걸 알아챈 걸까, 하는.

하지만 모른 척했다. 잠자리를 벗어나면 모든 생각에서 벗어나야 했다. 남편도 현중도 인식하지 않았다. 머리에서 기어코 몰아내었다. 그래야 살 수 있었다. 인식하는 순간, 현중과 시어머니 그리고 승순과 연결되는 머릿속 직통전화가 울렸으니까. 그 전화가 연결되면 살 수 없을 것 같은 고통이 밀려왔고 고통의 끝에는 항상 어머니 봉금이 있었다.

성숙의 고통을 그 집 식구는 알았을까.

알아도 모른 척했을지 모른다.

아는 척을 하면 그들의 생활이 흔들릴 테니까.

아이들은 몰라도 남편은 알았다. 적어도 어른이었으니까. 철저하게 과거를 묻지 않는다는 건, 철저하게 인식하고 있다는 증거이기도 하니까. 과거를 묻게 되면 위로할 일이 생기고 마음 자락을 나누어 주어야 하니까. 마음 자락을 나누어 주려면 편리한 생활의 한 자락을 포기해야 할지도 모르니까.

그래도 고맙게 생각했다.

일상생활의 평화를 지켜준 사람이니까.

제 시간에 일어나 출근하고 일정한 시간에 퇴근을 했다. 성숙도 늦지 않게 아침을 하고, 정해진 시간에 저녁을 지어주고, 늘 깨끗하게 청소가 되어 있는 집과 세탁되어 있는 옷으로 보답했다. 그걸 1년 365일 늘 지켜야 한다는 강박관념 없이 할 수 있었다면 더 좋았겠지만.

아이들이 자라면서 장난이 없어져 일거리가 줄기는 했지만 성숙은 집을 비우기가 쉽지 않았다. 남편은 그의 일상이 흔들리는 걸 아주 싫어했다. 성숙의 친정 나들이가 어려웠던 가장 큰 이유는 사실 거기 있었다. 애써 시간을 만들고 마지못해 하는 허락을 받을 순 있었지만 그렇게 하고 싶지가 않았다.

왜 그렇게 남편에게 아쉬운 소리 하는 게 싫었을까.

거리감 때문이었을까.

사랑 없는 결혼 생활은 세월이 흘러도 변함이 없었다. 늘 일정한 거리가 있었고 그래서 싸울 일도, 웃을 일도 없었다. 나빠지지도 좋아지지도 않는 관계. 계약을 잘 지키고 있는 고용주와 노동자처럼. 밖에서 보면 무척 평온한 가정이었음에 틀림없다.

차라리 아이들은 자라면서 편해지고 관계도 좋아졌다. 어머니라 부르게 되고, 그 소리가 듣기 좋았고, 마음을 다해 밥을 해 먹이고 도시락을 쌌다. 그렇게 멀쩡하게 철이 들 아이들이 처음엔 얼마나 성숙을 힘들게 했는지 모른다.

그때만 해도 세탁기 없이 손빨래를 하던 시절이었다. 빨래를 해서 마당 한가득 빨래 줄에 널어놓으면 빨래는 어느새 죄다 땅바닥에서 뒹굴었다. 마당을 뛰어다니며 빨래 뒤에 숨고 잡아당기고 심지어 빨래에 매달리기도 했으니까. 줄이 끊어진 것도 한 두 번이 아니었다. 어떤 날엔 같은 빨래를 세 번이나 다시 헹구어 널기도 했다.

학교에 갔다 오면서부터 둘은 거실로, 마당으로, 방으로 뛰어다니며 놀았다. 쫓고 쫓기느라 맨발로 마당으로 나오고 흙발이 그대로 방과 거실을 헤집고 다녔다. 발뿐만이 아니다. 공을 들고 놀 때면 맨 땅을 뒹굴던 공도 그대로 집안을 굴러다녔다.

남편은 어질러 놓은 걸 극도로 싫어하기 때문에 퇴근하기 전까지 아이들을 따라다니며 걸레질을 하고 흐트러진 물건을 치우느라 넋이 빠질 지경이었다. 아이들은 성숙이 그렇게 따라다니며 치우는 게 재미있는지 더 기승을 부리며 장난을 쳤다. 내 속으로 낳은 자식이 아니어서 매도 못 들고 소리도 못 지르고 정말 울고 싶은 날이 많았다.

시시때때로 가까이 사는 시누이가 방문을 하는 이유를 성숙은 잘 알고 있었다. 혹시라도 계모 손에 구박받는 불상사를 미리 막기 위한 일종의 시위라는 걸. 시누이의 감시가 아니라도 아이들의 입도 있었다. 남편은 퇴근해 들어오면 아이들과 그날 있었던 일을 주고받았다. 무얼 하고 놀았는지, 무얼 먹었는지, 속에 성숙이 했던 행동과 말이 빠질 수는 없으니까. 그런 걱정을 하지 않아도, 부러 감시를 하지 않아도, 못된 계모가 하는 짓을 할 마음은 전혀 없었지만, 그 집에서 성숙은 계모인 모양이었다.

그렇게 장난이 심했던 아이들은 중학생이 되자 갑자기 어른이 되었다. 언젠가부터 어머니라 불렀고, 남편과는 다른 정이 쌓여갔다. 아버지를 닮았는지 공부도 잘했고 원하는 대로 대학도 들어갔다. 그런 두 아들은 대학을 졸업하고 차례로 미국으로 유학을 갔는데 그 길로 들어오지 않았다. 거기에서 직장도 얻고 결혼도 했다.

퇴직을 한 남편이 아들들을 보러 미국으로 가게 되었을 때 남편은 같이 가자고 하지 않았다. 아이들이 좀 보고 싶기는 했지만 섭섭하진 않았다. 결혼식에도 가지 못했는데 새삼 섭섭할 것도 없었다.

큰아들이 결혼을 하게 되었다며 집안사람들이 초청을 받아 갈 때, 성숙은 남아 집을 지켰다. 단독 주택이라 보름씩이나 비워놓는 게 무리이긴 하지만 그렇다고 어머니가 빠지는 결혼식이 있을 수가 없다. 다른 방법을 찾는 게 당연했음에도 시집 식구들은 방법을 찾지 않았다. 성숙이 남는 것이 그들에겐 당연했던 모양이었다. 점잖은 이준구 집안은 성숙에게 끝내 어머니라는 온전한 자리를 내주지 않았다.

한 달 예정으로 갔던 남편은 두 달을 넘기고 들어왔고 얼마 지나지 않아 다시 나간다고 할 땐 느낌이 좀 다르긴 했다. 갔다 오겠다며 미국으로 들어간 남편은 돌아오지 않았다. 하긴 돌아올 이유보다 그곳에서 살 이유가 더 많은 사람이다. 시아주버니와 시누이 집안이 이주해서 사는 곳이고 아들들이 있는 곳이다. 한국엔 제일 가까운 사람이랬자 막내 시누이 내외뿐이었다. 시누이의 무남독녀도 중학교 때부터 나가 이미 그곳 사람이 다 되었으니 시누이 부부의 미래도 한국에 있다고 하기는 어려울지 모른다.

이준구는 이민에 대해 성숙에게 설명한 적이 없었다. 물론 의논한 적은 더구나 없다. 심지어 다시 미국으로 갈 때는 언제 온다는 기약도 없이 떠났다. 기약도 없고 연락도 없이 계절이 바뀌었다. 그리고 몇 달 만에 전화가 왔다. 전화로 설명을 들었다.

이민?

실감이 나지 않았다.

설명을 들을 때는 남의 일 같았다. 남편은 열심히 설명했고, 성숙은 귀 기울여 들었지만 전화를 끊고 나면 내 일이 아니었다.

시간이 자꾸 흘렀다.

남편이 자주 전화하기 시작했다.

아들의 전화도 받았다.

보고 싶다고 했다.

감격스러웠다.

가야 한다고 생각했다.

남편과 아들 곁으로.

그녀를 필요로 하는 곳으로.

남편이 전화 끝에 그렇게 말했다.

'당신이 필요해.'

필요 없는 설명까지 덧붙였다.

'당신만 오면 한국에 있을 때랑 다름없이 살 수 있어. 한인 시장에 가면 필요한 반찬거린 얼마든지 살 수 있거든. 그런데 도무지 나나 애들은 할 줄 아는 게 있어야지.'

그 말에도 섭섭하지 않았다.

그녀의 역할은 밥을 하고, 빨래를 하고, 청소를 해주는 것이었으니까.

필요하다는데, 아내가, 어머니가 필요하다는데.

당연히 가야 했다.

그런데도 결정을 내리지 못했다.

그러다 어머니의 사망 전화를 받았다.

* * *

폭우가 몰아치던 저녁에 어머닌 숲에 있었다.

갑자기 들이닥친 폭풍우였다.

하지만 비는 숲 가까이 들어선 아파트 단지와 주택가엔 한 방울도
오지 않았다. 그래서 그곳의 주민들은 마른하늘에 벼락 치는 소리만
들었을 뿐이다. 서쪽 하늘이 갑자기 어두워지고 어두워진 하늘을 가르
는 번개를 본 사람은 꽤 많았다. 요란한 소리와 함께 몰려왔던 비구름
은 들이닥칠 때보다 더 빠르게 몰려가고 저녁노을이 유난히 아름다웠
다고.

그 시각, 어머닌 쓰러진 나무 아래 누워있었다.

다음날 새벽에 발견되었지만 이미 폭우가 왔던 저녁에 사망한 걸로
추정된다고 했다.

같은 장소에 한 사람이 더 있었다. 젊은 남자도 쓰러진 채 발견되었
는데 남자는 살았다. 발견될 당시엔 의식이 없었지만 병원으로 옮긴 후
의식이 돌아왔고 곧 다시 잠에 빠졌다. 그래서 두 사람의 관계는 그때
까지 밝혀지지 않았다. 남자의 주머니엔 지갑이 있었고 지갑 속에 주민
증도 있었지만 노파와 어떤 관계인지는 알 수 없었다. 경찰에서도 조사
가 필요하다고 했다. 그날 저녁에 왜 같은 장소에 있었는지, 노파의 손
이 남자의 발을 잡고 있었던 이유가 무엇인지.

어머니의 종아리는 쓰러진 나무에 깔린 채였다. 그런데 팔의 자세가

특이했다고. 두 팔을 위로 만세 하듯 뻗어 남자의 발을 잡고 엎어져 있었다고. 사람은 앞으로 넘어질 때 얼굴과 몸을 보호하기 위한 자동 반응으로 팔을 몸 가까이 가져가 땅을 짚게 되는데, 어머닌 팔을 뻗은 채여서 얼굴과 가슴에 더 큰 충격을 받았을 거라고.

남자는 어머니의 머리 위쪽 일직선상에 다리를 둔 채 반듯하게 누운 채였다. 그러니까 두 사람은 쓰러진 나무와 직각을 이루며 이어져 있었다.

사건은 낙뢰로 인한 사고로 일단락되었다.

* * *

승순의 존재를 알게 되자 남편의 전화를 피할 이유가 사라졌다.

서른 해가 넘도록 내 자식은 버려두고 남의 자식을 키웠다. 이젠 내 자식 곁에 있고 싶었다. 그 아들이 내가 필요 없다고 하더라도, 어머니에 대한 정을 느끼지 못한다 해도 곁에서 지켜볼 생각이었다. 자식은 어미를 보지 않더라도 어미는 자식을 볼 생각이었다.

남편에게 전화를 했다.

어쩌면 짐작하고 있었는지도 모르겠다.

성숙이 아들을 찾았다는 깜짝 놀랄 소식과 그로 인한 결과가 아니라 그녀가 오지 않을 지도 모른다는 막연한 예측을 하고 있었는지도.

명쾌하게 납득되지 않는 핑계가 길어지면 분명 다른 이유가 있는 것이다. 남편은 판단이 빠르다. 분명한 이유는 모르지만 성숙의 마음을 짐작하고 있었음에 틀림없다.

성숙이 한국에 남겠다고 하자 '당신 마음이 정 그렇다면 어쩔 수 없지만'이란 짧은 대꾸로 관계 정리를 대신했고, 이유를 들을 수 있겠는지 점잖게 물었다. 성숙은 솔직하게 대답했다. 아들을 찾았다고. 늦었지만 엄마 노릇을 해주고 싶다고. 그 소식엔 남편도 꽤 놀란 듯했다. 몇 초간 말이 없었다. 그래도 아들의 안부는 물어주었다.

'잘 됐군. 건강하지?'

그도 아들의 존재는 알고 있었다. 어디에선가 자라고는 있지만 있는 곳을 모른다는 것도. 아들의 행방도 모르고 산다는 것이 성숙에겐 형벌 같은 것이었지만 그 집안에선 좋은 조건이기도 했다. 전 남편의 자식을, 더구나 데리고 들어와야 한다면, 그 아이를 기꺼이 환영할 집안이 있기나 할까.

이준구 집안도 다르진 않았다. 자식 사랑과 교육에 남다른 열의가 있었지만 어디까지나 자신의 핏줄에 한해서였다. 한 번도 성숙의 아들 이야긴 꺼내지 않았다. 남편이 그나마 성숙에게 고마운 마음을 표하는 이유는 성심껏 자신의 핏줄을 키워준 걸 알기 때문일 것이다.

이준구 교수는 끝까지 점잖은 말로 이별 인사를 했다.

'아들하고 행복하게 살어. 그리고 미국에 있는 두 아들도 당신 아들인 거 잊지 말고.'

그 말을 들었을 땐 코끝이 찡했다. 20년 가까이 밥 해먹이고 돌보았던 아이들이다. 그들은 어땠는지 모르겠지만 미국으로 가버린 후 내내 보고 싶었다. 남편이 아들네 집으로 다니러 갈 때마다 섭섭하기도 했다. 한 번도 그녀에게 같이 가자는 말을 하지 않음으로써 그녀를 보모 쯤으로 취급한다는 걸 알았지만 그런 취급과는 상관없이 아이들이 보고 싶었다.

하지만 그리움은 그쯤에서 끝이 났다.

아마 그들을 다시 볼 일은 없을 것이다.

전화를 끊는데 그런 생각이 들었다.

남편은 살고 있는 집을 그녀에게 남겼다.

역시 점잖은 마무리였다.

* * *

어머니의 시신을 확인하고 남자가 입원해 있는 병실문 앞에 섰을 때만 해도 성숙에겐 앞날이 없었다. 앞날이 있다면 후회와 맞바꾼 절망만이 있을 것이었다. 그렇게 캄캄했다. 도대체 남은 게 무엇인가. 사랑했던 현중을 잃고 현중의 자식과는 평생 이별이었다. 그리고 따뜻했던 시어머니. 승순과 시어머니가 동시에 떠오르면 슬픔과 분노와 아픔이 마구 뒤엉켜 가슴에 불이 났다. 그 불꽃은 어머니 봉금으로 옮겨가고, 봉금의 심정이 절절하게 가슴에 와 닿았지만 찾지 않았다. 어머니를 볼 때마다 가슴에서 무엇인가가 또 끓어올랐기 때문이다.

그래서.

생각을 하면 아프고 아팠지만 늘 모른 척하는 길을 택했다.

오빠까지 잃은, 자식을 앞세운 어머니의 마음을 차라리 몰랐다면 얼마나 좋았을까. 승순을 낳지 않더라면, 그랬다면 얼마나 좋았을까.

그런 자책만 하다 어머니를 보냈다. 그렇게 허무하게, 심정을 들어주지
도 못하고, 길게 이야기도 나눠보지 못하고, 혼자 아프게 두었다.

어머니는,

어머니는 도대체 어떤 마음으로 폭우 속에 앉아 있었을까.

그 저녁에 거기엔 왜 갔을까.

비가 쏟아지는 숲에서 왜 나오지 않았을까.

그런 혼란의 구렁텅이 속에서 병실 문을 열었다.

빛과 어둠의 뫼비우스

성숙이 병실 문을 열었다.

병원 침대에 일어나 앉아 있던 남자가 그녀를 돌아보았다.

현중이었다!

현중이 거기 있었다.

세상에.

분명히 현중이었다.

그 이마, 그 눈매, 그 입술.

성숙은 그 자리에 서 버렸다. 크게 뜬 두 눈만 존재하는 시간이었다. 남자도 성숙을 바라보았다. 성숙을 응시하는 남자의 눈. 현중이 그녀를 이윽히 바라보고 있었다. 다리에 힘이 풀리면서 얼굴이 차가워진 성숙이 문고리를 잡고 몸을 지탱했다. 바닥이 흔들리는 것이 아니라 다리가 후들거린다는 걸 알지만 몹시 어지러웠다. 떨림은 얼굴까지 올라와 입술에 경련이 일었다.

— 누구세요?

남자가 물었다.

현중은 아니다. 아니 현중일 수가 없다. 저 남자는 그냥 어머니와 같이 쓰러져 있었던 사람일 뿐이다. 어머니와도 아무 관계가 없는 사람이다. 그 숲에서 처음 본 사람이라고 진술을 했다. 우연히 그날, 같은 곳에 있었을 뿐이다. 성숙이 병실을 찾은 것도 무슨 다른 기대를 품고 온 것은 아니다. 좀 궁금했을 뿐이다. 어머니를 마지막으로 본 사람이니까. 한 번 보고 싶었다. 그래서 찾은 것뿐이다.

하지만 알고 있는 사실은 아무런 힘이 없다.

사실과 상관없이 남자는 현중으로 다가온다.

성숙이 문을 잡고 있던 손을 놓고 걸음을 옮긴다.

남자가 더 이상 묻지 않고 성숙을 보고 있다.

— 실례합니다. 숲에 같이 있었던 할머니 딸입니다.

남자에게 다가와 그 말을 한 성숙이 침대 앞에 놓인 의자에 털썩 앉는다.

단박에 현중의 아들임을 알아보았다. 그가 현중이 아니라면 바로 그 아들이라야 했다. 성숙은 이불 위에 놓여 있는 남자의 손을 잡았다. 크지만 손가락이 길어 투박해 보이지 않는 손. 느낌도 크기도 잊을 수 없는 현중의 손. 성숙의 눈에서 눈물이 떨어졌다.

남자는 손을 잡힌 채 그냥 있다.

잡고 있는 손에 눈물이 떨어진다.

남자가 성숙의 어깨에 손을 얹더니 가만가만 두드린다.

성숙은 전율한다.

현중의 손길이다.

그만큼의 넓이와 무게로 그녀의 어깨에 닿은 손.

성숙은 잡고 있던 손 위로 무너진다.

* * *

승순은 잠에서 깨어 침대에 앉아 있었다.

잠은 끝도 없이 왔다. 잠깐씩 눈을 뜨고 사람들과 이야기한 기억은 있지만 누가 다녀갔는지 기억이 또렷하지 않다. 눈을 끔벅이며 기억을 떠올려보려 애썼다. 하지만 생각은 자꾸 흩어져 결국 아무것도 떠올리지 못하고 다시 멍청해졌다. 생각을 하고 싶지 않은 건지, 잠이 오는 건지 구분도 잘 되지 않았다. 그때 병실 문이 열렸다.

어떤 여자의 놀란 얼굴.

여자는 열려진 문을 잡은 채 서 있다.

누구일까.

여자의 얼굴이 몹시 창백하다. 승순은 처음엔 방을 잘못 찾아온 사람인가 했지만 곧 아니란 생각이 들었다. 모르는 사람을 쳐다보는 눈길이 아니었다. 처음 보는 사람을 그렇게 뚫어지게 보고 서 있는 건 실례다. 여자의 눈빛은 분명 그를 알고 있었다. 그런데 도무지 알 수가 없다. 누구일까.

– 누구세요?

대답 없는 여자의 얼굴이 일그러진다. 아니 곧 울음이 터질 듯하다.

어떻게 해야 하나. 승순의 마음도 몹시 어지러워진다. 무슨 말이든 해야 할 것 같은데, 서 있던 여자가 움직인다.

승순은 더 이상 묻지 않고 여자를 보기만 한다. 가까이 걸어오고 있는 여자의 얼굴을 보고 있는데 말이 나오지 않았다. 말을 하면, 아니 조금만 움직여도 그 여자가 쓰러질 것 같았다. 나비가 스쳐 지나가도 밀려날 것 같은 위태로움. 승순은 숨까지 죽이고 있었다.

– 실례합니다. 숲에 같이 있었던 할머니 딸입니다.

여자가 그렇게 말했다.

그리곤 침대 앞에 놓인 의자에 털썩 앉았다. 앉았다기보다 무너지는 것 같았다. 의자에 앉아 있는 여자의 어깨는 몹시 떨렸다. 얼굴을 숙이고 있던 여자가 승순의 손을 잡았다. 몹시 차가운 손이었다. 승순의 뜨거운 손에 차가운 샘물이 흘렀다. 그런데 차가운 손이 왜 그렇게 뜨겁게 느껴졌는지. 여자는 승순의 손을 잡고 울었다. 눈물이 손에 떨어졌다. 그 눈물에 가슴이 철렁했다.

승순은 손을 잡힌 채 앉아 있었다. 울고 있는 여자 앞에서.

가슴이 몹시 뛰는데 무슨 느낌인지 알 수가 없다. 그래도 손을 빼지는 못한다. 이상하게 그럴 수가 없다. 그러기는커녕 한 손을 들어 여자의 어깨를 두드린다. 위로가 필요하다는 생각이 들었던 건 아니다. 자신도 모르게 울고 있는 여자의 어깨로 손이 올라갔을 뿐이다. 그리고 가만가만 어깨를 두드렸다.

여자의 어깨가 몹시 떨린다 싶더니 그대로 잡은 손 위로 쓰러진다. 흐느껴 우는 여자. 승순도 알 수 없는 격렬한 감정에 휩싸여 여자가 잡은 손에 힘을 주는데 갑자기 노파가 떠올랐다.

지난밤에 무슨 일이 있었다.

비가 쏟아지는 가운데 노파와 있었다.

승순의 눈앞에 번개가 지나가고 거대한 나무가 쓰러진다.

할머니!

할머니는 어떻게 되었을까.

소리가 입 밖으로 나가진 않았다. 하지만 외치는 소리가 여자의 귀에 들렸는가. 여자가 울음을 그치고 고개를 든다.

눈물로 얼룩진 여자의 얼굴.

여자와 눈이 마주친다.

승순의 눈이 커진다. 놀라움과 흥분이 뒤섞인 표정. 그 감정을 어떻게 표현할 수 있을까. 있을 수 없는 일을 상상하는 사람의 얼굴이 그런 얼굴일까. 무엇을 상상하든 상상 이상의 벅찬 일이 기다리고 있을 것 같은 기분.

울던 여자가 눈물을 닦더니 가방에서 작은 수첩을 꺼내고 수첩에서 사진 한 장을 꺼내어 내밀었다. 승순은 사진을 받아 보았다. 결혼식 사진이었다. 행복하게 웃고 있는 젊은 여자와 남자가 있었다. 그런데, 젊은 남자의 얼굴이 눈에 익었다. 아니 자신을 보고 있는 느낌이다. 단정하게 빗어 넘긴 머리가 좀 어색하긴 하지만 분명 승순의 얼굴이다. 사진 속 남자를 뚫어지게 보던 승순이 그 옆의 신부를 보고 다시 놀라고 그리고 앞에 앉은 여자를 본다.

어찌된 일인가.

어머니와 아버지는 돌아가셨다. 할머니가 분명히 그렇게 말했다.

꿈도 꾸어 보지 않았다.

어머니의 존재라니.

승순에겐 일반 명사이기만 했던 '어머니.'

그 이름 속엔 어떤 의미도 느낌도 없었다. 무미건조한 단어일 뿐이었다. 도무지 어떤 느낌인지 몰라 대신 할머니를 떠올리면 차라리 생생했다. 따뜻하고 편안한 느낌에 절로 웃음도 났으니까.

부모는 세상에 없었다. 돌아가신 분들이었다. 할머니가 알려준 대로 믿어야 했다. 방법이 없었으니까. 의심이 좀 들었는지도 모르겠다. 그렇지만 어떤 다른 행동도 취하지 않았다. 그 의심 속에 살아있을 것이란 의심은 없었으니까. 죽음에 대한 의문이라면 몰라도. 자세한 이야기도 없는 죽음은 막연하기만 해서 부모를 떠올리면 늘 답답하긴 했다. 하지만 그뿐이었다. 그들이 세상에 없다는 건 기정사실이었고 승순에게 가족은 할머니뿐이었다. 그가 세상을 인식했던 순간부터 할머니가 돌아가실 때까지.

새로운 가족을 만들긴 했다. 정혜와 함께. 그랬던 적이 있었다. 하지만 그는 또 혼자가 되었다. 홀로 되어 거리를 걸었다. 할머니를 떠나보내고 걷던 그 길을, 그날의 참담한 기분으로 걸었다. 걷고 걸어 그 숲에 닿았다. 숲에 앉아 있으면서 기이한 경험을 했다.

그가 나무가 되고,

바위가 되고,

바람이 되어 버린,

그래서 '홀로'라는 느낌이 없이 편안했던.

꿈이었을까.

꿈은 아니다. 할머니를 본 것은 분명 현실에서였다. 그 할머니의 딸이 그걸 증명하고 있다. 하지만 믿기지 않는다. 아무리 생각해도 꿈만 같다.

그게 꿈이 아니라면 무엇이었을까. 그때는 그 할머니를 잘 알았다. 분명히 노파의 마음을 느낄 수 있었다. 나무와 바람과 숲의 마음까지도.

어머니는,

'외할머니가 너를 내게 보냈다.'

며 울었다. 노파가 외할머니였다니. 도대체 어디까지가 현실인 것인가.

그날, 그곳에선,

모든 게 분명했는데.

의심 없이 믿었고 의심 없이 존재했다.

노파의 마음을 온전히 알고 온전히 느꼈다.

⟨네 아버지다.⟩

그 소리가 벼락 치는 소리보다 크게 들렸다.

사진 속 신랑을 가리키며 그렇게 말했다.

성숙은, 아니 어머니는 확신에 차서 그렇게 말했다.

어머니의 기억을 통해 다시 살아나온 아버지 현중과 할머니 무희.

아버지를 쏙 빼닮았다는 그 말이 그렇게 푸근할 수가 없었다. 마치 자기 얼굴이 훈장이나 되는 것처럼 자랑스러웠으니까. 아버지 이야기를 하는 성숙의 표정을 보는 것만으로도 벅찼으니까. 승순은 그런 사람이 되어 있었다. 어머니의 기억 속에 영원한 아버지의 아들이라는 것만으로도, 어머니의 따뜻한 표정 속에 살아있는 할머니의 손자인 것만으로도 존재 가치가 있는.

무엇보다.

어머니에게 정혜 이야기를 할 수 있어 정말 좋았다. 어머니에게 이야기할 땐 하나도 무겁지 않았다. 무겁지 않았을 뿐 아니라 용기가 용솟음쳐 두려운 것도 없어졌다. 무엇이든 할 수 있을 것 같았다. 당장에 정혜를 찾아가 이렇게 말하고 싶었으니까.

〈우리 어머니가 나를 너에게 보냈어.〉

* * *

내내 기다렸다.

전화를 기다리다 지치면 현관문에 귀를 기울이곤 했다.

화가 나서 친정으로 와버렸지만 사실 친정집 문 앞에서 후회와 마주쳤다. 홀로 두어도 될까. 걱정이 화를 밀어내고 있었다. 하지만 돌아가는 것도 서글펐다. 꾸린 짐을 다시 혼자 끌고 가는 상상만으로도 눈물이 났다. 그런 상상을 하는 순간 다시 화가 치밀어 벨을 눌렀다.

엄마는 한참 만에 문을 열었다.

이미 놀란 얼굴이었다.

전화도 없이, 갑자기 나타난 딸. 게다가 문 앞에 버티고 있는 커다란 여행 가방. 갑작스런 방문에 이미 나쁜 상상이 날개를 치고 있는 판에 눈앞에 큰 가방까지 떡하니 버티고 있으니, 증거도 그런 확실한 증거가

272

어디 있을까.

늦은 점심을 먹고 설거지를 하던 중이라 벨소리가 잘 들리지 않았다고 했다. 올 사람이 없으니 들으면서도 인식을 하지 못했을 지도 모른다. 아버진 항상 열쇠를 가지고 다니는 분이고 딸들이 미리 연락 없이 오진 않으니까.

친정은 무턱대고 왔다간 아무도 없는 집이기 일쑤다. 아버지도 어머니도 외출이 많은 편이기 때문이다. 그날도 아버진 산악회에서 등산을 가셨고 어머니도 문화센터에 나갈 참이었다. 가장 늘어지기 쉬운 오후 세 시에 하는 댄스강좌에 새로 등록했기 때문이었다. 막내인 정혜까지 딸 넷을 모두 출가시킨 부부는 마음껏 노년의 여유를 누리는 중이었다.

여행 가방과 함께 나타난 정혜는 평온한 부부의 일상에 엄청난 파문을 일으킨 셈이다. 문이 열리고 엄마의 얼굴을 마주 하는 순간 정혜는 깨달았다. 문제를 해결하려 하기보다 회피하려 했다는 걸. 회피하고 집을 나옴으로써 자신의 짐을 부모에게 지우고 있다는 걸. 짐을 진 채 부모의 등에 매달리는 꼴이라는 걸.

밀려오는 또 다른 후회의 짐을 진 채 정혜는 친정 문턱을 넘었다. 집을 나올 때보다 더 무거운 발걸음이었다.

부모님의 염려는 합당했다.

정혜가 막무가내로 결혼하려 할 때 충분히 걱정했던 일이 벌어지고 말았다. 호란이란 변수가 있었지만 그것도 어떻게 생각하면 같은 맥락이다. 결국은 안정된 직업을 가지지 못했기 때문에 일어난 일일 수 있으니까. 하고 있는 일이 안정적이었다면 그렇게 쉽게 미끼에 현혹되지 않앉을 것이다. 배부른 물고기가 덮어놓고 미끼를 물진 않을 테니까. 지금 승순은 직업을 찾는 시행착오의 과정 중에 있다는 생각이 들었다.

부모는 그걸 염려했던 것이다. 시행착오도 겪어보지 못한 대학생이었다는 것. 재산이 좀 있다 해도 하늘이 내린 거부가 아닌 이상 곶감 빼먹듯 빼 쓰는 돈은 아주 헤프다고. 졸업하고 무얼 할 작정이냐고 물었다. 생각해 둔 미래가 있느냐고. 하지만 그때는 부모의 걱정이 터무니없게 느껴졌다.

승순도 정혜도 나이만 찼지 세상을 몰랐다. 그래서 용감할 수 있었다. 모르는 세상에 준비 없이 뛰어든 대가는 혹독했다. 그때서야 승순의 할머니가 대단해 보였다. 혼자 손자를 키우며 이루어 놓은 것들. 그걸 아무 생각 없이, 당신의 인생에 경배는커녕 고마워하는 마음도 없이, 그렇게 건방지게 누렸다. 부모에 대해서도 마찬가지였다. 부모 돈으로 대학원까지 다니면서도 그것 또한 당연했고 의심도 없이 자신도 그렇게 살게 될 줄 알았다. 아니 그보다 더 멋지게 사는 것이 그녀의 미래여야 했다.

더 멋진 미래는 고사하고 짐이나 되지 않으면 다행인 인생이 되어버린 지금. 친정살이는 한 시도 마음이 편하지 않았다.

정혜의 꿈은 빨리 집으로 돌아가는 것이었다. 어쩌다 기껏 집으로 돌아가는 게 꿈이 되어버렸는지. 집을 나오자마자 꿈이 바뀌다니. 짐을 쌀 땐 어떤 꿈이 있었을까. 도대체 목적이란 게 있었을까. 왜 이미 저지르고 난 뒤에야 해야 할 일이 분명히 보이는 걸까. 한심했지만 이젠 돌아갈 이유를 만들어야 했다.

얼굴을 맞대고 둘이서 해결해야 할 일이었다. 정혜도 닥친 현실이 두

럽지만 승순은 더 두려울 것이었다. 어쨌든 가장이고 자신이 앞장서서 저지른 일이니까. 더구나 할머니 집을 떠나야 하는 아픔은 정혜에 비교할 바가 아니란 생각이 들었다. 바보같이 그것도 집을 떠나서야 비로소 생각이 났다.

승순이 바로 전화를 할 줄 알았다.

그날 저녁에라도 전화가 올 줄 알았다.

전화가 오지 않자 찾아올 거라고 믿었다.

그러나 일주일이 지나도록 전화도 없고, 오지도 않았다.

전화를 해볼까? 내가 왜? 무슨 일이 있는 건 아닐까?

하루에도 열두 번 마음이 바뀌었다.

그러면서 내내 전화를 기다리고 현관밖에 신경을 곤두세웠다.

이른 아침에 울리는 벨소리.

정혜는 튕기듯 일어나 휴대폰을 확인했다.

승순은 아니었다.

경찰이란 소리에 정신이 아뜩했다.

지독하게 나쁜 생각이 머리를 스쳤다.

하지만 최악은 아닌 것 같았다.

휴대폰과 지갑만 들고 방을 나서는데 두 분이 다 거실에 나와 계셨다. 정혜가 전화를 기다리고 현관에 신경을 곤두세우고 있는 동안 그들은 정혜의 모든 행동에 신경을 모으고 있었던 것이다. 무슨 일이냐고 묻지도 못하고 혼비백산한 딸을 보고만 있는 그 모습에 눈물이 핑 돌았다.

– 경찰에서 전화가 왔어요. 지민 아빠가 병원에 있다고.

부모님의 얼굴이 동시에 무너졌다. 아버지가 비틀거리는 엄마의 팔을 잡았다. 아버지가 기어이 따라 나섰다.

엄마도 같이 오려 했지만 아버지가 말렸고 집에 남았다.

* * *

정혜 어머니 세명은 전화를 받고 나서야 쌀을 씻었다.

사위는 멀쩡하단다.

의식을 찾고 몇 마디 나누다 잠이 들었다 했다.

늦은 아침을 짓기 시작했다. 사위가 잠만 자고 있으니 일단은 집으로 오겠다고 했기 때문이다. 와서 세수도 하고 준비를 해서 다시 가야겠다고.

하지만 정혜 아버지만 먼저 들어왔고 정혜는 점심때가 지나서야 집으로 왔다. 행여 그새 잠에서 깨어날까 쉽게 발걸음이 떨어지지 않았던 모양이었다.

한나절 새에 눈이 쏙 들어간 정혜는 세수부터 하고 밥을 먹겠다고 화장실로 들어갔다. 세명은 오이채국을 다시 만들어 얼음을 띄워 상에 놓았다. 아침엔 콩나물국을 시원하게 끓여 놓았지만 기온이 더 올라가 그것도 답답할 것 같아서였다. 정혜는 말끔하게 씻고 식탁에 앉았다. 씻고 나니 그래도 예전 모습이 보였다. 오이채국으로 밥을 한 공기 다 비우더니 잠깐만 쉬겠다고 소파에 누웠다.

아침도 안 먹고 먹은 점심에 노곤했는지, 아님 노심초사 하던 마음이 좀 놓였는지 소파에 누워 있던 정혜가 잠이 들어버렸다.

곤하게 든 잠을 깨울 수가 없었다. 정혜 아버지도 병원에 가는 일이 초를 다투는 일이 아니라고 그냥 두라고 했다. 사위도 자야 하고 정혜도 자야 한다고. 사위는 어제 밤새 비를 맞은 채 숲에 쓰러져 있었다. 같이 쓰러져 있던 할머니는 사망했다고 한다. 그 소리를 듣곤 간이 철렁했다. 사위도 잘못될 수 있었단 말이 아니던가. 쓰러진 나무가 용케 사위를 비켜간 것이다.

두 시간을 자고 난 정혜가 깨우지 않았다고 투덜거리고, 병원에 가지고 갈 음식을 준비하고, 딸네 집에 들러 사위의 옷을 챙기고, 병원에 도착했을 때는 긴 여름해가 지고 있었다.

사위가 있는 병실 문 앞에 선 세명은 가슴이 좀 답답했다.

세상천지에 혼자인 승순과 결혼하겠다며 데려왔을 때도 지금처럼 갑갑하진 않았다. 부모를 일찍 여의었다는 것으로 흠을 잡고 싶진 않아 장래에 무얼 하고 살 거냐고 넌지시 물었다. 사람은 나무랄 데 없이 순하고 좋아 보였지만 그게 또 걱정이었다. 앞날을 염려하고 필요하면 꾸중을 해줄 부모가 없으니 부모 대신 한 걱정이기도 했지만 정혜는 그걸 이해하지 못했다. 그저 간섭하는 걸로 알고 못마땅해 했다. 세명도 그랬다. 내 자식이면 듣기 싫어하건 말건 끝까지 자세하게 물어보겠지만 사위라 어려웠다. 정혜 아버지는 세명보다 남 듣기 싫은 소리를 더 못하는 사람이라 기대할 수도 없었다. 그래서 한쪽 가슴이 답답한 채로 혼사가 진행되었다. 사위가 일가친척도 없는 지라 일은 두 배로 많아졌다. 그건 물론 기꺼이 할 수 있는 일이었다. 일을 봐주면서 보니 고립무원의 처지가 안됐기도 했고 더 자식 같기도 했다. 걱정은 되도록 던져버리고 좋은 쪽으로만 생각하며 혼사 준비를 했다.

'아들이 생기는 것이다.'

'정혜는 시집살이란 말도 모르겠구나.'

'어려운 일 있으면 부모처럼 의지하고 의논도 하겠지.'

순하고 좋아 보이는 것만 믿고 시킨 결혼이었다. 그랬으면 염려를 잠재우고 보기 좋게 잘 살았으면 좋았으련만 나쁜 예상은 왜 그렇게도 명중률이 높은지.

순하고 좋아 보이는 것이 도리어 문제의 핵심이 되어갔다.

정혜는 걱정거리를 시시콜콜 이야기하는 아이가 아니다. 그래서 일이 되어가는 자세한 내막은 모른다. 그렇지만 사태의 심각함은 얼마든지 짐작할 수 있었다. 지나가는 소리로 하는 말 한 마디에도 많은 정보가 담겨 있으니까. 알고자 귀를 기울이고 있으면 자식에 관한 일을 모를 수가 없는 게 부모니까. 단지 내놓고 의논해오지 않아서 모른 척했을 뿐이다. 신경이 쓰였지만 내내 지켜만 보고 있었다.

그러다,

집을 날리게 된 걸 알았을 땐 정말 충격이었다.

좀 더 적극적으로 묻고 개입하지 않았던 걸 후회했지만 이미 늦었다.

돌이킬 수 없는 지금의 상황에서 무슨 말을 해야 할까. 자신이 할 수 있는 일은 무얼까. 시원한 답이 없었다. 사지에서 살아온 사위를 생각하면 그보다 반갑고 다행한 일이 없지만 편하게 기쁘지가 않았다. 그리고 세명의 마음을 정말 무겁게 누르고 있는 한 가지. 여자 문제가 있었다. 얼마나 심각한지, 오해가 섞인 지나가는 바람 정도로 끝날 일인지 모르겠지만, 여자가 관련되어 있는 것만은 분명하다. 집을 날리게 되었다고 했을 때의 정혜의 표정에서 그걸 읽었다. 단순히 경제적인 타격에 충격 받은 얼굴이 아니었다. 절망과 분노와 슬픔이 섞인 복잡한 표정. 여자의 직감이 단박에 그걸 알아냈다.

그리고 정혜가 그런 일로 집을 나오진 않는다. 그렇게 되기 전까지도 밤낮으로 돌아가는 편의점 때문에 고달프고 힘들었지만, 그래서 다투기도 한다는 걸 알았지만 일일이 하소연하지 않았다. 힘든 걸 감추려 했다. 우겨서 결혼한 책임을 지려고 했다. 그랬던 아이가, 비록 엄청난 손실이 있었지만, 생판 모르고 당한 것도 아닌 일로, 모든 책임을 남편에게 미루고 집을 나올 리는 없었다. 세명이 알고 있는 정혜는 그런 아이가 아니었다.

그런데 정혜는 여자 이야긴 결코 하지 않고 있다. 정혜가 하지 않는 이야길 굳이 물어보고 싶진 않았다. 아무도 모르게 고비를 넘어가고 싶은 지도 모른다. 오직 둘만의 문제로, 둘이서 해결하고 싶은 지도. 그렇다면 그렇게 두어야 한다고 세명은 생각하고 있다. 부모가 보기에 자식은 늘 위태하고 힘이 쓰이지만 그렇다고 마냥 날갯죽지 속에 품고 있을 순 없다. 다 큰 자식을 그런 방식으로 보호할 순 없다. 그리고 정혜는 이미 한 아이의 엄마다. 부모 노릇이 힘들다 해도 책임을 벗을 수 없고 부부 문제는 더 말할 것도 없다.

그래도 정혜는 괜찮다. 답답하면 부모도 있고 언니들도 있다. 숨구멍이 있다.

하지만 정혜가 아니면 아무도 없는 승순. 허물없이 그의 이야길 털어

놓을 상대가 있을까. 그의 이야길 듣고, 관심어린 충고를 하고, 외통수로 빠지는 걸 막아줄 사람이 있을까.

사위는 혼자 비 오는 숲에 앉아 있었다.

얼마나 답답했던 걸까.

얼마나 답답했으면 젊은 사람이 그러고 있었을까.

한편으론 불쌍하고 한편으론 답답하다. 속 시원한 내막을 모르는 세명이 사위보다 더 답답한 지도 모르겠다. 정혜를 생각하면 더구나.

그런 답답한 마음으로 병실에 들어섰다.

그런데 사위는 혼자가 아니었다.

정혜보다 세명이 더 놀란다.

당연히 혼자여야 할 사위의 곁에 누가 있다는 것은 놀랄 일도 아니었다. 사위에게 어머니가 있다는 것조차 아무것도 아니었다. 세명을 정말 놀라게 한 것은 성숙의 존재였다. 두 사람은 동시에 서로를 알아보았다. 수십 년의 세월이 그들 앞에 가로놓여 있었지만 눈길이 마주치는 순간 단박에 사라졌다.

젖먹이 아기를 떠나보내고 목 놓아 울던 새댁.

대문을 닫아 몰려든 구경꾼들을 밀어내고 새댁을 달랬던 여자.

'세상에!'

둘은 눈을 떼지 못한 채로 서로 다가가더니 손을 맞잡고 그대로 서 있었다.

세명은 성숙이 시집온 집과 담장을 맞대고 살았다.

성숙이 시집오는 것도 보았고, 배가 불러오는 것도 보았고, 갑자기 남편을 잃고 친정으로 가는 것도 보았다. 그리고 텅 비어버린 집 마당에 앉아서 통곡을 하는 것도.

그러니까 성숙의 시어머니와 신랑은 성숙보다 더 오랜 이웃이었다. 그래서 세명은 사위의 기억에도 없고 본 적도 없는 아버지를 오래 보아왔을 뿐 아니라 그 어머니까지 알고 있었던 셈이다.

큰 감나무가 유난히 눈에 띄었던 무희 모자가 살고 있던 옆집으로 이사 왔을 때, 그 집 아들 현중은 중학생이었다. 조용한 모자였다. 휴일에도 하루 종일 그 집에선 아무 소리도 새나오지 않았다. 특별한 왕래가 있었던 것은 아니다. 하지만 이웃으로 십 수 년을 살다보니 자연히 알게 되는 것이 많아졌다.

세명은 그 집에서 딸 셋을 낳아 길렀고, 정혜는 그 집을 떠나던 해에 들어선 늦둥이였다.

아이들 때문에 얼굴을 마주할 일이 자꾸 생겼다. 특히 그 집의 감나무가 자주 다리 역할을 했다. 담벼락에 바짝 붙어 서 있는 감나무는 가지의 반이 세명의 집 마당으로 뻗어있어 사실상 누구네 집 감나무인지 멀리서 보면 구분이 안 될 정도였다. 더구나 아이들 눈엔 저희네 마당에 있는 감이었을 뿐이다.

감이 익기 시작하면 담 너머로 자주 얼굴이 마주쳤다. 담에 기대어놓은 사다리에 올라서면 그 집 마당이 훤히 내려다보였기 때문이다. 아이들이 감을 따느라 사다리에 올라가고, 마침 마당에 나와 있던 현중이나 안주인이 마주치면 늘 그렇게 말했다.

'많이 먹어라.'

그건 세명이 들으라고 하는 소리이기도 했다. 아이들이 감을 얼마든지 따도록 두라는. 담 저쪽에서 소리가 들리면 세명이 사다리에 올라가 인사를 하곤 했다.

그저 그렇게 얼굴이 익어갔다.

늘 한복을 곱게 입고 있던 안주인과 멋진 청년으로 자란 현중.

그리고 사람 좋은 모자의 집으로 시집온 성숙.

시집 온 그 해, 그 집 마당에서 같이 감을 깎은 적이 있었다.

아이들이 학교에 가 있던 그 시간의 집은 적막강산이었다. 아침 설거지도 끝났고 볕이 좋아 마당에 나왔다가 벽에 기대 선 빈 사다리를 보았다. 그즈음엔 아이들도 제법 자랐답시고 감을 따는 데는 시들해져 예전만큼 사다리에 올라가지 않았다. 물끄러미 사다리를 보고 있던 세명이 누가 부르기라도 한 것처럼 사다리에 올라섰다. 감을 딸 마음은 더구나 없이.

세 단을 올라서니 감나무 집 마당이 보였고 마당 평상에 새 며느리가 앉아 감을 깎고 있었다.

– 곶감 만들어 보려고요. 오셔서 같이 하시겠어요?

눈이 마주치자 새색시가 그렇게 말했다.

햇살이 좋은 가을날이었다.

세명은 그 집 평상에서 같이 감을 깎았다.

많은 말을 하진 않았다. 그저 햇살 아래 앉아 꽤 긴 시간 같이 감을 깎았다. 그랬을 뿐인데, 그 일이 있고 난 뒤엔 무척 가까운 사람처럼 느껴지긴 했다.

일부러 시간을 내어 자주 보는 사이도 아니었고, 같은 나이 또래도 아니었고, 오랫동안 이웃해 살았던 것도 아니었다. 새댁은 시집온 지 얼마 되지도 않아 남편을 잃고 배가 부른 채 그 집을 떠났고, 빈 집에서 울고 있던 기억이 마지막이었다. 아기를 보내고.

그 아기가 승순이라니.

모든 답답함은 성숙이 아들을 찾았다는 기쁨에 밀려나버렸다. 그리고 그녀의 얼굴을 다시 보는 순간 깨달았다. 성숙이 좋은 이웃으로, 마음 가는 사람으로 자리 잡고 있었다는 걸. 마지막으로 본 그녀의 모습이 내내 안타깝게 남아 있었다는 것도.

새댁이 아들을 찾았다.

사위가 이제 말할 데가 생겼구나.

정혜도 고민을 덜겠구나.

세명은 어깨에서 무거운 짐을 내려놓은 듯 가벼워지는 걸 느꼈다.

* * *

상주를 할 사람이 없었다.

아들은 완전히 은둔자가 되어 집 밖을 나오지 않았다. 동네 사람들 말을 빌면 밤에는 가끔 돌아다닌다는데 묘숙과 마주치진 않았다. 하긴 밤새 집 앞을 지키고 있는 것도 아니니 얼굴을 보긴 힘들 것 같다. 아들의 촉수는 어머닐 피하는 데 맞추어져 있으니까. 그리고 묘숙은 정성을 쏟는다는 게 어떤 것인지 모르는 여자니까.

그녀는 아들을 정성으로 키우지 않았고,

이익을 쫓아가며 사람을 만났고,

몸이 가는 대로 남자를 만났다.

그렇게 사는 것도 삶의 기술이라 생각했다.

열심히 머리를 쓰며 살았는데 왜 돈이 모이지 않는지, 주변 사람들은 자꾸 달아나는지, 아들을 위해 많은 돈을 썼는데 왜 아들이 그녀를 보는 눈은 험해지기만 하는지, 그녀의 얄궂은 인식 한계로선 그 이유를 알아낼 수가 없었다.

아들은 돈이 아니라 한 사람의 아버지와 사는 어머닐 원했다.

그녀는 그걸 모른다.

그나마 오래 아버지라 부르며 살았던 성조를 얼마나 그리워했는지, 그의 죽음이 아들에게 얼마나 큰 충격을 주었는지.

그녀는 그것도 모른다.

그리고 집을 드나들었던 다른 남자들을 아들이 얼마나 싫어했는지. 아버지 몰래 다른 남자를 불러들이는 엄마가 아들의 마음에서 점차 사라지고 있었다는 것도.

그녀는 몰랐다.

그녀의 남자들을 '아는 사람'이란 말로 언제까지 아들을 속일 수 있다고 생각했다면 그건 정말 큰 실수란 것. 아들이 엄마가 하는 일에 말없이 따라주었다고 해서 그녀의 행동을 용납한 것은 아니라는 것. 봉금에게 저지른 행동은 살인만큼 나쁜 만행이었다는 것도.

그녀는 몰랐다.

아들은 언젠가부터 그런 어머니를 부정하기 시작했다.

무슨 큰 깨달음이 있어 삶의 방향을 새로 세운 것도, 어머니의 잘못된 삶을 인식하게 된 것도 아니다. 오랫동안 묘숙이 생명수로 알고 아들에게 뿌려온 얄궂은 인식의 물이 아들을 얄궂게 키워온 것뿐이다. 그녀의 생활방식이, 세상을 대하는 태도가, 결코 생명을 살리는 생명수가 아니었던 것뿐이다. 다른 생명뿐만 아니라 아들의 생명까지도 위협하는.

피하고 싶었던 어머니의 남자들.

항상 남자와 있는 어머니.

어머니의 남자들을 보지 않기 위해 어머니를 피해야 했을까.

그렇다면 어머니만 피하면 되는 것일까.

그러나 문제는 직선으로만 달리지 않는다.

아들은 어머니를 기피했고 차츰 사람들까지 피했다. 어머니에 대한 불신은 모락모락 피어나는 불씨처럼 자라나 세상에 대한 불신으로 커져갔다. 세상을 적으로 돌리고 자꾸만 더 깊은 동굴 속으로 들어가는 아들. 자기 꾀에 빠져 이익만 좇아다니는 동안 그녀의 뿌리가 썩어가고 있었던 것이다.

그녀가 그걸 알게 될까.

알아챌 날이 오기나 할까.

묘숙은 좀 미안한 생각이 들었다.

얼굴도 볼 수 없는 아들을 상주로 세울 방법은 없었다.

그래서 장례식장엘 가긴 했지만 성숙의 눈길을 피해 다녔다. 더구나 봉금을 못 본 지 오래 되어 그동안 무슨 일이 있었는지 해 줄 말도 없었고 아는 것도 없었다.

　그런데 성숙이 그녀를 보지 않는다는 걸 알았다. 아니 없는 사람 취급을 했다. 그리고 묘숙이 걱정할 필요도, 미안해할 필요도 없었다는 것을 알게 되었다. 상주가 있었다. 세상에! 상주를 대신할 사람이 있었던 것이다. 진작 알았다면 괜히 눈치 보며 먹을 것도 못 먹고 피해 다니지 않아도 되었는데, 얼마나 억울했던지.

　미안한 마음이 천 리 밖으로 달아나면서 궁금증이 일었다. 궁금한 걸 담아두지 못하는 묘숙이 상주를 보러갔다.

　그리고 기절할 만큼 놀랐다.

　출생의 비밀을 그녀만 가지고 있었던 건 아니었다.

　시누이에게 아들이 있었다니. 첫 남편과의 사이에 아들이 있었다는 건 몰랐다. 재처로 가서 남의 아들만 키우고 있는 줄 알았다. 그 집 남매는 남의 자식 키울 팔자인가 보다, 하며 속으로 웃었으니까.

　묘숙은 마치 큰 비밀이나 알아낸 듯 눈을 반짝였다. 그게 비밀이 아니란 걸 그녀는 모른다. 그녀가 시집 일에 관심이 없었던 만큼 시집에서도 애써 알리지 않았던 것뿐이다. 하지만 늘 자기 꾀에 빠져 살고 있는 묘숙이 그것까진 알지 못한다.

　묘숙의 의식은 어떤 곳에서 온 것일까. 어떤 의식이기에 타인의 마음을 그저 이용만 하려는 걸까. 이용할 수 있겠구나,로 판단하는 걸까. 무얼 얻어낼 수 있는지 계산하는 데만 머리를 쓰는 걸까. 타인의 마음에 행복해하고 고마워하는 마음은 없는 걸까. 의식 속에 '사랑'이란 게 있기나 한 걸까. 아니면 그녀의 '사랑'이 다른 사람의 '사랑'과 기준이 다른 것일까. 기준이 다르다면 그 기준은 어디서 온 것일까. 사람에게서 배운 것일까. 우주의 의식일까. 사람의 의식이 우주에서 온 것이라면 그것도 우주의 소산일까. 그렇다면 묘숙의 얄궂은 의식도 인정받아야 하는 자연스러운 것일까.

모를 일이다.

하여튼 그녀에게 '사랑'이란 돈을 쉽게 구할 수 있는 '통로' 쯤으로 인식되어 있는 건 아닌지. 성조의 사랑도, 봉금의 관심도, 돈이 나오는 통로 구실로만 쓰인 것 같다. 그래서 돈을 따라 다니던 그녀에게 봉금의 죽음은, 이제 관계의 죽음이 되지 않을까. 오늘 장례식장에 나타난 이유도 어쩌면 돈이 목적이었을 수도. 이용할 어떤 마음을 찾아 나선 건지도.

장례식장은 조용했다.

너무 조용해서 심심하던 차에 승순의 존재는 흥미 그 자체로 부상했다.

* * *

오빠의 아내였던 여자였다.

그뿐이다.

오빠에게 평생 다른 남자의 아이를 자식으로 키우게 했다는 걸 알고 있다. 어머니에게 한 짓도 알게 되었다. 하지만 지금 그건 중요하지 않다. 보지 않을 여자니까. 아무런 관계도 없는 사람이 되었으니까. 묘숙은 이제 모르는 사람이 되었다. 묘숙을 보고도 화가 나지 않는 이유를 성숙은 알았다. 자기의 마음을 들여다보고 좀 놀랐다. 완전히 마음에서 버린 여자였다.

장례식장에 나타났을 때 이미 그랬던 모양이었다. 없는 사람인 것처럼 굴었다. 일부러 그렇게 하려고 했던 건 아니었다. 그녀의 얼굴이 보이는데, 분명 아는 얼굴인데, 아무런 반응이 일어나지 않았다. 미워할 마음조차 없는 사람. 정말 지워진 여자가 되었던 모양이다.

오빠가 아플 때만 해도, 조카의 출생비밀을 알았을 때도, 어머니에게 한 짓을 짐작하고 있을 때만 해도 분노심이 있었다. 그래도 애증이 있었다. 오빠의 아내로, 어머니의 며느리로, 성숙의 관심 안에 있었다. 아니 어머니의 사고 소식을 듣고 내려올 때만 해도 분명히 가족의 범주에 존재했다.

그런데,

사고가 나고 이틀이 지난 다음날, 그것도 늦은 오후에 나타난 묘숙을 발견했을 땐 완전히 달라져 있었다. 그녀는 성숙에게 존재하지 않는 여자가 되어 있었다. 존재하지 않는 여자에게 남은 감정이 있을 리가 없다. 신기하게도 감정을 벗어난 상태에서 묘숙이 아주 잘 보였다. 그녀가 장례식장에 나타난 이유까지도.

지피지기면 백전백승.

문자로만 존재했던 그 말이 생생하게 살아있다는 것을 깨달았다. 그녀 덕분에 실감하게 되었으니 고맙다고 인사라도 해야 될지 모르겠다.

묘숙은 왠지 두려운 존재였다. 보이지 않는 세계가 두려운 것처럼. 도무지 그 마음을 알 수 없는 여자였다. 자주 보진 못해도 볼 때마다 감지되는 느낌.

'왜 믿음이 가지 않을까.'

어떤 말을 해도, 어떤 표정을 지어도, 심지어 웃을 때조차도, 그 뒤에 다른 게 도사리고 있는 것 같았다. 오빠의 여자가 아니라면, 어머니의 며느리가 아니라면 상관도 없었을, 불안한 그 느낌은, 내내 변하지 않았다. 그래도 묘숙이 가족의 범주에 속해 있다는 걸로 위안을 삼았다. 적어도 오빠의 아내니까. 가족에게 무슨 짓을 할까. 강도도 가족의 물건을 강탈하진 않을 거니까, 하는.

하지만 그것조차 순진한 믿음이었다는 걸 성숙은 그제야 알게 된 것이다.

묘숙이 그냥 '어떤 여자'로 분리가 되면서.

장례식장에 나타난 묘숙은 며느리가 아니었다. 며느리로 온 게 아니었다. 다른 목적이 성숙의 눈에 보였다. 그 목적을 위한 또 다른 관계를 맺고 싶은 것이다. 새롭게 맺은 관계에서 얻을 이득을 찾고 있는 것이다.

그리고 새로운 관계의 대상이 승순이란 것.

그녀를 전혀 모르면서 그녀는 알고 있는 사람을 찾은 것이다. 그녀를 알고 있는 사람에겐 믿음을 얻기가 어렵고 그녀가 전혀 모르는 사람에겐 접근이 쉽지 않을 거니까. 목표가 정해지면 망설임 없이 접근해서 상대의 사정을 알아내고, 관계를 구축하고, 그리고 믿음을 이용할 것이다. 승순을 보는 반짝이는 눈빛이 그걸 말해주었다.

하지만 그 반짝이는 눈이 두렵지 않았다.

이유를 알 수 있는 눈빛이었으니까.

막연한 불안감은 옛날 말이었다.

흥미를 한순간에 접게 할 수 있는 방법이 있었다. 간단하고도 확실한 방법이. 그녀가 자기 꾀에 넘어가기만 하면 되었다.

묘숙이 빈소로 들어서는 게 보였다.

승순이 상주자리에 앉아 있다 묘숙을 보고 일어섰다. 성숙도 일어섰다. 사실 묘숙은 그 자리에 같이 있어야 할 사람이었다는 걸 승순이 알 리가 없다. 성숙이 아무 말도 해주지 않았기 때문이다.

소개할 필요가 없는 사람이 될 것이다.

이 시간 이후로 보이지 않을 사람이 될 것이다.

다가오는 묘숙을 보며 성숙이 혼자 그렇게 말했다.

묘숙은 영정에 절을 하고 성숙 모자와 마주 앉았다.

– 어머니 사시던 곳엔 당분간 제가 있어야겠어요. 유품은 제 손으로 정리하고 싶네요. 그리고 집 처분 문제는 저랑 천천히 의논하셔도 되겠지요?

묘숙이 입을 열기 전에 성숙이 한 말이다.

성숙은 그녀와 얼굴을 마주하고 길게 앉아있고 싶지 않았다. 그녀가 입을 열어 쓸데없는 질문을 하게 두고 싶지도 않았다. 대답하고 싶은 말도 듣고 싶은 말도 없었다. 그녀는 목표가 있고 그 목표의 가치가 사라지면 지체 없이 사라질 것이었다. 성숙의 말 속에는 묘숙의 흥미를 단박에 끊어버릴 말이 들어있었다.

다세대 주택은 이미 묘숙의 소유도 아니다. 그녀의 손으로 처분하였다. 그런데 표정은 천연덕스럽다. 웃음까지 보인다.

묘숙이 웃는 얼굴로 대답했다.

– 네, 물론이지요.

늘 믿지 못했던 그 웃음. 웃음 뒤에 도사리고 있을 그 '무엇'이 이제 확실하게 보였다. 그 대답이 결코 진실한 답이 아니라는 것과 다시는 나타나지 않을 의미의 웃음이라는 걸. 그리고 속으로 승리의 브이까지 그리고 있을 지도 모른다. 봉금에게 저지른 일이 들통 나기 전에 도망가게 되어서 정말 다행이라고. 묘숙은 승순에 대해서도 아무것도 묻지 않았다. 분명 지대한 관심의 대상이었을 테지만, 관계 맺을 일이 없어진 이상 알 필요도 없어졌기 때문이다. 질문 없이 나가는 묘숙의 등을 보고 성숙은 확신했다. 인연이 끝났다는 걸.

묘숙이 문 밖으로 사라지자 승순이 물었다.

- 누구세요?

- 외할머니와 알던 사람. 외할머니 돌아가셨으니 이젠 볼일 없을 거야.

폭풍

폭풍우는 한순간에 왔다.

빛이 물러갈 시간도 주지 않고 구름은 해를 가렸다.

어쩌면 기울어지고 있었던 힘 잃은 태양이 대신 강력한 바람을 불렀
는지도 모른다. 대기의 기운은 옮겨가는 것이지 사라지는 건 아니니까.

비바람으로 변한 기운은 세찬 바람과 비로 숲을 흔들었다.

낙하의 속도에 힘이 붙은 빗방울과 빗방울만큼 힘을 얻은 바람.

빗방울은 바람에 실려 가지 않으려 하고 바람은 빗방울을 날리고
싶어 한다.

빗방울의 속도와 바람의 세기는 숲의 머리에서 뒤엉킨다.

나뭇가지가 잎을 매단 채 부러지고 순식간에 여기저기 나뒹구는 생
가지들.

벤치에도 비가 떨어진다.

빽빽한 나뭇잎에 층층이 막혀있던 하늘이 마침내 뚫렸다.

노파의 머리가 움직인다.

고개를 들어 하늘을 본다.

빗방울과, 흩어지는 나뭇잎과, 컴컴한 하늘.

그녀는 무엇을 보았을까. 무엇을 보았든, 그만 일어나야 하리라는 걸 알았을 것이다. 그렇지만 아무것도 보지 못한 것 같기도 하다. 하늘을 향했던 고개는 다시 정면 어딘가를 향해 멈춘다. 일어날 생각은 전혀 없어 보인다. 흰 치마 앞자락이 비에 젖어 풀이 죽어가고 있다. 지팡이 끝에 눌려있던 흙바닥도 빗방울에 얼룩이 진다.

아무려면 어때.

치맛자락이 그렇게 말하고 있는 것 같다.

빳빳하게 풀을 먹여 칼칼했던 치마는 빗방울이 떨어질 때마다 그렇게 중얼거리며 숨을 죽이는 것처럼 보인다.

노파도 숨을 죽이고 있다.

그녀의 치마처럼 호흡을 가다듬고 있다.

주변의 공기가 흔들리지 않게 가만가만 숨을 들이쉬고 내쉰다.

노파의 세포는 더 이상 산소가 필요 없게 될지도 모르겠다. 그녀의 호흡이 그런 뜻을 공기 중에 내보낸다.

대기는 그녀의 뜻을 알아먹었을까.

그래서 옆에 앉은 남자에게도 그 뜻이 전해졌을까.

남자의 옷에도 빗방울이 얼룩얼룩하다.

그의 눈앞에 비가 떨어진다.

운동화에 비가 떨어진다. 땅에서는 빗방울이 튀고 있다. 잎이 달린 채 꺾어진 나뭇가지가 바람에 뒹군다.

남자는 그걸 보고 있다. 그런데 눈에서 눈물이 떨어진다.

바람이 불고 비가 오는 숲 속 벤치에 앉아 울고 있다. 빨리 일어나 비를 피해 어디로든 달려가야 하는 것 아닌가. 그게 상황에 맞는 젊은 이의 행동이 아니던가. 비가 오는 날이면 눈물이 절로 나는 그런 사람 이었던가.

모르겠다.

비 오는 숲에서 그는 울고 있다.

자신도 모르게 흐르는 눈물.

남자는 자신도 알지 못하는 이유로 눈물을 흘린다.

갑자기 눈물이 났다.

바람이 숲을 흔들고 흔들린 공기가 그의 몸을 스치고 지나가는데 눈물이 났다.

눈물이 흐르는 순간 번개를 맞은 것 같은 느낌이 있었다.

아뜩했다.

고개를 돌린다.

옆에 노파가 앉아 있다는 생각이 들었기 때문이다.

노파의 얼굴도 그를 향한다.

눈이 마주친다. 그리고 본다. 그들의 등에 그림자처럼 다가오는 것을.

남자는 깨닫는다.

정말 번개였구나.

벼락이 내렸고, 벤치 뒤에 있는 거대한 나무가 벤치를 덮치고 있었다.

그때 입에서 터져 나온 단어.

할머니!

왜 할머니라고 외쳤을까.

쓰러지는 나무는 너무 거대해서 현실 같지가 않았다.

남자가 노파를 향해 팔을 뻗은 게 먼저인지 노파가 남자를 밀어내며 앞으로 쓰러진 게 먼저였는지 모르겠다.

그건 벤치를 덮친 무주나무가 제일 똑똑하게 보았을 것 같다.

노파의 팔이 남자를 안으며 쓰러지고 남자는 노파의 힘에 밀리며 뒤로 나가자빠졌다. 마지막 순간 기억에 남은 건, 엄청났던 노파의 힘.

노파는 멀리서 날아오는 공처럼 빠르고 강렬하게 남자를 밀며 쓰러졌다.

엄청난 소리가 이어졌지만 남자는 듣지 못한다.

폭풍우가 지나간 숲.

거짓말 같이 구름이 몰려가고,

쓰러진 나무 뒤로 훤히 드러난 하늘에 드리운 붉은 노을.

* * *

숲 속 공터에 무주나무 세 그루가 살았다.

같은 어미에서 태어나 같은 해에 싹을 틔우고,

어깨를 나란히 한 채 오래오래 살았다.

처음엔 더 많은 씨앗들이 싹을 틔웠지만 모두가 살아남을 순 없었다.

누군가 벌레의 밥이 되어 준 덕분에,

누군가 초식 동물의 혀에 말려 씹혀 먹힌 덕분에,

누군가 햇빛을 포기하고 말라버린 덕분에.

넉넉하게 햇살을 받고, 모자라지 않게 물도 끌어올리고, 적당한 바람을 가지 사이로 지나가게 할 수 있었다.

그렇게 남은 세 그루의 나무는 서로 기대고, 느끼고, 바라보며 살았다.

오래 산 덕분에 키는 하늘을 찌르게 되고 높은 가지 위엔 다른 씨앗들이 날아와 또 다른 세계도 만들었다. 가지가 뻗어나간 만큼 다른 세계도 커져가고 자라난 가지들이 엉키고 겹치기 시작했다.

세 나무는 때가 되었음을 알았다.

언제나 모두가 살아남을 수는 없다.

이제 바람이 불어도 편히 바람에 몸을 맡기고 활개를 칠 수가 없어졌다. 가지들이 부딪치고 불꽃을 튀겼다. 햇빛을 받을 수 없는 잎이 늘어나고 생기 잃은 가지가 산 채로 말라갔다.

때가 왔다.

나무들은 때가 왔음을 알았고 떠날 자가 누구인지도 알았다.

햇살이 뜨겁게 숲으로 쏟아지는 어느 날.

그들은 준비를 했다.

엄청 뜨거워진 공기라야 더욱 빠르게 찬 공기를 맞이할 수 있었다.

그날,

숲은 뜨거워질 대로 뜨거워졌고, 가운데 자리 잡은 나무는 바짝 달아오른 공기 속으로 기운을 내보내고 있었다. 좌우에 선 두 그루 나무는 가운데 나무가 내보내는 기운을 느끼며 내면으로 들어갔다. 앞으로 가운데 나무의 기운은 남은 두 그루 나무속에서나 만날 수 있을 것이다.

나무들이 때를 기다리던 그날,

한 노파도 때를 기다리고 있었다.

해가 뜨기 전부터 나무 밑 벤치에 앉아 있던 노파.

나무는 노파가 기다리는 때가 자신과 같다는 걸 알았다. 노파가 뿜어내는 기운이 그렇게 말했다.

상관하지 않겠다.

관여할 수 없다.

나무는 오랫동안 그래왔던 것처럼 자신 속으로 들어갔다.

그곳에 머무는 동안 수많은 생명의 흐름을 보아왔다.

그건 숲의 흐름이기도 했다.

햇살과 그늘이 쉼 없이 흘렀던 곳.

그늘에서 쉬고, 그늘에서 자기도 하고, 그늘에서 사랑도 하고, 밥을 먹고, 다투기도 하고, 누군가의 생명을 빼앗고, 빼앗기고, 시나브로 기운이 다하기도 했다.

그런 것이다. 생명이란 것은.

한 남자가 더 왔다.

노파가 기다리는 때와 같지 않은 사람이다. 아직 때가 되지 않았다. 나무는 그것도 알지만 상관하지 않는다. 관여할 수 없다. 두 사람이 어떤 관계를 맺든, 어떤 관계이든 그것도 상관하지 않는다. 늘 그래왔던 것처럼.

구름이 몰려오는 걸 신호로 바람이 일기 시작했다.

그리고 폭우가 쏟아졌다.

컴컴해진 하늘 속엔 나무가 알고 있는 기운이 잔뜩 들어있었다. 거친 폭풍 속에 많은 가지가 찢겨나갔다. 그리고 마침내 한 방향으로 내리꽂히는 기운.

한 방향으로 달리는 기운엔 엄청난 힘이 실려 있다.

벼락을 맞았다.

한순간 세상이 조용해졌다고 느끼는 순간 하늘과 땅이 움직인다.

나무는 더 이상 서 있지 못하고 무너지고 있다. 하늘이, 땅이 움직이는 것이 아니라 자신이 움직이고 있다. 태어나서 처음으로 다른 방향으로 공간 이동을 하고 있다.

나무는 넘어지면서 노파와 남자를 본다.

노파의 힘이, 아니 강렬한 의식이 느껴진다.

남자를 밀어내려 하고 있다. 살려내고 싶다고 온 몸으로 말한다. 노파의 의식이, 염원이 너무 강해 나무도 움찔할 판이다.

노파는 남자를 무사히 밀어내고 자신의 몸을 버린다.

쓰러지는 나무가 그것을 똑똑히 본다. 그리고 나무도 얼마쯤 몸을 비틀었다. 노파의 염원에 밀린 건지도 모른다. 그녀의 마른 나뭇가지 같은 종아리 위로 나무는 무겁게 몸을 눕힌다.

에필로그

초여름의 숲.

아찔한 향기로 가득하다.

아카시 꽃인가?

얼굴 가득 향기를 들이마시던 여자가 남자를 돌아본다.

아마도?

남자의 얼굴은 여전히 눈앞의 숲길을 향한 채다. 그러면서 여자의 어깨를 두른 팔에 힘을 조금 주는 건 대답 대신인 모양이다.

여자의 한 팔은 남자의 허리를 감고 있다.

고개를 약간 든 채, 눈매가 웃고 있는 남자의 옆얼굴을 보며 한참을 걷던 여자의 눈길도 다시 앞쪽으로 향한다. 팔랑거리는 초록 잎들 사이로 햇살이 비쳐들어 눈을 찌르지만 고개를 돌리지 않는다. 대신 잠깐씩 눈을 감는다. 서로 어깨와 허리를 잡고 걷는 터라 잠시 눈을 감아도 걱정이 없다. 눈을 감고 걸으면 그녀의 어깨가, 그의 허리가, 더 가깝게, 든든하게, 가슴 벅차게 느껴지는 덤까지 있다.

둘은 말없이 숲길을 걷는다.

하늘을 찌르는 나무 두 그루가 앞을 막아설 때까지.

남자는 감개무량하다.

원래는 세 그루였는데……..

가운데 있던 나무를 떠올리려 하지만 눈을 감아야 가능하다.

쓰러진 나무는 이제 등걸로만 존재한다. 나무의 빈자리는 이미 사라졌다. 빈 공간으로 세력을 넓힌 두 나무의 가지가 닿을 듯 가깝다.

그리고

등걸 주변에 가득한 새순들.

언젠가 그 자리의 주인이 될 어린 나무일지도 모르는 새순들.

애벌레의 밥이 될 새순과,

초식동물의 먹이가 될 새순과,

땅의 거름으로 보태어질 새순들 덕분에,

오랫동안 살아남아서,

숲의 주인이 될 어린 나무들이,

햇살을 향해 고개를 내밀고 있다.

쓰러진 나무 밑에 깔렸던 낡은 벤치도 나무와 같이 치워졌다. 평평하게 다듬어진 거대한 나무의 밑동이 당분간 벤치가 될 것 같다. 어린 나무가 자라 밑동을 거름삼고, 그리고 그들의 가지와 뿌리가 그것을 덮어버릴 때까지는.

두 사람은 나무 밑동에 앉는다.

여자는 남자의 어깨에 머리를 기댄다.

바람이 불고 숲이 흔들린다.

나뭇잎 사이를 비집고 떨어지는 햇살이 숲의 향기와 함께 그들의 머리 위로 쏟아진다.

작가의 말

전혀 글을 쓰지 않고 몇 달을 보냈다.

당분간 읽고 싶은 책만 읽으며 여유를 즐기겠다고 주변에 선포도 했고, 나도 그러고 싶은 줄 알았다. 시간이 흘렀다. 글 쓰지 않는 시간은 다른 많은 일들로 채워졌고 부산한 나날이 계속되었다.

분명 바쁜 생활이었다.

하지만 무언가 문제가 있었다. 하고 싶은 일을 하고 있는데도 별로 흥이 나지 않았다. 바쁠수록 허전했고 놀면서도 지루했다. 모든 일에 맥이 없었다.

어느 날,

무작정 펜을 들고 새 공책을 펼쳤다.

그리고, 아무것도 없는 빈 종이에 정성스럽게 '숲'이라고 썼다.

글을 쓰려고 시작한 것은 아니었다. 떠오르는 것은 아무것도 없었다. 그냥 연필을 들고 손을 놀리는 동작을 몹시 하고 싶었던 것뿐이다. 그런데 깨끗한 빈곳에 '숲'이 적히는 순간 '숲'이 진짜 나무가 되고 무성한 수풀이 되어 흔들리는 것이 아닌가. 더구나 '숲'이라는 글자는 나무의 자태와 얼마나 똑같은지, 숲의 모습과 그렇게 닮았는지. 당시 내 눈앞에 무슨 계시가 내린 것 같았다. 그 느낌을 그냥 흘려보낼 수 없어 아무 글이든 써야 했다.

정말 그냥 써내려가기 시작했다.

글자가 나타나고, 글자들이 줄이 되어 여백이 채워지는 순간들이 주었던 그 흥분과 위로.

생생하게 맥이 뛰었다.

그리고 알았다.

난 여유가 필요했던 것이 아니라, 뚜렷한 글감이 없었다는 것을. 그리고 그게 두려웠다는 것을. 아무것도 떠오르지 않는 상태가 너무 두려워, 쉬겠다고, 거짓 선포를 했다는 것을.

그리고 또 알았다.

재료를 준비하고, 다듬고, 쌓아놓은 후에야 작품을 시작할 수 있는 것도 아니라는 걸.

이 글은 '숲'이란 글자 하나에서 시작되었다.

제목도, 내용도, 시작도, 끝도 없는 곳에서 싹을 틔우고 자라났다.

나로서도 참 신기한 경험이었다.

어쩌다 수풀 속을 벗어난 나비 앞에 펼쳐진 망망대해였다.

그리고,

'소설'이란 넓고 깊은 세계의 또 다른 면모 앞에 새롭게 마주 선 순간이기도 했다.

조정희